스피치를 재미있게 잘하기 위한
이런저런 상식 이야기

스피치를 재미있게 잘하기 위한
이런저런 상식 이야기

펴 낸 날   2020년 10월 30일

지 은 이   장두식
펴 낸 이   이기성
편집팀장   이윤숙
기획편집   윤가영, 이지희
표지디자인 윤가영
책임마케팅 강보현 김성욱
펴 낸 곳   도서출판 생각나눔
출판등록   제 2018-000288호
주   소   서울 잔다리로7안길 22, 태성빌딩 3층
전   화   02-325-5100
팩   스   02-325-5101
홈페이지   www.생각나눔.kr
이 메 일   bookmain@think-book.com

- 책값은 표지 뒷면에 표기되어 있습니다.
  ISBN   979-11-7048-151-5(03810)

- 이 도서의 국립중앙도서관 출판 시 도서목록(CIP)은 서지정보유통지원시스템 홈페이지
  (http://seoji.nl.go.kr)와 국가자료공동목록시스템(http://www.nl.go.kr/kolisnet)에서
  이용하실 수 있습니다(CIP제어번호: CIP2020043886).

스피치를 재미있게 잘 하기 위한
이런저런 상식 이야기

장두식 글

생각나눔

프롤로그

~~~~~~

　　예전이나 지금이나 앞으로도 말을 잘하는 사람은 그렇지 않은 사람보다 성공하는 데 유리한 부분이 많다. 그러나 '무엇을 어떻게 말해야 하는가'는 누구에게나 어려운 점으로 남아있어 우리는 말을 잘하기 위해 고민하고 공부하고 노력한다. 미국에서는 이미 1910년부터, 가까운 일본에서도 1940년부터 대학에 교육 과목으로 '말하기'가 있으며, 현재는 초등학교에서부터 '말하기'를 체계적으로 가르치는 나라들이 점차 확산되고 있다. 우리 주위에는 스피치 관련 책이 수없이 많지만, 내용이 원칙적이고 학문적으로 기술된 것들도 있어 실전에 접근하기 어려운 점이 많다. 이번에 『노래하는 인생』(생각나눔), 『건강과 행복을 지키는 요양보호사』(밥북), 『언제나 청춘으로 살기』(생각나눔)에 이어 4번째 책을 출간하면서 실제 스피치에서 필요한 것들을 재미있고, 쉽고 간결하게 정리하였다.

　모든 것이 그렇듯이 스피치도 하루아침에 잘 될 수는 없다. 많은 책을 보고 읽고 해야 하는데 눈으로만 보는 것은 절대 도움이 되지 않는다. 말을 잘하기 위해서는 꼭 소리를 내서 읽어야만 기억을 오래할 수 있다는 연구 보고도 있다. 그래서 소리를 내서 읽을 때 내용의 감정을 실어 톤과 제스처, 표정, 아이컨택 등을 고려해 실지 대중 앞에서 얘기한다는 상상을 하며 얘기하듯이 읽는 연습이 필요하다.

　이런 모든 것(스피치 기본)들은 이미 시중에 예전부터 좋은 책들이 엄청나게 많이 나와있기에 여기서는 생략한다.

강연하는 분 중에 강연의 내용이 주제에 맞게 얘기하다가 순간적으로 딴 얘기로 흘러가는 경우가 있는데, 이때 다시 제자리로 올 수 있는 임기응변(臨機應變)도 필요하기에 알아두면 좋은, 상식적이고 필요한 문장을 실었다. 이 점을 참고로 공부하고 기억하면 좋을듯하다.

또, 일반 스피치 학원에서 진행하는 3분 스피치, 5분 스피치, 즉흥 스피치의 좋은 소재로 활용할 수 있고, 스피커들의 강연에서 직접 스피치에 인용할 수 있도록 역사 공부도 되고, 상식적이고 좋은 내용을 실었다.

이 책은 저자가 8년간 경로당, 요양원에서 어르신들에게 인사로 시작해서 음악을 통해 공연, 행사를 진행하는 것도 하나의 스피치가 되었지만, 장기간의 코로나19로 인해 많은 시간을 투자해 스피치 공부도 하면서 청중의 인원에 상관없이 어디든지 불러만 주는 데는 찾아가 강연을 시작했다. 그리고 부록으로는 실버타운에서 근무했던 경험을 토대로 실버타운의 실지 내용을 자세히 실었기에 실버타운을 이해하는 데 큰 도움이 될 것이라고 믿는다. 아무쪼록 각계각층에서 활동하는 많은 분의 좋은 반려자(伴侶者)가 되었으면 하는 바람이다.

마지막으로 이 책이 나오기까지 고생하신 생각나눔 편집자 여러분께 감사드립니다.

한국 치매예방연구소 소장 장두식

목차

스피치를 위해 인용할 수 있는 이런저런 이야기 토막상식

✖ "이 세상에서 죽음과 세금만큼 확실한 것은 없다."라는 벤자민 프랭클린의 말처럼 죽음과 세금은 확실할 뿐 아니라 누구나 두려워할 만한 일이 분명하다.

✖ 1392년 태조(太祖) 이성계 조선개국
1492년 콜럼버스 아메리카 신대륙발견
1592년 임진왜란 발발 (92년이라는 공통점이 있음)

✖ 1945년 식민지에서 독립한 147개국 중 대한민국만이 유일하게 선진국 대열에 오르고, 원조받던 나라에서 원조를 하는 최초의 국가가 되었다. 자랑스러운 대한민국.

✖ 변화하려고 하지 않는 자, 그는 죽은 자이다.
성공하려고 하지 않는 자, 그도 죽은 자이다.
삶과 죽음, 성공과 실패, 과연 어느 것을 선택할 것인가.

✖ 건강과 행복을 위하여, 건행을 위하여
개인과 나라의 발전을 위하여 개나발
✖ 요즘 신문이나 방송에서 기업이나, 예산을 놓고 얘기할 때 조(兆) 단

위로 이야기를 많이 하고 있는데 과연 조 단위는 얼마나 되나?

1억 원이 만개 모여야 하는 큰돈이다. 물론 우리에겐 실감이 안 난다. 그럼 10억 원짜리 아파트가 1,000채다. 어마어마한 돈이라 아파트 큰 단지를 형성한다. 더 쉽게 얘기하면 내가 하루에 1,000만 원씩 매일 쓴다고 가정하면, 270년 동안 쓸 수 있는 돈이다. 놀라운 사실이다.

돈을 세탁기나 전자레인지에 넣는 황당한 일이 벌어지고 있다.

경기도 안산에 사는 엄 모 씨는 부의금으로 받은 지폐에 혹시라도 코로나 바이러스가 묻어있을까 봐 세탁기에 돈을 넣고 돌렸다가 낭패를 봤다. 세탁기를 열어보니 수천만 원 지폐는 처참하게 찢기고 상당 부분은 녹아 없어진 상태였다. 조각 돈을 쓸어 담아 황급히 한은(한국은행)으로 갔지만, 심하게 훼손된 돈은 교환 받을 수가 없었다.

인천에 사는 김 모 씨도 코로나 예방을 위해 보관 중이던 지폐를 전자레인지에 넣고 돌렸다가 그만 돈이 상당 부분 타버리는 사고를 당했다. 역시나 한은에 교환 신청을 했지만, 전량을 교환 받지는 못했다.

특히 올해는 코로나 바이러스 퇴치를 이유로 '셀프 살균소독'을 하다가 돈이 훼손되는 경우가 종종 있다. 한은은 지폐가 원래 면적의 4분의 3 이상 남아있으면 모두 새 돈으로 바꿔주지만, 남은 면적이 5분의 2 이상~4분의 3 미만이면 절반만, 5분의 2 미만이면 바꿔주지 않는다.

동전은 모양을 알아볼 수 있다면 전액 교환해준다.

한은 관계자는 "혹시라도 지폐에 신종 코로나 바이러스가 묻어 전파되는 일이 없도록 각 금융기관에서 한은으로 들어오는 화폐를 2주간 금고에서 보관하고 있다."라고 밝혔다.

또 손상된 지폐를 골라내고 새로 포장하는 정사(整査)기를 통과할 때 섭씨 150도 고열에 2~3초가량 노출되기 때문에 대부분의 바이러스가 사멸되는 효과가 있다고 한다.

세계 관광 명소 이야기

✱ 이탈리아의 대표적 관광 명소인 바티칸시국(市國 하나의 시로 이루어진 국가)의 바티칸 박물관은 세계 3대 박물관의 하나로 고대 로마 이집트 유물과 르네상스 걸작 미술품을 보유한 세계적 박물관으로, 매년 1억 달러(약 1,228억 원) 안팎의 수입을 올리며 교황청의 재정적 버팀목 역할을 하는 것으로 알려져 있다.

바티칸시국은 1870년 탄생한 국가로 로마 시내에 있지만, 이탈리아 정부가 아닌 교황이 지배하는 영세중립국이다.

면적이 0.44㎢로, 여의도(2.9㎢) 면적의 6분의 1도 안 되는 크기로 지구상에서 가장 작은 나라이다. 인구는 약 900명에 불과하고, 1984년 유네스코 세계유산으로 지정되었다.

바티칸시국의 중심은 성 베드로 대성당이다. 당시 미켈란젤로를 비롯한 당대 최고의 건축가와 예술가들이 참여한 공사로 120년이 걸렸다.

✱ 핀란드의 수도 헬싱키에서 기차로 12시간 가면(900km) 산타의 도시, '로바니에미' 산타 마을이 있다. 전나무와 가문비나무 소나무 같은 침엽수에 둘러싸여 있다.

원뿔 형태로 바람이 세차게 불어도 나무에 부딪히는 각도를 원만하게 해주고, 눈 무게가 아래쪽으로 분산되면서 위쪽에 눈이 많이 쌓여 나뭇가지가 부러지는 것을 막는다.

그래서 타이가 지역의 사람들은 옛날부터 집 지붕을 뾰족하게 만들었다. 이 추운 지역의 침엽수인 전나무처럼 원뿔모양으로 만들어 혹한이나 폭설을 이겨내기 위해서다.

✱ 1989년 천안문 사태가 터지자 미국은 첨단제품 판매 금지, 차관중지 등 제재를 가했다. 그러자 중국은 천안문 관련자 일부를 석방하고 당시 장쩌민 주석이 미국을 방문해 환심을 사려고 노력했다.

1992년 미국과 중국의 국방비가 1/20이던 것이 2019년에는 1/2로

좁혀졌다.

✱ 역사학자들에 의하면 현재 살고 있는 사람들이 만약 타임머신을 타고 과거로 돌아가 고구려, 백제, 신라 사람들을 만나서 대화를 한다면 전혀 알아듣지 못할 것이라고 한다. 시대의 변화 속에서 언어 역시 변하고 있기 때문이다.

그런데 동일한 2020년을 살아도, 심지어 같은 언어를 사용하는데도 서로의 말을 잘 이해하지 못할 때가 있다. 같은 사건을 바라보는 관점이나 가치관, 생각의 차이에 따라 여러 사실이 재평가되고, 재해석되기 때문이다. 그래서 남북 간의 대치가 오래될수록 통일 후의 한국은 여러 면에서 고민할 게 많고, 현재도 우리는 주위 사람과의 관계에서도 소통이 안 돼서 단절이 되기에 그만큼 소통하기 위해서는 서로 노력하고 공부해야 한다.

한국 최초의 상설 영화관

한국 최초의 상설 영화관은 종로3가에 있는 단성사로, 1919년 첫 한국영화 『의리적 구토』를 개봉하며 한국 영화사의 뿌리가 된 곳이다. 1926년 10월 1일 단성사에서 한국영화 사상 최고의 작품으로 알려진 전설적인 영화, 나운규 감독 주연, 신일선 주연의 흑백 무성영화시대에 획기적인 영화『아리랑』이 개봉되자 첫날부터 관객들은 인산인해(人山人海)를 이루었다.

내용은 어느 마을에 광인(狂人) 영진이는 그의 부친과 여동생 영희와 함께 살고 있었다. 어느 날 영진의 친구 현구가 찾아와서 영진이가 페인이 된 것을 가슴 아파하면서 어느덧 영희와 사랑하는 사이가 된다. 한편 그 마을 악덕 지주의 청지기인 오기호는 영희에게 연정을 품고 있던 중 마을잔치 날 마을 사람들이 모두 동리마당에 모여있는 사이를 틈타서 영희를 겁탈하려고 한다.

때마침 현구가 나타나 오기호와 싸우던 끝에 영진이 휘두르는 낫에 오기호가 쓰러지고, 피를 본 충격에 영진은 제정신을 찾았으나 이미 살인범이 된 영진은 쇠고랑을 차고 일본 순사에게 끌려 '아리랑' 고개를 넘어가는 대목에서는 장내가 울음바다를 이루었다.

하여튼 단성사도 멀티플렉스 보편화로 쇠퇴하며 급기야 문을 닫아야 했다. 지난해(2019년) 10월 역사관으로 탈바꿈한 이곳에서 한국영화 100년의 역사를 감상할 수 있다.

외신들이 감탄하는 세계에서 제일 아름다운 곡 1위로 뽑힌 곡이 「아리랑」이다.

그런데 중국에서 일부 학자가 자기네 곡이라고 한다니 어처구니 없는 처사다.

우리는 지켜야 할 것이 많다. 나라가 힘이 약하면 이웃 나라에 모든

걸 빼앗긴다. 독도와 아리랑을 지키고, 힘이 강해지면 대마도와 만주도
찾아야 한다.

누구나 관심을 받고자 하는 시대다

관심이 명예가 되고 기회가 되며 돈이 되는 시대다. 어떻
게 해야 관심을 가질까?

한 가지 방법은 자기 언어를 갖는 것이다. 똑같은 걸 똑같이 말하는
사람은 똑같이 보인다. 잘하지는 못해도 다른 걸 해야 살아남는 시대
에 남과 똑같다는 것은 피해야 할 일이다.

그럼 자기 이야기는 어떻게 해야 가질 수 있을까? 시작은 질문이 아
닐까 한다. 질문을 가슴에 들이고 이건가 저건가 열과 성을 다해 생각
해 보는 거다. 이를테면 이 일을 왜 하려 하는지, 내가 원하는 것은 무
엇이며 중요하게 여기는 것은 무엇인지, 언제 기쁘고 언제 슬픈지, 무엇
을 옳다고 여기며 무엇을 부러워하는지, 자신에게 칭찬해줄 점은 어떤
건지, 무엇을 욕망하며 어떤 인간이 되고 싶은지   .

나는 앞에서 자기 언어라고 표현했지만 실은 이것이 스토리텔링이다.
그러니까 우리에게 이야기가 없거나 빈한한 것은 어쩌면 현실 문제를

붙들고 충분히 씨름하지 않았기 때문이다.

우선 자신에게 중요한 문제가 무엇인지 찾아내 미련하게 씨름해 보시라. 그 끝에서 유일무이(唯一無二)한 당신만의 이야기가 탄생할 것이다. 많은 것이 인공지능(AI)으로 대체되는 시대에 세상이 관심을 갖고 원하는 것은 그런 게 아닌가 한다.

벌거벗은 브랜드 시대가 오고 있다

아주 오래전 1930년 9월 17일 『매일신보』에 재미있는 광고가 실렸다. 핵심 메시지는 고무신 바닥에 있는 '거북표'라는 브랜드와 '물결무늬 바닥'을 주의 깊게 보라는 것이었다.

당시에도 유사 상품이 많았던 상황에서 브랜드 가치를 지키고 매출을 높이기 위해서 소비자를 대상으로 한 광고를 했던 것이다. 브랜드 이름과 물결무늬라는 상징까지 갖추었으니 고무신 업계에도 파워 브랜드가 있었던 것이다.

90년 전에도 지금의 스포츠화 광고 활동과 크게 다르지 않았다. 핵심은 브랜드였다. 브랜드는 기업이 소비자와 소통하기 위한 매개이다. 소비자들이 제품이나 서비스를 인지하고, 상품에 대한 태도를 형성하고, 최종적으로 구매하게 되는 결정적 요인이 바로 브랜드다. 그래서 그것을 잘 관리하면 소비자들이 추가적인 지불을 마다치 않으며, 경쟁 브랜드로 구매 전환이 일어나지 않게 된다.

브랜드에 대한 충성도가 쌓이면 기업의 귀중한 자산이 된다. 그래서 일류 기업들은 파워 브랜드를 만들거나, 공고히 하거나, 확충하기 위한 관리에 집중하게 된다.

최근 소비자들은 브랜드 경험을 타인과 공유한다. 어디의 어떤 상황에서 어떤 브랜드를 경험했다는 사실이 이제 브랜드의 고유 속성보다 더 중요해지고 있다. 예를 들어 '블루 보틀' 커피는 마셔본 사람은 적지만, 경험해 보고 싶은 브랜드가 되었다. 온라인, 소셜 미디어 시대에는 브랜드를 직접 경험한 사람보다 간접적으로 경험하는 사람이 더 많다.

그들은 잠재고객이기에 기업에는 가치가 높은 집단이 된다. 그래서 기업들은 브랜드 경험을 공유할만한 가치를 만들기 위해 입에서 입으로 전파되도록 하기 위한 스토리를 만들고, 프로모션을 통해서 확산에 힘쓰고 있다.

이제 소비자에게 모든 것을 보여줄 수 있는 솔직한 브랜드 시대가 오고 있다.

그래서 브랜드는 소비자에게 모든 것을 솔직하게 보여주어야 한다. 사회가 투명해져서 이제 숨길 수도 없다. 위기를 모면하기 위한 거짓은 금방 밝혀지고, 소셜 미디어를 통해서 확대 재생산된다. 소비자 앞에서 모든 것을 드러내 놓아야 하는 벌거벗은 브랜드 시대가 오고 있다. 기업은 투명성과 진정성 제고를 위한 노력을 아끼지 말아야 할 때인 것이다.

오늘의 유머 공식

1. 사람들을 속여야 한다.

   사람들의 생각을 진지하게 페이드인으로 끌어들인 후 살짝만 페이크를 걸어도 웃음 유발이 이루어진다. (예시는 생략)
2. 화려한 멘트를 사용한다.

   미사여구, 수식어, 의성어, 의태어, 신선어 등의 음성 상징어를 사용한다.
3. 유머 선물 3가지를 연달아 말한다.

   등등 다양한 창작 활동이 이루어진다.

무대에서 떨지 않으려고 노력하는 사람은 100명 중 99명이지만, 유머 감각을 계발하는 사람은 100명 중 10명도 채 안 된다. 이유는 유머 감각은 선천적으로 타고 나는 거로 간주하기 때문이다. 유머도 패턴을 이해하고 학습하고 체화한 만큼 응용할 수 있다. 유머도 어느 정도는 구사할 줄 알아야 더 큰 무대에 설레는 마음으로 설 수 있다. 또한, 청중들에게 맛있는 강의를 선보일 수 있다.

무대에서 떨지 않으려고만 하지 말고, 사람들에게 좋은 깨달음과 재미, 그리고 감동을 선사하기 위한 노력에 박차를 가하시길 바란다.

스피치 이야기

오늘 감동을 주는 프레젠터 님과 함께한 스피치 파티였습니다. 발성 연습도 잘했고, 스피치 연습도 여러 번 해서 뿌듯했습니다. 오늘은 제가 영감을 얻고 갑니다. 자리를 마련해 주신 원장님께 감사하고, 적극적으로 참여해 주신 회원님들께 감사합니다.

인사법, 답변, 음성표현, 표정 등 정리가 필요.

님의 끝나지 않는 도전을 진심으로 응원합니다.

(면접지도 면접스피치 면접울렁증 면접불안 면접불합격원인 면접불합격사유 면접자신감 면접말발 면접질의응답 면접Q&A 대기업면접 공무원면접 인성면접 토론면접 임원면접 PT면접)

복식호흡의 원리 이해 및 실습 방법 바꾸기 오랜 노하우로 전수하는 Quick 교정 클리닉

한 음절 연습 투수 훈련법 연습 질의응답 과정을 지도해 드렸습니다.

초집중해서 수업 들어주셔서 정말 감사합니다.

트라이어드 유머 창작 스피치 유머는 갑작스러워야 한다. 큰 틀에서 작은 틀로 표현하는 미괄식 구조로 말한다.

유머 실력과 감각 계발은 처음부터 사람들을 웃기려고 하면 안 된다. 우선 창작하는 데 집중해야 한다. 창작력을 높여 말하기 연습을 하다 보면 자동으로 유머 실력이 좋아짐을 경험하게 될 것이다.

오늘 꽤 어려운 훈련을 하시느라 또한 뻔뻔한 연기 하시느라 고생 많았습니다. 감사합니다.

스피치 공동 키워드로 공감이란 이야기로 본인들의 경험 생각 등 자유롭게 이야기해 주세요.

신상뉴스와 자유주제로 진행한다.

나와 지역 모두의 동반 성장을 실행한다. 내가 사는 지역에서 직무 경험과 사회공헌 멘토링 등의 활동을 통해 지역사회 발전에 이바지하며 동시에 자신의 역량을 발휘할 수 있는 기회를 가질 수 있는 나 자신의 프로젝트이다.

스스로에게 가혹했던 당신에게 건하고픈 이야기

_____는 몇 년째 승진 테스트에 응시조차 하지 않는다. 그는 "승진에 신경 쓰지 않는다. 사람들이 출세나 돈 몇 푼 더 벌겠다고 아등바등하는 모습이 우습다."라고 말하고 다녔다.

그러나 사실 _____는 어릴 때 학습장애를 겪었다. 심리학적으로 가 시험을 망쳐 창피당할지도 모른다는 두려움에서 벗어나기 위해 자신의 역할과 노력을 축소하는 자기변명으로 일관한다.

우울, 질투, 열등감, 수치심 등의 감정에 공통으로 작용하는 심리 프레임을 포착한다.

"나는 사랑 받을 자격이 없어, 뭘 해도 안 될 거야."라고 마음속에서 속삭이는 '못난 나'다.

타고난 기질과 살면서 겪은 좌절의 경험이 '못난 나'의 힘을 키운다.

작은 실수도 야단치는 아버지 밑에서 자란 사람은 직장 상사를 아버지 같은 존재로 여겨 직장에 마음껏 아이디어를 내놓지 못한다. 애인에게 배신당한 적이 있는 사람은 소개팅 상대가 자신을 마음에 들어 하지 않을 거라 굳게 믿는다.

그래서 '못난 나'를 극복하려면 어떻게 해야 할까?

타인과 비교해 자신의 순위를 매기기보다는 남에게 애정과 관심을 표현함으로써 관계 맺기를 시도해 보라 말한다. "이 네 가지를 기억하라. 미소 짓고, 눈을 마주치고, 공감하고, 상냥한 태도를 취한다." 오늘도 스스로에게 가혹했던 당신에게 권하고픈 얘기다.

스피치 연습

"안녕하십니까? 준비된 스피치의 달인이 되고픈 _____입

니다. (웃음)

제가 오늘 말씀드릴 주제는 스피치를 잘하기 위한 핵심 포인트입니다.
(2~3초 쉬면서 청중을 둘러본다. 미소로)

무엇보다 중요한 첫 번째 포인트는 스피치 준비를 철저히 해야 한다는 것입니다.

두 번째 핵심 포인트는 스피치 연습을 꾸준히 해야 한다는 것입니다.

여러분! 우리는 할 수 있습니다.

발표 준비를 철저히, 그리고 꾸준히 연습한다면 반드시 됩니다.

경청해 주셔서 감사합니다."

"간장공장 공장장은 강 공장장이고, 된장공장 공장장은 공 공장장이다."

"멍멍이네 꿀꿀이는 멍멍 해도 꿀꿀 하고, 꿀꿀이네 멍멍이는 꿀꿀 해도 멍멍 하네."

"들에 콩깍지는 깐 콩깍지인가? 안 깐 콩깍지인가? 깐 콩깍지이면 어떻고 안 깐 콩깍지이면 어떤가! 깐 콩깍지나 안 깐 콩깍지나 콩깍지는 콩깍지인데."

이런 문장도 스피치 학원에서 많이 사용하며, 수천 번 되풀이하여 외우고 기억하면 혀가 움직이며 말하는 데 도움이 되고 훗날 치매 예방도 된다.

우리에게는 위기가 기회였던 한국 기업들

익숙한 고통이라 해서 덜 아픈 것은 아니다. 오히려 다음 단계의 통증을 알기에 더 아플 수 있다. 1997년 외환위기, 2008년 글로벌 금융위기 때 큰 고통을 겪은 한국 사회는 이번 코로나 19로 인한 위기를 더 큰 공포로 느낄 수밖에 없다.

당시 얼마나 많은 크고 작은 기업들이 쓰러졌고, 얼마나 많은 사람이 실직했으며, 자산가치 급락으로 인한 고통을 겪었던가? 이번에도 세계적으로 자산가치 급락의 흐름이 이미 시작됐고, 대량 실직의 공포가 떠다니고 있다. 아직은 예고편에 불과하다.

'일자리 감소가 대공황에 준할 것'이라는 우울한 전망도 나오고 있다. 한국도 예외가 아니다.

항공, 정유, 호텔, 여행, 외식, 공연업계가 먼저 타격을 입기 시작했다. 수출기업들도 차례로 영향권 안에 들어갈 것이다.

이럴 때 과거의 사례로 희망을 생각해 본다. 단단하다고 생각했던 기반이 다 무너질 듯한 위기마다 위대한 창의성으로 살아남았을 뿐만 아니라 오히려 단단해지고 세계 시장에서 비약적으로 도약했던 한국 기업들 말이다.

지금은 명실상부한 글로벌 기업인 현대자동차는 사실 외환위기 이전에는 대우자동차, 기아자동차, 쌍용자동차와 함께 한국이라는 작은 내수시장을 놓고 박 터지게 싸우던 내수용 기업이었다. 그러던 현대차가 세계 자동차 메이커 10위권에 이름을 올린 게 외환위기를 넘긴 뒤인 2000년이었고, 이후 5대 자동차 메이커가 된 해가 글로벌 금융위기를 지난 2011년이었다.

현대차의 도약은 1998년 기아차 인수에 성공했던 게 계기가 됐다.

여기다 다음해 미국 시장에서 엔진 및 동력계통 부품에 대해 획기적으로 '10년 10만 마일 보증'을 시작한 게 결정적이었는데, 이걸 보더라도 우리나라 사람들은 머리가 참 좋다. 당시 경쟁사들은 대부분 '2년 2만4천 마일 보증'을 내세웠으니 얼마나 무도한 시도였겠는가? 그 당시 현대차는 품질에 비해 브랜드 가치가 낮으니 파격적 행보를 보일 수밖에 없었고, 이게 적중해서 판매량을 늘려갔다.

처음에는 '미친 짓'이라고 비웃었던 도요타, 혼다와 같은 경쟁업체들이 나중엔 따라 했다.

현대차는 2008년 금융위기 때도 미국 자동차 수요가 급감하자 구매 후 1년 안에 실직하면 차를 되사주는 '어슈어런스 프로그램'을 내놓았다.

현대자동차가 위기마다 이런 선택을 한 이유는 2016년 러시아를 방문한 정몽구 회장의 말로 짐작해볼 수 있다. "기회는 다시 온다." 당시에도 루블화 폭락 등으로 글로벌 자동차 회사들이 러시아에서 철수하던 때였다.

삼성전자는 또 어떤가? 1993년부터 D램을 중심으로 한 메모리반도체 1위가 된 삼성전자는 외환위기 때 심각한 재무위기를 겪다 구조조정을 통해 살아난 뒤 2002년부터는 낸드플래시에서도 세계 1위가 됐다. 이건희 회장이 "앞으론 디지털 융복합 시대"라며 세트보다는 부품에서 기회를 찾으라고 한 혜안이 바탕이 됐다. 글로벌 금융위기를 지난 뒤인 2012년부터 삼성전자는 스마트폰 부문에서도 세계 1위를 유지하고 있다.

현대중공업 등 한국의 조선 산업이 2000년부터 수주량, 건조량 등 모든 분야에서 세계 1위를 휩쓸게 된 것도 우연이 아니다.

한국은 이미 5G 강국에다 변신에 능한 '빨리빨리' DNA를 가진 나라다.

수덕사 바위의 전설

나는 나이 들면서 경치 좋은 곳이 있으면 건강과 힐링을 위하여 찾아다니면서 추억도 만들 수 있고 상식과 지식을 얻을 수 있어 산속에 있는 사찰을 많이 찾는데, 가까운 곳부터 다녀다가 시간이 되면 먼 곳까지도 다니는데 관광지나 명소(名所)에는 나름대로 전설이나 설화가 있다.

충남 예산, 수덕사의 대웅전은 국보이고, 고풍스럽고 단아하며 목조건축의 걸작이라 할 만하다. 특히 해 질 녘에 오른쪽에서 대웅전을 바라보면 한복을 곱게 차려입은 새 각시가 다소곳이 앉아있는 듯하다. 아니, 한 마리 학이 곧 비상할 듯한 모습에 감탄이 절로 난다.

대웅전 왼편에는 커다란 바위가 하나 있는데, 일명 '관음바위'라고 불린다. 갈라진 바위틈으로 봄이면 노란 버선 모양의 꽃이 피는데 청조하고 아름답기 그지없다.

이 바위에는 아름다운 전설이 전해온다.

옛날 이곳에 '수덕각시'라는 어여쁘고 아름다운 처녀가 살고 있었다고 한다. 처녀의 미모가 소문이 나자 여러 곳에서 혼인을 하려고 총각들이 안달이 났다. 중매가 끊임없이 들어오자 이젠 뭔가 대책을 강구해야만 했다.

그래서 수덕각시는 총각들에게 "나는 이 세상에서 가장 멋진 남자와 결혼하려고 합니다. 우선 『법화경』을 모두 외우는 이가 있으면 제 배필로 삼겠습니다." 라고 말했다.

하지만 그 방대한 법화경 경전을 모두 외우는 일이 어찌 그리 쉽겠는가? 하나둘 나가떨어지고 마지막까지 남아 법화경을 모두 외운 총각이 드디어 한 명 나왔다. 바로 정혜도령이다.

둘은 마침내 며칠 뒤에 결혼식을 올리기로 하였다.

그런데 결혼식 당일이 되자 처녀가 홀연히 도망쳐 바위틈 사이로 사라지는 것이 아닌가? 총각은 뒤쫓아 가서는 사라지는 처녀의 버선을 움켜잡았으나, 안타깝게도 한쪽 버선만 남겨둔 채 바위 안으로 사라져버리고 말았다.

이 얼마나 안타깝고 황망한 일이 아니겠는가? 세상에서 가장 아름다운 처녀를 아내로 얻어 백년해로(百年偕老)할 줄 알았는데, 눈 깜짝할 사이에 물거품처럼 제 눈앞에서 사라져버렸으니 말이다. 그야말로 인생무상을 뼈저리게 느끼지 않을 수 없었음은 물론이다. 그 후 총각은 산을 올라 이 일에 대해 함구하다 마침내 인생의 무상함을 느껴 출가를 하게 되었다고 한다.

수덕각시가 살던 자리에는 수덕사가 세워지고, 정혜도령이 수행한 곳에는 정혜사가 생겼다고 한다. 그리고 수덕각시가 사라진 바위는 '관음바위'라고 했으며, 바위틈에서는 수덕각시의 버선을 닮은 노란 버선 꽃이 해마다 봄이면 어김없이 아름답게 피어났다고 전해진다.

비록 전설과 설화이기는 하지만 그야말로 스토리텔링이 잘된 느낌이다. 예로부터 수덕각시는 관세음보살의 화신(化身)으로 알려져 있다.

새옹지마(塞翁之馬) 혹은 우공이산(愚公移山)

세상에 내 마음대로 되는 것이 얼마나 되겠는가? 어떤 날은 흐리고 어떤 날은 맑고, 날씨의 변덕만큼이나 인생사도 복잡 다양하기만 하다. 중요한 것은 날씨나 세상사가 아니라 그것을 받아들이는 각자의 마음이다. 일체유심조(一切唯心造)라는 말이 있듯이 모든 것은 마음먹기에 달린 것이다. 내가 아프고 외로울지라도 좋은 생각, 긍정적으로 생각할 때 기쁘고 좋은 일이 생길 수도 있으니 걱정만 하지 말라는 말이다.

중국 변방 지방에 사는 노인이 한 명 있었다. 말을 키우고 있었는데 어느 날엔가 모두 도망쳐버렸다. 모두들 참 안됐다고 걱정을 하는데 노인은 도리어 "어찌 더 좋은 일이 있을 줄 알겠는가?"라며 담담한 모습이었다. 아니나 다를까 집을 나간 말들이 다른 말들을 이끌고 집으로 돌아왔다. 모두들 축하를 하는데 "이것이 혹여 좋은 일만은 아닐 게다."라며 역시 담담한 표정을 지었다.

그때 손자가 그 말을 타다가 떨어져 다리를 다치는 일이 있었다. 모두들 걱정과 위로의 말을 해도 "어찌 아는가? 이것이 꼭 나쁜 일만은 아니다!"라고 하였다. 그리고 얼마 안 되어 나라에 전쟁이 일어나 젊은 이들 열에 아홉은 죽임을 당했건만, 노인의 손자는 다리를 다친 까닭에 징집되지 않아 목숨을 건졌다고 한다.

이것이 바로 유명한 "새옹지마(塞翁之馬)" 고사(故事)이다.

세상사라는 것이 좋은 일이 있으면 반드시 언젠가는 나쁜 일이 따라오는 법이다.

행복과 불행은 동전의 양면과 같아 함께 온다는 말이 있다. 괴로움이 다하면 기쁘고 행복한 일이 오기(고진감래 苦盡甘來) 마련이다. 갖가지 일에 일희일비(一喜一悲)하지 말고 담담히 맞이할 일이다.

중국 태항산 기슭에 한 노인이 살고 있었다. 집 앞에 커다란 산이 가로막혀 있어서 여간 불편한 일이 아니었다. 그래서 앞산을 뚫어 길을 내기로 마음먹었다. 당장 시작하여 산의 흙을 퍼다가 발해의 바닷가에 가져다 버리기 시작했는데, 아주 오랜 시간이 걸렸다. 마을 사람들은 노인이 미쳤다면서 손가락질을 하기 시작했으나 노인은 묵묵히 흙을 삼태기에 담아 갖다 버리는 일을 계속했고, 마침내 태항산 산신령이 꿈에 나타나 만류하기에 이르렀다.

이번 일의 무모함과 불가능을 말하는 산신령에게 도리어 노인은 힘주어 말했다.

"내가 하다가 못하면 내 아들과 손자가 나서서 쉼 없이 할 것이다. 산은 유한하지만 내 자손은 길이 이 일을 할 것이니, 언젠가 마침내 산을 옮길 수 있으리라." 이 말에 기가 질려버린 산신령은 스스로 산을 다른 곳으로 옮겨 갔다고 한다.

중국을 건국한 마오쩌둥(毛澤東)은 이 고사를 들어 "이는 인민의 투쟁과 열망이 능히 역사를 새롭게 창조할 수 있음을 보여준다."라고 평가하였다. 이것이 그 유명한 "우공이산(愚公移山)"의 고사이다. 어리석은 노인이 마침내 산을 옮긴 것이다.

이런 일이 인도에서 실지로 일어났다. 다시랏 만지라는 사람이 그 주인공이다. 어느 날 아내가 새참을 가져오다가 넘어져 크게 다쳤는데, 산이 막혀 멀리 돌아가는 바람에 제때 응급조치를 못 해 끝내 숨지고 말았다. 이에 다시는 이런 일이 다른 사람에게 일어나지 말아야겠다는 마음에 염소를 팔아 망치와 정 등을 구입해 길을 만들기 시작했다. 그렇게 22년간에 걸쳐 험준한 산을 깎아 길이 110m, 폭 8m의 길을 만들었다는 이야기다. 이 감동적인 사연은 훗날 『마운틴 맨(Mountain Man)』이란 영화로 만들어졌다.

무릇 물은 지극히 작고 부드럽지만, 능히 바위도 뚫는(水滴穿石) 법이다. 영국의 극작가이자 비평가인 조지 버나드 쇼는 "사람들은 존재하지 않는 것들을 보고 '왜?'냐고 묻지만, 나는 존재하지 않는 것들을 보며 '안 될 게 뭐야?'라고 말한다."라고 했다. "왜? 안 될 게 뭐야?"라고 말하는 순간, 세상은 좀 더 살기 좋은 곳으로 변화할 것이다. 우리 모두 새옹(塞翁)이나 우공(愚公)의 마음으로 그렇게 살아갈 일이다. 절대 당신의 꿈을 포기하지 마라!(Never give up on your dream!)

불가능의 새로운 이름

1963년 8월 23일 노예해방 100주년을 기념해 워싱턴에서 열린 평화대행진에서 흑인 운동가인 마틴 루터 킹 주니어 목사의 연설이 있었다. 미국 역사상 가장 위대한 연설로 손꼽히는 것이 '나에게 꿈이 있습니다.'라는 그 연설이다.

"나에게는 꿈이 있습니다. 조지아주의 붉은 언덕에서 노예의 후손들과 노예 주인의 후손들이 형제처럼 손을 맞잡고 나란히 앉는 꿈입니다. 나에게는 꿈이 있습니다. 내 아이들이 피부색을 기준으로 사람을 평가하지 않고 인격을 기준으로 사람을 평가하는 나라에서 살게 되는 꿈입니다. … 이런 희망이 있다면 우리는 절망의 산을 토막내어 희망의 이정표를 만들 수 있습니다."

미국 갱스터 랩의 선구자이자 전설적인 래퍼 투팍은 그의 노래 「변화」의 마지막에 홀로 독백을 한다. "어떤 것은 결코 변하지 않는다."라고 말이다. 그러나 이 세상에서 변하지 않는 것은 아무것도 없다. 버락 오바마가 흑인 최초로 미국 대통령이 된 것도 이를 반증하는 것이라고 할 수 있다.

불가능, 그것은 가능의 다른 이름일 뿐이다. 그런 믿음과 실천만이 세상을 진보케 하고 더욱 살 만한 곳으로 만드는 것이다. 쿠바 혁명의 영웅인 체 게바라는 "리얼리스트가 되자! 그러나 가슴 속에는 불가능한 꿈을 가져라!"라고 말했다. 또한, 오스트리아의 건축자이자 화가인 훈데르트바서는 "혼자 꾸는 꿈은 그저 꿈이지만, 여럿이 함께 꾸는 꿈은 현실이 된다."라고 말했다. 누군가 불가능한 꿈을 꾸기 시작하면 그것은 곧 우리 모두의 꿈이 되고, 마침내 현실이 된다.

모두가 그건 불가능하다고 말할 때, 누군가는 그것을 실현하기 위해 새로운 여정을 이미 시작했다. 저것은 넘을 수 없는 벽이라고 말하고 절망할 적에, 담쟁이는 수천수만의 담쟁이들을 이끌고 그 벽을 타고 넘어가듯이 말이다. 국가가 없고 종교가 없는 세상은 어쩌면 불가능한 꿈일지도 모른다. 하지만 세상은 그런 꿈을 꾸는 몽상가에 의해 조금씩 진보하고 발전하는 법이다.

추억의 소설과 독서의 가치

　　　어릴 때 친구들과 새끼손가락을 걸어 약속했던 기억이 난다. 요즘은 새끼손가락을 서로 건 채 엄지를 맞대 도장도 찍고 검지로 손바닥에 서명도 하고, 서로 손바닥을 스치며 복사하고 손등끼리 스쳐 코팅하는 식으로 더 재미있게 약속한다.

"말이 씨가 된다."라는 말이 있다.

1964년 『빙점』이라는 소설을 아직도 기억하는 독자도 많을 것이다. 이 소설을 쓴 미우라 아야코의 이야기는 유명하다. 그는 결혼한 지 2년 만에 홋카이도의 아사히카와라는 도시에서 잡화상을 시작했다. 부부가 모두 착하고 성실해 가게를 시작한 지 얼마 되지 않아 손님이 많아져 장사가 잘될수록 고민이 깊어졌다. 자신들 때문에 주변 잡화상의 손님들이 줄어드는 것을 걱정한 것이었다. 오는 손님마다 다른 가게를 이용해주시라고 정중히 부탁했고, 나중에는 아예 일찍 가게 문을 닫아버렸다고 한다.

사실 이러한 일은 어찌 보면 실행하기 어려운 이웃 사랑의 크나큰 배려가 아니면 하기 힘든 일이다. 인간으로서 남을 짓밟고 올라서는 요즘의 행태로 보아 믿기 힘든 것이다.

하여튼 보통 사람들 같으면 경쟁하는 가게가 망하기를 바랄 텐데, 그들은 오히려 옆 가게 장사를 걱정해줬다. 자신들은 망해도 미우라 아이코는 그런 마음으로 가게를 일찍 닫다 보니 시간이 남았고, 그때부터

글 쓰는 일을 다시 시작했다고 한다. 그렇게 탄생한 소설이 '빙점'이다.

인간의 원죄를 다루는 '빙점'이라는 소설과 미우라 아야코의 삶의 이야기를 통해 지금도 읽히고 있다.

나도 일본에 가면 꼭 가보고 싶은 곳이 홋카이도(北海道)다. 온천에도 가보고, 미우라 아야코의 기념관에 가보고 싶다.

자녀 교육 방법

아버지와 할아버지 집안의 어른들이 책을 보면 자녀들이 따라서 책을 본다는 관계가 성립된다. 그래서 '책 읽는 부모가 자녀의 히든 커리큘럼'이다. 자녀 스스로 독서의 가치를 발견하기 전, 부모가 먼저 책 읽는 환경을 만들라는 것이다. 여기서 환경은 책 읽는 부모뿐 아니라 책에 관해 서로 대화할 수 있는 분위기가 조성된 가정을 뜻한다.

자녀는 부모의 뒷모습을 보고 자란다. 자기 발전을 위해 꾸준히 독서하는 부모의 모습을 보여야 한다. 자녀에게 독서 동기부여가 됐다면 다음 단계는 평생 독서습관을 세워주는 것이다. 이때 부모의 큰 그림이 필요하다. 책으로 자녀가 관심 분야를 찾고, 나아가 진로를 결정하는 데 도움을 얻도록 부모가 나서야 한다는 것이다. 그래서 외부의 도서 추천 목록 대신, 자녀의 관심사가 담긴 책부터 읽히는 게 낫다고 한다.

그게 고전이라면 바람직하지만, 만화책이어도 나쁠 건 없다. 오히려 만화책으로 독서의 재미를 알게 하되, 자녀 주변에 만화책과 비슷한 주제를 다룬 줄글 책이 좋다. 여기서 중요한 것은 자녀가 관심사를 찾는 것이다. 비록 옳은 행위라도 아이의 동기를 꺾는 일이라면 하지 말라고 하고, 부모의 기다림과 지도, 사랑 속에서 관심사를 점차 확대할 수 있도록 지도해야 한다.

아파트 층간 흡연, 괴롭다!

우리나라 인구의 절반 가까이 거주하는 아파트에서 층간 흡연 문제로 주민 간에 다툼이 발생하고 소송으로 번지는 사례도 있어 대책 마련이 절실하다. 이웃의 층간 흡연은 비흡연자나 환자, 어린이가 있는 세대에서는 민감하게 반응할 수밖에 없다. 내가 사는 아파트에서도 입구 계단 벽이나 알림판에 흡연 피해를 적시하면서 금연을 호소하는 글이 붙어있는 것을 볼 수 있다. 현재 주택관리 규정이나 조례 안 규정에도 이를 어겼을 경우 권고에 그칠 뿐 강제 권한이 없다. 입주민

개인의 사적인 공간을 강제로 규제할 근거가 부족하고, 벌금 부과 등 처벌도 솜방망이가 될 수밖에 없는 게 현실이다. 지자체에서는 아파트 내에서의 흡연을 근절하기 위해 관리업체 대상 행정지도, 입주민 대상 홍보, 교육 등 더 많은 노력을 기울여야 할 것이다. 흡연할 권리를 지키기 위해선 배려가 반드시 선행돼야 한다.

*

스토리와 치유

인간은 때때로 다른 인간을 물건처럼 이용하고 버린다. 철학자 마르틴 부버는 그런 관계를 '나-그것'의 관계라고 한다. 두 사람 사이 대등한 '나-너'의 관계가 아니라 한쪽이 다른 쪽을 이용하는 '나-그것'의 관계, 이 관계는 전쟁 중에 확연히 드러난다. 중국계 미국 작가 하진의 소설 『전쟁쓰레기』는 한국전을 배경으로 인간이 '그것'이 되는 상황을 펼쳐 보인다.

스토리는 한국전에 투입되었다가 포로가 된 2만여 명의 중국군에게 초점을 맞추고 있다. 그들은 거제도와 제주도에서 수용소 생활을 하다가 결국에는 약 3분의 1이 중국으로 돌아가고 나머지는 대만으로 갔다. 대만으로 가려는 반공 포로들과 본토로 돌아가려는 친공 포로들이 죽고 죽이는 싸움을 거듭한 결과였다. 그들 사이에 벌어진 폭력은 언어로 묘사할 수 없을 만큼 살벌하고 끔찍했다. 수용소가 유엔의 관할이었지만, 소용없었다.

작가의 주된 관심은 반공 포로들에게 받아야 했던 갖은 협박과 회유에도 불구하고 중국 본토로 돌아가기를 택한 포로들의 운명에 있다. 중국은 어렵게 돌아온 이들을 환영하지 않았다.

국가의 눈에는 죽음을 택하지 않고 포로가 된 그들 모두가 반역자였다. 수백 명이 간첩 혐의로 감옥에 갇혔고, 거의 모든 포로가 불명예제대를 했다. 많은 사람이 농장에서 노역을 살며 살았다. 가족에게도 낙인이 찍혔다. 전쟁포로들이 복권된 것은 1980년, 27년이 지나서였다.

치욕의 세월이었다. 불편하고 고통스러운 소설이다.

작가는 굳이 왜 이렇게 어두운 소설을 썼을까? 전쟁 중에는 '전쟁 쓰레기'였고, 전쟁이 끝나고는 '사회의 쓰레기'였던 개개인의 상처와 억울함을 이렇게라도 다독이고 싶었기 때문이다.

스토리텔링이 가진 치유의 기능에 기댄 것이다. 그런데 이것이 과연 중국만의 이야기일까? 우리는 그러한 국가폭력으로부터 자유로웠을까? 소설이 한국 독자에게 제기하는 암묵적인 질문은 바로 이것이다. 한국은 어땠나요?

여성에 대한 폭력은 진행 중이다

전 세계 15~44세 여성은 암이나 말라리아, 교통사고로 인한 상해를 합한 것보다 '이것' 때문에 더 많이 죽거나 신체적 장애를 얻는다. '이것'은 무엇일까?

바로 '여성 폭력'이다.

여성을 향한 폭력은 어제오늘 일이 아니며, 남의 나라 일도 아니다. 여성 폭력은 현재 진행 중이며 이에 대항에 여성의 권리를 주장하는 페미니즘 운동도 여전히 진행 중이다.

우리는 역사적 흐름에 어떤 시각을 가져야 할까?

『우리가 멈추지 않는다면』(IVP)은 여성신학자이자 사회학자인 알레인 스토키가 8년간 전 세계 여성 폭력 실태를 기록한 책이다. 스토키는 책에서 여성 할례와 조혼, 명예 살인 등 아프리카 아시아에서 펼쳐지는 비극을 고발한다. 지구에서 빈번히 일어나는 가정 폭력에도 돋보기를 들이댄다. 미국 질병통제 예방센터에 따르면 미국 여성은 애인 등 친밀한 상대에게 매년 480만 건의 신체적 폭행을 당한다.

성폭력을 당한 여성이 종종 듣는 질문에 관한 답도 내놓는다. "왜 여성들이 폭력적 관계를 그만두지 못하느냐는 질문이 나온다. 시간이 지나면서 폭력이 일상의 일부가 되기 때문에 다른 삶을 상상하기가 어려울 수 있다."

✖ 인지 왜곡은 우울증이 왜 찾아오는지를 설명하는 심리 요인 중 하나 이기도 하다. 우울한 사람은 자신이 처한 상황을 실제보다 더 부정적 이고 어둡게 바라보는 경향이 있는데, 예를 들어 누군가 내 인사에 응답하지 않았을 때 저 사람은 '나를 싫어해', '난 사람들에게 매력이 없어.' 이런 식으로 해석해 버리는 것이다. 사실은 내 목소리가 작아 서 못 들었거나 상대방이 일에 집중하다 보니 반응을 못 했을 가능 성이 훨씬 크다. 과도한 일반화라는 인지 왜곡도 있다. 연애하다 실패 했는데 내 사주팔자에 이성 운은 없다고 단정 지어버리는 것이다.
사실은 실패 경험 없이 좋은 짝을 만나는 경우는 거의 없다. 많이 경험해야 이성관도 명확해지고, 소통기술도 늘어나게 된다.
인지 왜곡은 사주팔자에 부정적인 영향을 미친다. 부정적 인지 왜 곡은 결정, 관계, 도전 의식 등에 부정적인 영향을 주어 실제로 미래 가 힘들어질 수가 있다. 반대로 왜곡 없이 사실 충실성에 근거한 긍 정성을 가진 사람은 결정도 긍정적으로 하고, 긍정적이니 주변에 좋 은 사람도 많아지고, 위기가 와도 지치지 않고 도전하다 보니 사주 팔자가 좋아진다.

✖ 책을 집필하기 위해 전 세계 1% 백만장자들을 2년간 찾아다니며 1 억2천만 원을 사용한 사람이 있다. 『더 리치』라는 책을 쓴 키스 캐머

런 스미스라는 사람이다. 그는 시급 6천원을 받던 평범한 월급쟁이였지만, 서른셋의 나이에 백만장자가 됐고, 다른 부자들의 성공 비결을 배우고 싶었다고 한다. 그래서 2년이란 시간과 1억2천만 원이란 돈을 아낌없이 투자해 '더 리치'를 쓸 수 있었다고 한다.

사람들은 자신의 꿈을 이루기 위해 많은 것을 희생하고 투자한다. 꿈, 즉 신분과 사명을 감당하기 위해 자신의 시간과 재능과 물질을 아낌없이 투자해야 한다.

✱ 노년은 길어지고 은퇴를 앞둔 사람들은 막막하다. "나이가 들면 세상을 좀 즐기고 싶어들 하는데 방법을 몰라요. 동네에 있는 문화센터를 기다리지 말고 두드리세요. 뭔가 배우면 즐겁습니다. 또 할 수 있다면 봉사하세요. 배우는 데 30년, 일하는 데 40년, 베푸는 데 30년이라고 하잖아요. 그게 재미나게 사는 길입니다."

✱ 인도와 국경을 3,488km 접하고 있는 중국은 인도를 식민 지배하던 영국이 1914년 당시 중국에서의 독립을 선언한 티베트 왕국 및 영국령 인도와 합의해 그은 국경선, 이른바 '맥마흔라인'을 불평등 조약이라며 인정하지 않는다. 히말라야의 험준한 산과 깊은 계곡 때문에 경계가 명확하지 않다 보니 주장하는 영토와 실질적인 관할지가 차이가 나 충돌이 끊이질 않는다.

14개국과 국경을 맞대고 있는 중국은 러시아 캐나다 미국에 이어 세계에서 네 번째로 국토가 넓고 국경선 길이는 2만2117Km로 세계에서 가장 길다.

바다를 사이에 두고는 6개국과 인접해있다.

평양감사와 냉면

평양에서는 냉면을 조심해야 한다. 냉면 먹다가 사고 날 수 있어 냉면 먹는 일을 가급적 피하는 게 좋다. 평양 아니라도 남한에 맛있는 냉면집이 많다. 그래도 평양에서 먹고 싶다면 목구멍에 넘어가는 순간에 주의를 기울여야 한다. 면발을 한 번에 후루룩 삼키지 말고 여러 번 잘근잘근 씹어 먹는 게 바람직하다. '냉면이 목구멍에 넘어갑니까?' 하는 구박을 듣고 면발이 목구멍에 걸릴 수 있기 때문이다. 그리고 가급적 냉면을 먹을 때는 침묵을 지키는 게 좋다.

잘못하면 '요사를 떤다'는 망신살이 뻗치기 때문이다. 특히 옥류관에서 먹을 때는 더욱 주의를 요한다. 옥류관 주방장의 입이 보통 거친 입이 아니기 때문이다.

1970년대에 전주 콩나물 해장국집 주인장 할머니가 아주 입이 거칠어서 '욕쟁이 할머니'라는 별명이 붙었었다. 어느 날 전주에 들렀던 박정희 대통령이 이른 아침 욕쟁이 할머니 집에 콩나물 국밥을 먹으러

왔다가 "네 이놈, 네가 꼭 생긴 것이 박 대통령 **빼다 박았구나!**" 하는 소리를 들어야만 하였다.

이번에 보니까 평양 옥류관 주방장은 전주의 욕쟁이 할머니급은 못 되지만 거칠다는 측면만 놓고 보자면 할머니 버금가는 것 같다.

미술사 전문가인 고연희 교수에 의하면 평양에 부임하는 평양감사의 장면을 그린 18~19세기 그림들이 여러 종류 남아있다고 한다. 충청, 전라, 경상감사가 부임하는 그림은 없는데, 평양감사 그림만 남아있다는 것은 시사하는 바가 크다. 그만큼 노른자 위 벼슬이었다는 이야기이다.

그림을 보면 대동강에 평양감사 일행이 탄 여러 척의 유람선이 떠있고, 강 옆으로는 환영 인파들이 도열해있다. 그 가운데는 울긋불긋한 한복을 차려입은 기생들도 서있는 장면이 보인다. 평양은 물산도 풍부하지만, 한양 정부의 이목이 덜 미치고, 퇴임한 고관대작이 살고 있지 않아서 관찰사가 거의 계엄사령관처럼 권력 행사를 하였다. 재색(財色)을 마음대로 향유하였다는 말이다. 충청, 전라, 경상도는 퇴임한 전관(前官)들이 지방에 버티고 있었기 때문에 신임 관찰사 마음대로 할 수 없었던 점과 대조된다. 평양은 눈치 볼 필요 없는 조선 최고의 색향이었다.

냉면은 기생집에서 저녁 먹고 난 뒤에 출출해지면 먹는 특식이었다. 일반 가정집에서는 면발 뽑는 기계가 없었다. 벼슬아치와 돈 있는 한량들이 기생집에서만 먹을 수 있는 음식이 냉면이었다. 평양성 그림을 보면 대동문을 지나서 냉면가(冷麪家)라고 쓰인 집들이 늘어서 있는 냉면거리가 그려져 있는 점이 이채롭다.

인생은 선택하고, 도전하고, 변화하는 것이다

요즘 하루를 충실하게 혹은 '나답게' 살자는 사람들이 많아졌다. 행복의 가치가 변한 것이다.

이른바 '욜로(YOLO)족'이 그들이다. 욜로는 '한 번뿐인 인생(You Only Life Once)'의 약자이다. 다시는 살 수 없는 인생이니 지금, 바로 여기에서 행복을 찾으라는 것이다. 욜로족은 남이 아닌 자신을, 미래보다는 현재의 행복을 그 무엇보다 중요시한다.

아울러 일(Work)과 삶(Life)의 밸런스(Balance)를 추구하는 '워라밸'이 인기이다. 이젠 시대가 바뀌어 미래를 위해 현재를 저당 잡히는 일을 하지 않는다. '지금, 여기에서 행복하기'가 새로운 시대의 트렌드가 되어 버렸다.

잘 다니던 회사를 그만두고 훌쩍 세계여행을 떠나는 사람, 전셋집에 살면서도 좋은 차를 몰고 다니는 사람, 휴가에 스스로를 위해 최고급 호텔에서 하룻밤을 묵는 사람, 오로라나 백야를 보기 위해 가족을 데리고 북유럽으로 여행을 떠나는 사람들이 바로 욜로족의 모습들이다.

이는 현재를 즐기라는 '카르페 디엠(Carpe Dicm)'의 정신과도 상통하는 면이 있다.

영화 『죽은 시인의 사회』에서 커팅 선생님이 학생들에게 한 말이다.

"카르테 디엠! 오늘을 잡아라. 오늘을 살아라. 우리는 언젠가 죽는다. 시간이 있을 때 장미의 꽃봉오리를 즐겨라!"라고 말이다.

이는 로마의 시인 호라티우스의 「송가(頌歌)」에 나오는 말이다. "이 세상이 끝나는 날, 신이 우리를 위해/ 무얼 준비해 뒀는지 물으려 하지 마라/ 우리는 알 수도 없다/ …/ 짧기만 한 인생에서 먼 희망은 접어라/ 우리가 이렇게 말하고 있는 동안에도/ 시간은 우리를 시샘하며 흘러가 버리니/ 내일은 믿지 마라/ 카르페 디엠, 오늘을 즐겨라!"

사실 '카르페 디엠'이 유행한 것은 중세 유럽에 흑사병의 창궐에서 유래한다. 오늘 죽을지 내일 죽을지 모르는 사람들은 '하루하루를 의미 있게 보내자'는 뜻으로 이런 인사말을 건넸다고 한다. 그런데 지금 우리 사회에서 다시 이 말이 공감을 얻는 것은 무한경쟁 시대에 미래에 대한 희망을 접은 청춘 세대의 절망과 분노가 투영된 것이라고 생각한다. 아무리 노력해도 안 되는 현실에서 그들은 자기만의 방식으로 저항하고 길을 찾아가는 것이다.

그럼에도 불구하고 삶은 의미 있고 감사해야 할 크나큰 선물이자 축복과도 같은 것이라고 믿는다. 무엇을, 어떻게, 어떤 마음으로 살아가느냐에 따라서 각자의 삶은 달라지게 마련이다. 아르헨티나의 국민 여가수인 메르세데스 소사는 굴곡 많은 파란만장한 삶을 살았지만, 그럼에도 삶에 감사하고 싶다고 노래했다. 그녀가 부른 불후의 명곡 「그라시아스 아 라 비다」라는 노래를 들으면 나 또한 삶에 감사하고픈 마음이다.

흔히 인생을 가리켜 'BCD'라고 한다. 태어남(Birth)과 죽음(Death) 사이에서 끊임없이 선택(Choice)을 하는 것이 바로 인생이라는 말이다. 나는 인생이 '3C'라고 생각한다.

인생은 선택(Choice)하고, 도전(Challenger)하며, 변화(Change)시키는

것이라고 믿는다.

어제는 지나간 히스토리(History)이고, 내일은 알 수가 없는 미스터리(Mystery)이다. 그럼 오늘은 무엇일까? 바로 이 세상에 둘도 없는 선물(Present)이다. 그런 까닭에 현재(Present)와 선물을 똑같이 쓰는 것이라고 한다.

카르페 디엠! 선물 같은 현재를 맘껏 즐겨라!

좋은 이야기들

✱ 조선조의 학자인 신흠(申欽) 선생은 "오동나무는 천 년을 늙어도 항상 그 안에 제 곡조를 감추고 있고, 매화는 일생 동안을 추위 속에서 지낼지라도 제 향기를 함부로 팔지 않는다."라고 말했다. 오동나무와 매화같이 무정물도 그러할진대, 어찌 만물의 영장인 사람으로서 다른 마음을 먹을 수 있겠는가! 한번 음미해볼 만한 내용이다.

✱ 우리 모두가 누군가를 위해 눈 내린 새벽길을 쓸고, 그 위에 뿌리는 연탄 한 장이 될 수 있다면 조금은 맑고 향기로운 살맛 나는 세상이 되지 않을까 생각해본다. 이 또한 다른 의미의 사슴 울음소리가 아

닐 수 없다.

사슴이 먹이를 발견하면 동료들이나 가족을 부르기 위해 울음을 울 듯이, 우리 삶도 이웃을 위해 밥과 사랑을 나누는 눈물 한 방울을 보태는 삶이기를 바란다. 이렇듯 아름다운 사슴의 울음소리가 주변에서 들을 수 있으면 좋겠다.

나는 빅토르 위고의 『황금률』 중에 나오는 구절을 생각했다. "고향을 감미롭게 생각하는 사람은 아직 미숙아이다. 모든 곳을 고향으로 느끼는 사람은 이미 상당한 힘을 갖춘 사람이다. 그러나 전 세계를 타향이라고 느끼는 사람이야말로 완벽한 인간이다." 그렇다. 전 세계를 타향으로 느끼는 사람만이 완벽한 인간이자 수행자가 아닌가 생각한다.

✱ 그리스 대문호인 니코스 카잔차키스의 무덤은 그리스 크레타섬에 있다. 에게해가 보이는 언덕 위에 나무 십자가가 서있는 그의 무덤 아래에는 그의 묘지명이 새겨져 있다. "나는 아무것도 바라지 않는다./ 나는 아무것도 두려워하지 않는다./ 나는 자유다." 이 얼마나 당당하고 자유로운 영혼의 외침인가? 그런 까닭에 나는 '자유'보다 더 소중한 가치를 알지 못한다.

그 대표적인 인물이 바로 그의 소설 『그리스인 조르바』에 나오는 실존 인물인 조르바라는 사람이다. 나는 조르바가 바로 위대한 선지식이자, 올곧은 수좌와 같다는 생각을 한다. 조르바처럼, 니코스 카잔차

키스처럼 자유로운 영혼으로 후회 없이 살아갈 일이다. 매 순간이 생의 처음인 것처럼, 오늘이 생의 마지막인 것처럼 그렇게 살아가라.

✱ 임제의현 선사는 "가는 곳마다 주인공의 삶을 살아간다면 그 사람이 서있는 그 자리가 바로 진리의 땅이다."라고 말했다. 또한, "즉, 이 현재와 지금이 있을 뿐이지, 다른 시절이 있는 것이 아니다."라고도 하였다. 이렇게 살아가는 이가 바로 참사람이고, 무위진인(無位眞人)이다.
한 번뿐인 인생인데 그렇게 멋지고 아름답게 살아갔으면 하는 바람이다.
임제가 소나무를 심는다는 화두가 있다. 어느 날 임제선사는 일찍이 학문에 뜻을 두고 천하를 유랑하면서 교학을 닦았으나 한계를 절감하고 참선에 뜻을 두었는데 어느 날 임제선사가 소나무를 심는데 누군가 "산에 이리 소나무가 많은데 왜 또 소나무를 심는가?"라고 했다.
이에 임제는 "소나무를 심는 것은 첫째는 총림(叢林)을 장엄함이요, 둘째는 후학들에게 모범을 보이기 위함입니다."라고 하였다.

✱ 마당 서정주님의 「침향」이란 시에 나오듯이, 전북 고창의 강물과 바닷물이 만나는 곳에 예로부터 선조들은 참나무를 담가 침향(沈香)을 만들었다. 그런데 당대(當代)나 손주대(孫主代)가 아닌, 몇백 년 혹은 천 년 뒤를 생각해서 이렇게 한 것이다.

제주도 바닷가의 해녀는 바닷속의 아주 실하고 좋은 것은 임을 위해 캐지 않고 남겨둔다고 한다. 우리도 그런 마음으로 살아감이 옳지 않겠는가?

✱ 서산휴정의 선사에서 "지금 걸어가는 우리의 발자국이 뒤에 오는 이의 이정표가 되리니!" 라고 했다. 공자님도 『논어』에서 "무릇 선비는 그 뜻이 넓고 굳세야 하나니, 그 임무는 무겁고, 가야 할 길이 멀기 때문이다."라고 하였다. 그러니 어찌 함부로 난삽하게 걸어갈 것이며, 어찌 삼가 조심하고 삼가지 않을 수 있겠는가? 부디 길과 원수를 맺지 말고, 그르쳐 가지 말아야 할 것이다.

✱ 법정(法頂) 큰스님은 '무소유(無所有)'와 '청빈(淸貧)'을 말씀하시더니 그 마지막 모습조차 수행자답게 맑고 향기롭기만 하다. 사진 밑에 라틴어로 '죽음을 기억하라'는 뜻의 '메멘토 모리'라는 글을 써보았다. 그리고는 "눈빛이 땅에 떨어질 적에 무엇이 그대의 본래 면목인고?"라고 써놓은 채 수행의 정책을 삼아본다. 이는 수행자는 물론이거니와 모든 이에게 한 번쯤 생각해볼 문제이다.

로마 시대 전쟁에서 승리한 장군이 성대한 개선행진을 할 때면 바로 뒤에 노예 한 명을 세워놓았다고 한다. 그의 임무는 장군에게 계속해서 "당신도 죽는다는 것을 기억하라!"라는 말과 "당신도 한낱 인간임을 기억하라!"라는 말을 상기시키는 일이다. 그러니 너무 우쭐

대지 말고 겸손하라는 의미이다. 이는 죽음에 대한 경고임과 동시에
삶을 보다 선한 방향으로 이끌어 가고자 했던 고대인들의 마음 자세
를 보여준다.

✱ 이슬람 지역에서는 집을 지을 적에 일부러 어딘가 한 곳의 벽돌을
빼고 짓거나, 일부러 허술하게 짓는다고 한다. 이는 인간이 하는 일
이란 완전할 수 없음을 상징적으로 보여준다.
그들이 자주 관용구처럼 말하는 "인샬라!(Inch Allah: 신의 뜻대로 이루
어지길)"와 같은 의미일 것이다.

✱ 우리는 마치 저만 홀로 죽지 않는다는 듯한 얼굴로 산다. 그러나 미
안스럽게도 사람은 반드시 죽기 마련이다. 살아있는 것은 죽기 마련
이고, 만난 것은 헤어지기 마련이다.
그것을 직시한다면 삶이 훨씬 풍요롭고 아름다우리라.
2011년에 세상을 떠난 애플의 CEO 스티브 잡스는 마지막 순간에
이렇게 말했다. "여전히 죽음은 우리 모두의 숙명입니다. 아무도 피
할 수 없습니다. 그리고 그래야만 합니다. 죽음은 삶을 대신해 변화
를 만듭니다."라고 말이다. 감동적이고 아름다운 고별사가 아닐 수
없다. 그가 아이폰으로 세상을 변화시킨 것보다 짐짓 이 말이 더 위
대하다고 생각한다.
나는 이 세상 소풍 끝나는 날에 하늘로 돌아가 "진정 행복했노라!"
라고 말할 수 있겠는가? 미소를 지으며 편안히 눈을 감을 수 있을는

지 모르겠다. 그럴 자신이 없다면 지금부터라도 새로운 마음과 행동으로 다시 시작해야만 한다. 나는 가끔 죽기 전에 하고픈 일을 적는 '버킷 리스트'를 만들어보곤 한다. 삶과 죽음에 대해 다시 한 번 생각하고 마음의 준비를 하는 계기가 되기 때문이다.

죽음을 기억하는 것은 삶을 더욱 치열하고 아름답게 하기 위함이다. 그런 의미에서 독일 철학자 프리드리히 니체는 '아모르파티(Amor Fati)'를 주장했다. 이는 운명애(運命愛), 곧 자신의 운명을 받아들이고 그러한 운명까지도 사랑하는 사람이 되라는 말이다.

요즘에 김연자라는 가수가 「아모르파티」라는 노래로 제2의 전성기를 맞고 있는 것도 이런 사회 분위기와 무관치 않을 것이다. 이는 현재를 즐기라는 '카르페 디엠'의 정신과도 일맥상통(一脈相通)한다. 요즘 사람들에게 일과 삶의 밸런스를 뜻하는 '워라밸'이나 소소하지만 확실한 행복이라는 '소확행'이 시대의 화두가 된 지 오래이다. '아모르파티'나 '카르페 디엠'도 그런 의미가 아닌가 생각한다. 영국의 극작가 오스카 와일드는 자신의 묘비에 "우물쭈물하다가 내 이럴 줄 알았노라!"라고 적었다고 한다. 프랑스의 시인 폴 발레리는 『해변의 묘지』라는 시집에서 "바람이 분다, 살아야 한다!"라고 읊었다. 그래, 살아남아서 내 삶의 의미와 존재 이유를 증명해야만 하리라.

방탄소년단의 연설

옛날에는 신세대와 '쉰' 세대를 구분하는 방법 중 하나가 HOT나 GOD를 어떻게 읽느냐였다. '핫'이나 '갓'으로 읽으면 이미 한물간 세대였다. 요즘 방탄소년단(BTS)의 인기가 한국을 넘어 전 세계적으로 확산되고 있다. 비틀스의 미국 상륙에 비견될 정도로 아예 신드롬이라 할 만하다.

나는 50년대 초반의 세대로 세시봉의 포크송과 록 음악의 영향을 많이 받았고, 흘러간 옛 노래를 아주 좋아하고 요즘도 즐겨 듣는다. 외국 음악으로는 존 바에스, 밥 딜런, 비틀스, 롤링 스톤스, 아바, 퀸, 너바나, 라디오 헤드, 밥 말리, 나나무스쿠리 등의 음악을 좋아한다.

사실 방탄소년단의 존재를 내가 알 리 없다. 멤버에 대해서도 관심도 없고, 빠른 가사를 이해도 못 하지만 그들의 UN본부 연설을 신문 기사를 통해서 방탄소년단의 진가를 알게 되었다.

"지난날 제가 잘못을 저질렀지만, 과거의 나도 여전히 나입니다. 저의 모든 잘못과 실수가 있었기에 지금의 제가 있습니다. 내일부터는 조금 현명해질지 모르죠. 그런 모습 또한 저입니다. 이 잘못과 실수들이 바로 저 자신이며, 제 삶의 별자리에서 가장 빛나는 별들을 새기고 있습니다. 저는 지금의 나를, 과거의 나를, 그리고 앞으로 되길 희망하는 나를 사랑하게 되었습니다."

참으로 진솔하고 가슴을 울리는 연설이라고 생각한다. 그들이 사랑받는 이유는 이들이 젊은이들의 마음을 대변하고, 불의한 세상에 목소리를 내고, 새로운 세상을 만들려 노력하는 부분도 있을 것이고, 최소한 그들의 노래가 젊은이들의 상처 받은 마음을 치유하고 새로운 꿈과 희망을 주기 때문일 것이다.

미국의 유력 잡지 『타임』이 글로벌판 커버스토리로 방탄소년단을 싣고 '차세대 리더'라고 극찬한 이유일 것이다. 미국의 빌보드 메인 앨범 차트인 '빌보드 200'에 연이어 1위를 기록하고, 영국 웸블리 스타디움 공연을 비롯해 전 세계 월드투어를 성황리에 마쳤다. 이런 방탄소년단의 음악을 사랑하고 그들의 열렬한 팬클럽 '아미'가 되고 싶은 것은 어쩌면 자연스러운 현상이 아닐까? 비록 그들을 잘 이해 못 하는 나 또한 '아미'가 되고 싶은 이유이다.

그들의 UN 연설은 이렇게 마무리된다.

"그러니 우리 모두 한 걸음 내딛어봅시다. 우리는 우리 자신을 사랑하는 법을 배웠습니다. 이제 여러분 자신의 목소리를 내주시기 바랍니다. 여러분께 묻고 싶습니다. 이름은 무엇입니까? 무엇이 여러분을 들뜨게 하고 심장을 뛰게 합니까? 여러분의 이야기를 들려주세요. 여러분의 목소리가 듣고 싶고, 여러분의 신념을 듣고 싶습니다. 여러분이 어떤 사람이든, 어디 출신이든, 피부색과 성 정체성에 상관없이 자신의 이야기를 해주세요, 나 자신을 말하면서 이름을 찾고 목소리를 찾아주세요 ___. 이름이 무엇입니까? 자신의 소리를 내주십시오!"

행복한 삶을 위한 관계

　　　　사람들이 행복한 삶을 논할 때 가장 중시하는 단어가 관계(relationship)다.

참된 생각은 좋은 관계에서 나오기 때문이다. 살아가면서 바람직한 인간관계를 어떻게 만들어가고 행복한 삶을 위해 자연이나 타인과의 관계를 어떻게 정립해 나가는 게 좋을까? 바람직한 인간관계는 남녀노소와 관계없이 인격적 관계여야 하고, 마음에서부터 우러나오는 상호 존중에 바탕을 둬야 한다.

좋지 않은 관계의 대부분은 대등한 인격적 관계가 아니거나 상호존중이 배제된 관계에서 비롯된다. 더 바람직한 관계는 오직 겸손한 마음으로 나보다 남을 더 배려할 때 생겨난다.

바람직한 관계를 유지하고 지속해나가기 위해서는 부모님이 그러하시듯 무언가를 계속해서 줄 수 있어야 한다.

상대방의 관계를 결산했을 때 내가 밑지는 관계가 좋은 관계다. 비즈니스 고객과의 관계에서도 동일하다. 고객을 만날 때마다 상대방 필요를 세밀하게 파악하고 내 입장보다 상대방 입장을 고려해 상대방의 니즈를 채워주는 게 좋은 관계를 설정하는 비결이다.

내가 사람과의 관계에 어려움이 있다면 스스로 점검해보자. 내가 상대방에게 무엇을 주고 있는지 혹은 받고만 있는지 또는 받기 위해 주는지.

인간관계를 썩 잘하지 못하는 사람들은 인간과 자연의 관계를 통해 배우면 좋겠다. 인간의 삶은 자연과 유기적으로 연결돼있고, 공히 창조주의 피조물로서 어느 한쪽이 지배적 우위를 가지지 않는 공존 관계이다. 예를 들어 집 마당에서 식물을 심어 가꾸다 보면 물 주고 거름 주며 성장을 관찰하면서 식물들과의 관계가 향상됨을 느끼게 된다. 대화를 하지 않아도 날마다 물주며 관심을 기울이니까 식물과 정(情)도 듬뿍 든다.

또 갖은 풍상 이겨내고 뿌리를 깊게 내린 내 나이 또래의 큰 나무들도 본다. 든든한 기둥을 세우며 풍성한 가지로 새들을 깃들게 하고, 우리에게 그늘과 쉼터를 제공하는 것을 보면 나보다 인생을 더 잘 산 친구 같은 생각이 든다.

자연을 무시해 생태계가 파괴되면 홍수나 산사태를 겪든지 아니면 코로나 19와 같이 뜻하지 않은 질병 등을 만나게 된다. 사람들이 야생동물을 존중하지 않고 오히려 부적절한 관계를 맺으면 HIV(침팬지), 메르스(낙타), 에볼라(원숭이), 코로나 19(박쥐) 등의 전염병을 얻게 되는 소탐대실(小貪大失)의 결과를 초래하지 않던가?

우리의 실수라는 거름

실수는 '아차!' 하는 순간에 나온다. 상황을 알아차리고는 온통 뒷수습에 매달리느라 깊이 생각할 겨를조차 없었는데, 막상 일이 수습되자 이상하리만치 그 실수가 머릿속에서 떨쳐지지 않았다. 주변에서는 일이 많으니 그럴 수도 있다. 잘 수습이 됐으니 신경 쓰지 말라고 위로해줬지만, 왠지 바닥에 떨어져 뭉개진 마음은 좀처럼 추슬러지지 않았다. 예전에도 일정이 겹쳐 중요한 약속을 놓치거나 깜박하고 가야 할 시간을 잘못 알고 있다가 허둥지둥했던 적도 있었는데, '실수는 성공의 아버지', '한 번 실수는 병가지상사'라고들 한다.

아이들이 실수하고 당황하면 어른들이 누구나 처음에는 실수하니 괜찮다, 다음에 잘하면 된다면서 웃으며 넘긴다. 그런데 그게 과연 위로가 될까? 이렇게도 쉽게 일어나는 실수인데.

아무리 조심해도, 혹은 반복해도 나아지지 않고 또 잘못하면 어쩌나 싶어 불안이 더 커지지는 않을까? 나 역시 실수를 맞닥뜨린 순간 그 자체의 경중보다는, '이제는 사회초년생도 아닌데 혹시 또 이러면 어쩌나?' 하는 생각에 더 짓눌렸던 것 같다.

복잡한 사회를 사는 현대인에게 실수를 용납하지 않는 완벽주의는 하나의 미덕인 듯 보인다. 하지만 적당히 쓰면 약인 것도 과다하면 독이 되듯, 완벽을 위해 쏟는 에너지는 언젠가는 고갈돼 결국 문제가 된다. 기계도 고장이 나고 컴퓨터도 오류를 일으키듯, 아무리 완벽하려 해도 100% 완벽한 무결점 인생이란 존재하지 않으니 말이다.

아니길 바라지만, 지금까지처럼 나는 앞으로도 살아가며 또 실수를 할 것이다. 하지만 그 민망한 통증에 눈을 감고 고개를 돌리거나 뚜껑이 열린 채 감정적으로 대응하지 않고, 그 경험을 다듬어 양질의

거름으로 만드는 노력은 끝이 없음을 받아들일 나이가 된 것 같다.

생각할수록 여전히 속이 뜨끔해지는 그 날의 실수를 떠올리며 다시 한 번 호흡과 마음을 가다듬는다.

돈키호테

"로마는 하루아침에 이루어진 것이 아니다."라는 말이 있다. 이는 스페인의 국민 작가인 세르반테스의 명저 『돈키호테』에 나오는 말이다. 세계의 문명과 제국은 하루아침에 만들어진 것이 아니다. 오랜 세월에 걸친 민중들의 피땀 어린 열정과 노력의 결과인 것이다.

스페인의 수도 마드리드의 한 광장에는 돈키호테와 세르반테스의 동상이 문화적 자존심처럼 우뚝 서있다. 소설 돈키호테는 시골뜨기 기사인 돈키호테와 우직한 시종인 산초의 좌충우돌(左衝右突) 무용담이다. 그러나 이 한 권의 책은 세월을 뛰어넘어 전 인류의 고전(古典)이 되었다.

왜 과대망상(誇大妄想)에다 시대에 뒤떨어진 우스꽝스러운 돈키호테의 이야기가 오늘날까지 회자되며 고전의 반열에 오를 수 있었는가? "불가능한 꿈을 꾸고, 이루어질 수 없는 사랑을 하고, 견딜 수 없는 고통을 견디며 가 닿을 수 없는 저 밤하늘의 별을 따자."라는 문장에서 그 이유를 짐작할 수 있다. 이 위대한 작품을 통해 인류는 꿈과 새로운 희망을 품고, 새로운 길과 진보의 역사를 창조할 수 있었던 것이다.

어느새 천명을 안다(知天命)는 50이 넘은 나이에도 불구하고 나는 여전히 몽상가(夢想家)이자 자유로운 영혼의 방랑자이며, 또한 시대와 역사를 바꾸는 혁명가이기를 바란다.

어느 유명의 카피처럼 "나이는 숫자에 불과하다!"라는 말과 "차이는 인정한다, 차별에 반대한다!"라는 말을 믿기 때문이다.

영국의 극작가이자 비평가인 조지 버나드 쇼는 "사람들은 이미 존재하는 것들에 대해 '왜?'냐고 묻지만, 나는 아직 존재하지 않는 것들에 대해 '안 될 게 뭐야?'라고 묻는다."라고 말했다. 불가능, 그것은 가능성의 다른 이름일 따름이다. "왜, 안 될 게 뭐야?"라고 묻는 사람들이 세상과 인류를 진보케 하고 창조와 혁신을 이루는 것이다.

90세에 「천지창조」라는 명화를 그린 미켈란젤로처럼, 80세에 오페라 「오텔로」를 작곡한 베르디처럼, 82세에 대작 「파우스트」를 완성한 괴테처럼, 101살에 생애 22번째 개인전을 연 미국화가 해리 리버만처럼 어느 시대나 어느 장소에도 돈키호테와 같은 수많은 인물이 존재한다.

102살에 마라톤을 완주한 인도의 파우자 싱처럼, 99살에 『약해지지 마』라는 시집을 낸 일본의 시바타 도요처럼, 89살에 미국을 걸어서 횡단한 도리스 해덕처럼, 44살에 링에 복귀해 챔피언 벨트를 되찾은 조지 포먼처럼, 94살까지 명품 바이올린을 만든 안토니오 스트라디바리처럼, 57살에 첫 저서인 『순수이성비판』을 쓴 임마누엘 칸트처럼, 54살에 북극점을 정복한 탐험가 아문센처럼 살아가야 한다.

그렇게 꿈 앞에서 영원히 늙지 않는 돈키호테가 되어라. 초인이나 영웅을 기다리지 말고 그대가 자신의 삶과 수행의 주인공이 되어야 한다.

돈키호테는 말한다. "과연 누가 미친 것입니까? 장차 이룩할 수 있는 세상을 꿈꾸는 내가 미친 것이오? 아니면 세상을 있는 그대로만 바라보는 사람들이 미친 거요?" 여러분은 이 물음에 어떻게 대답할 것인가?

러시아의 대문호 레프 톨스토이는 어느 서방 기자와 나눈 대담에서 "선생님, 어떤 것이 가장 중요한 순간이며, 누가 제일 소중한 사람인지요?"라는 물음에 "지금, 이 순간이 가장 중요한 순간이고, 지금 내 앞에 앉아있는 당신이 가장 소중한 사람입니다."라고 대답했다.

인생에서 가장 중요한 순간은 바로 지금, 여기에 있는 이 순간이고, 인생의 절정은 아직 오지 않은 내일은 내일일 뿐이다. 마치 지금 처음 보는 것처럼 경탄하고, 오늘이 마지막 순간인 것처럼 살아갈 일이다. 우리 모두 불가능한 꿈을 꾸는 돈키호테처럼 그렇게 살아갔으면 하는 바람이다.

바늘 하나 옷 한 벌로 천촌만락을 떠돌면서 나환자의 피고름을 빨아준 중국 선종 초기의 어느 이름 없는 두타행자 스님들처럼, 삼계교를 창시하고 무진장보를 만들어 가난과 병을 구제한 신행(新行)스님처럼, 모든 것을 버리고 오직 무소유와 사랑을 실천한 탁발수도회의 프란체스코 성인처럼, 평생을 어렵고 고통받는 이웃을 위해 온 몸을 던져 사랑과 헌신을 다한 마더 테레사나 이태석 신부처럼 언젠가 우리 곁으로 오실 거다.

이슬람의 창시자인 마호메트는 "나는 40살까지는 시장바닥을 떠돌던 이름 없는 사람에 지나지 않았다."라고 말했다. 그런 그가 어느 동굴에서 가브리엘 천사로부터 '꾸란(코란)'을 받고는 "읽어라."라는 말에 소명을 깨닫는다.

마호메트가 어느 날엔가 사람들에게 "내일 산을 옮겨 보이겠노라!"라고 선언한다. 무수히 많은 사람이 이적을 보기 위해 모이자 그는 "신이여, 내게로 오라!"라고 명한다. 그러나 멀쩡한 산이 다가올 리가 만무한지라 그런 기적은 벌어지지 않고 사람들은 실망과 불신을 보내게 된다. 이때 마호메트는 태연히 그 산을 향해 몸소 천천히 뚜벅뚜벅 걸어갔다고 한다. 산이 내게 오지 않으면 내가 스스로 그 산을 향해 나아가면 되는 것이다. 이는 선가에서 말하듯이 "다리를 건너매 물은 흐르지 않고 도리어 다리가 흐른다."라는 뜻일 게다.

나도 돈키호테가 되어보고 싶은지 생각하고 하는 일이 많다. 하나씩 열거하면 하모니카, 마술, 아코디언, 기타, 책 쓰기, 스피치 강습 등 계속해서 배우면서 남들을 가르쳐야 하기에 각 종목 쉴 새 없이 공부를 한다. 사실 요즘 크게 유행하는 코로나 19로 전에 하던 경로당, 요양원에 방문하여 노래, 레크(레크리에이션의 준말)를 할 수 없어, 이제 모두 시작이지만, 지금 경비 일을 하고 있다. 하루 근무, 하루 쉬는 근무 형태라 한 달에 16일 정도(월차 휴가 포함) 내 시간을 가질 수 있다. 그래서 월급도 받고 근무하는 날 틈틈이 집중해서 책 등 읽을거리를 볼 수 있어 신(神)의 직장에 다닌다고 자부한다.

누구를 위하여 벨을 울리나

요즘 웬만한 식당이나 술집 테이블 가장자리에는 벨이 하나씩 달려있다. 손님이 그 벨을 누르면 종업원이 요술램프 속 지니처럼 곧바로 달려오고, 그와 같은 접객 문화는 이미 우리 일상의 일부가 됐다. 테이블 가장자리에 벨이 없으면 냅킨꽂이나 수저통 뚜껑이나 옆면에 벨이 달려있다. 그러다 보니 식당이나 술집을 찾는 손님 중에는 종업원을 불러서 주문을 하는 게 아니라 벨이 어디 달려있는지부터 먼저 묻는 경우도 더러 있다.

그 벨도 나름대로 진화했다. 이를테면 소주 버튼과 맥주 버튼이 추가된 벨도 있다 손님은 자신이 마시던 술을 추가로 주문하고 싶으면 둘 중 하나를 누르면 된다. 그럼 종업원은 두 번씩 왔다 갔다 할 필요 없이 손님이 마시던 술을 갖다 준다. 그러나 어느 정도 취한 손님은 아무 버튼이나 마구 누르기 때문에 종업원은 결국 두 번씩 왔다 갔다 하기 일쑤다. 취한 손님은 아무 버튼이나 마구 누른다는 사실을 경험으로 체득한 베테랑 종업원은 눈치껏 소주와 맥주를 한꺼번에 가져온다.

우리는 벨 소리만큼은 좀처럼 적응이 잘 안 돼서 술집에서 벨을 누르는 대신 이왕이면 종업원과 눈이 마주치길 기다린다. 한번은 한 식당에서 종업원과 눈이 마주치길 한참 기다렸다. 마침내 종업원과 눈이 마주쳤고, 나는 어색한 미소를 지으며 손을 흔들어 보였다. 그러자 종업원은 다가와서 말했다. "손님, 필요한 게 있으면 벨을 누르세요."

식당이나 술집의 벨은 소비자와 사용자 중심의 편의주의에서 비롯된 비인간적인 발명품이라고 생각했는데, 꼭 그런 것만도 아닌 모양이다. 손님이 붐비는 식당이나 술집에서는 벨을 아무리 눌러도 아무도 오지 않을 때도 있다. 뒤늦게 온 종업원에게 왜 이제 왔냐며 볼멘소리를 해봤자 자기만 손해다. 종업원이 다시 오겠다고 하기 전에 서둘러 먹고 싶은 메뉴를 주문하는 편이 훨씬 이롭다. 다시 말해 손님이 벨과 씨름하는 동안에는 적어도 바쁜 종업원을 괴롭힐 수 없다.

어쩌면 우리 인간성을 시험하는 것은 애초에 비인간적인 발명품이나 기술의 진보가 아닐지도 모른다. 앞서 말한 식당에서의 손님 접대를 하는 종업원의 일은 '존중받아 마땅한 직업'으로 인식되지 않기에 제대로 된 일과 그렇지 않은 일이 따로 존재하는 사회에서는 누구든 요술램프 속 지니가 될 수밖에 없다.

삶을 포기한 사람이 주는 가장 큰 교훈(敎訓)

초교 동창 두 사람이 전에 자살했다. 우리나라 자살률이 세계에서 높다는 것은 잘 알려진 사실이다. 전쟁으로 죽는 사람보다 더 많을 정도니 자살 문제가 개인의 문제가 아니라 사회문제인 것은 분명하다. 대한민국 한 해 전체 사망자 중 자살 사망자의 비율은 대략 4% 정도라고 한다. 우리나라 자살 사망자는 청소년, 직장인, 무직자, 노인, 군인, 소방관, 연예인 등 다양한 영역에 분포되어 있다. 가장 안타까운 점은 20대 사망원인 중 자살 비중이 무려 44.6%로 암과 같은 불치병보다 높은 수치라는 것이다.

20대의 죽음의 절반은 자살이라고 말할 수 있을 만큼 무섭고 잔인한 결과이다. 인생에서 가장 빛나는 시기에 극단적인 선택을 할 수밖에 없는 청년들의 현실이 안타까울 따름이다.

"당신은 모든 걸 과장하는 경향이 있어요. 적어도 지금 우리가 문제 삼고 있는 자살만 하더라도 당신은 그것을 위대한 행위와 비교하지만, 그건 절대로 옳지 않아요. 뭐니 뭐니 해도 자살(自殺)이란 결국 나약함 때문이라고 생각할 수밖에 없어요.

괴로움에 가득 찬 삶을 꿋꿋하게 참고 견디어 나가기보다는 차라리 죽는 편이 쉬우니까요."

요한 볼프강 폰 괴테 『젊은 베르테르의 슬픔』 중에서.

언제부터인가 자살한 유명인(有名人)에 대한 사회적 추모가 당연해졌다. 죽음을 안타까워하는 것은 인지상정(人之常情)이지만, 병사(病死)나 사고사(事故死) 또는 전사(戰死)와 달리 자살을 미화하거나 영웅시하는 것은 아닌가 고민해봐야 할 시대의 단면이다.

실연의 고통을 이겨내지 못하고 자살로 짧은 생(生)을 마감한 청년 이야기.

이 이야기로 문학을 즐기던 청년 신격호가 주인공 이름을 따 그룹 이름을 롯데라고 하는 이야기는 너무나 알려져 있다.

'젊은 베르테르의 슬픔'은 1774년에 출판되자마자 스물다섯 살의 괴테(독일 철학자 1749~1832)를 일약 세계적 베스트셀러 작가 반열에 올려 놓았다.

베르테르의 패션 스타일을 따라 하는 것이 당시 유럽 청년들에게 큰 유행이었을 뿐만 아니라 그의 죽음을 모방해서 자살한 사람도 많았다.

우리나라의 경우도 유명 연예인이 자살하면 일반인이 흉내내어 따라 죽는 경우가 많은데 최진실(1968~2008년)의 경우가 그렇다.

괴테는 약혼자가 있는 여성을 좋아했던 자신의 아픈 경험과 유부녀를 사랑했던 친구의 자살 사건을 문학 작품으로 승화시켰다.

샤를로테라는 여인 이름까지 그대로 썼지만, 책 속의 베르테르와 달리 여든세 살, 죽음이 제 발로 찾아올 때까지 괴테는 열정적으로 저술 활동을 펼치며 살았다.

삶과 죽음에 대한 작가의 건강한 신념을 베르테르의 연적이었던 알

베르트가 대신 말해주고 있는 것 같다.

프랑크푸르트에 괴테 하우스가 있다. 괴테가 태어나 40대 중반까지 살았던 집, '젊은 베르테르의 슬픔'을 집필한 곳이기도 하다.

세계적 문호라고 해서 왜 슬픔이 없고 절망이 없었을까만, 천명이 다할 때까지 살며 사랑하며 끝없이 썼던 위대한 작가의 손길과 숨결이 배어있는 공간에서 느끼는 감동은 특별한 것이었다.

소설 속 죽음이 아름답다고 해도, 살아생전 굉장한 자취를 남겼다 해도, 자살로 생을 마감한 사람이 주는 가장 큰 교훈은 죽을 만큼 힘들어도 절대로 삶을 포기하지 말아야 한다는 것이다.

내가 요양원과 실버타운에 근무할 당시 자살을 하거나 미수에 그친 이야기를 들을 때가 있었다. 오래전 젊고, 아름다운 한 연예인이 목숨을 끊은 안타까운 소식이 있었다.

그녀의 죽음을 생각하며, 꼬리를 물듯이 우리가 잘 알고 너무나 아꼈던 한 톱스타 여배우의 갑작스러운 죽음이 떠올랐다.

그녀는 명예도, 부도, 많은 것을 가진 듯 보이는 그들의 삶이지만, 병상에 있는 누군가에게는 그렇게도 맞이하고 싶어 몸부림치는 내일의 삶이 그들에게는 단 하루도 더 살고 싶지 않은 지긋지긋한 아침이 되는 것에 참 가슴 아픈 인생의 두 얼굴을 보는 듯하다.

이러한 그들의 죽음은 비단 그들만의 문제가 아니라 우리 주위에 수만 명의 그들이 있음을 안다.

수많은 사람이 아픔, 고독을 가지고 살아가며, 누구에게도 그 고통을 내어놓을 수 없어 혼자 아파하고 있다.

이렇게 죽음에 이르게 한 고통을 이 세상은 '우울증'이라고 부르기도 한다.

사실 정도에 차이는 있지만, 우울증만큼 공평한 병도 없다.

부자이거나 가난하거나. 많이 배웠거나 배우지 못했거나, 노인이나 젊은이나 상관없이 찾아올 수 있는 것이 바로 이 우울증이다.

우리가 잘 아는 종교개혁의 주자 마틴 루터도 심한 우울증 환자였고, 링컨 대통령과 영국 처칠 수상까지도 역시도 우울증 환자였다. 우울증 앓았던 사람은 많이 있다.

그러나 현대인들에게 이 우울증은 그 어떤 시대보다 치명적이고 광범위하게 우리의 삶을 위협하는 것 같다. 왜 그럴까?

이렇게 우울증 환자와 그 우울증이 자살로 이어지는 것은 현대인이 갖고 있는 삶의 특징과 많은 연관이 있다고 생각한다.

자신의 아픔을 나눌 수 있는 사람들이 있는 한, 그런 사람은 죽지 않고 병들지 않는다.

그러나 외로운 사람은 병들 수밖에 없다.

외로운 것은 병이 되고 자기의 마음을 누구에게도 쏟아놓을 수 없는 외로운 사람은 병이 들 수밖에 없다.

그러나 옛날 시절 여자들은 빨래터나 남자들은 사랑방에 모이거나, 밭고랑에서 쉴 새 없이 호미질을 하면서도 바지런한 손과 입을 놀리며 자신의 고민과 아픔을 풀어놓다 보면 그들은 서로의 상처를 위로받고 힘을 얻을 수 있었다.

사실 요즈음에 말하는 상담이 그곳에서 일어났다고 할 수 있고, 서로가 상담가가 되어 서로를 치유했다고 할 수 있다.

그러나 요즈음은 어떤가?

옆집에 사는 이웃의 얼굴도 모른다. 익명의 사회, 냉혹한 전쟁의 사회에서 얼굴을 맞대고 일을 하면서도 속으로는 상대를 적으로 간주하는 총성 없는 전쟁터다.

그렇기에 일상에서 실제로 많은 사람은 총에 맞은 것처럼 그렇게 치명적인 상처로 죽어가고 있다. 눈에 보이는 상처라면 피가 나고 상처가 중하니 그것의 위급함을 알지만, 심리적 총상 앞에 우리는 아무 자각도 하지 못한 채 스러져가고 있다.

고등학교의 입시 반 교실을 한번 상상하면 누구의 성적이 몇 점 더 오르고 내리냐에 따라서 학생들의 희비가 엇갈린다.

학생들은 친구의 성적이 자기보다 한 점이라도 낮을 때에 안도감을 느낀다. 이런 사회 속에서 어떻게 진정한 만남이나 우정을 기대할 수 있겠는가? 깊은 인간관계가 이루어지기란 참으로 어려운 일이다. 이러한 관계에서 인간은 고독할 수밖에 없다.

이 속에서 사는 사람들은 힘들고 어려울 때 자신을 지지해주는 사람이 없기 때문에 작은 어려움도 잘 견디지 못하고 방황하면서 인생을 부정적으로 바라보는 경향이 많다. 세상과 건강하게 소통하지 못하고, 결국은 자신의 분노와 상처를 왜곡된 방식으로 표출하게 된다.

그렇기에 우울증에 시달리는 사람들에게 발견하는 공통점이 있다면 관계의 결핍이다. 아무도 자신의 마음을 알아주지 않는 것 같은, 아무도 자신에게 도움이 되어주지 않는 것 같은, 나 혼자만이 있다는 정서

적 밀실에 갇혀있다. 이들의 대부분은 나를 사랑하는 사람을 만나지 못하고 있다.

그렇기에 그들은 나를 알아주는 사람, 내 아픔을 이해해주고, 내 기쁨을 자기 기쁨처럼 기뻐해주는 사람, 마음을 털어놓고 나눌 수 있는 사람을 만나야 한다.

그러나 고통 가운데 있는, 힘들어하는 사람들은 스스로 그런 사람을 찾아 나설 수 없고, 스스로 나올 수가 없다.

사랑으로 찾아가서 만나주는 사람이 반드시 필요하다.

절망 가운데 자살하려던 아버지가 자식들이 아버지의 생일 날 아빠에게 고마운 것 50가지를 적어 읽어주니 그것을 읽어 내려가면서 아버지는 울음을 터트렸다. 운다는 것은 내가 일어설 힘이 있다는 것을 말한다.

'재주는 곰이, 돈은 되놈이'

이 말은 '고생하는 사람 따로, 챙기는 사람 따로'라는 뜻이다. 조선 시대 청나라 곡마단을 구경을 한 사람들이 만들어 낸 말이라고 한다.

되놈은 중국인을 비하하는 말로, 병자호란과 정유재란을 겪으면서 생겨났다.

'왜놈은 얼레빗, 되놈은 참빗!'이라고 할 정도였다. 일본인은 성긴 빗으로 긁어가고, 중국인은 참빗으로 싹싹 쓸어간다는 뜻이다.

엘비스 프레슬리는 한 해 500만 달러씩 벌었는데, 숨진 뒤 그의 통장에 생각보다 잔액이 많지 않았다. 그의 매니저 커널 파커가 엘비스의 수입 절반을 항상 빼돌렸기 때문이었다.

엘비스는 한 번도 외국 공연을 하지 않았다. 네덜란드 출신 불법 체류자로 미국을 떠날 수 없었던 파커가 "미국에서 충분히 벌 수 있으니 월드 투어를 할 필요가 없다."라고 했기 때문이다. 그는 엘비스 장례를 마친 날에도 뉴욕으로 날아가 기념품 판매 계약으로 수천만 달러를 벌었다

쿠바의 수도 아바나에는 '암모스 문도스 호텔'이 있다. 이 호텔 객실 511호는 미국 작가 헤밍웨이가 『누구를 위하여 종을 울리나』를 썼던 곳으로 보존되어 있다. 아바나 외곽 남동쪽의 '핑카 비히야'와 아바나 동쪽의 어촌 '코히마르' 역시 헤밍웨이가 『노인과 바다』를 쓰며 머문 곳으로 유명하다.

독일 프랑크푸르트의 괴테 하우스도 많은 관광객이 들르는 곳이다. 문호 괴테가 그곳에서 『파우스트』와 『젊은 베르테르의 슬픔』을 집필했기 때문이다.

마찬가지로 스코틀랜드 에든버러에 있는 '엘리펀트' 카페도 유명하다. 영국의 작가 J. K. 롤링(1966년생)이 『해리포터』를 쓰기 시작한 장소로 알려진 곳이다. 그동안 수많은 관광객이 성지 순례하듯 방문해 왔지만,

그 카페가 해리포터의 탄생지가 아니라고 깜짝 발표를 했다. 롤링은 "나는 엘리펀트 카페에 다니기 몇 년 전부터 해리포터를 쓰고 있었다." 라며 "해리포터에 관한 아이디어를 처음 떠올린 곳을 해리포터 탄생지라고 한다면, 맨체스터에서 런던으로 가는 기차 안이었다."라고 밝혔다.

롤링은 어릴 적 불치병에 걸린 어머니를 여의고 극심한 가난에 시달렸다. 한 회사에 비서로 취직했지만 해고를 당했고, 결혼해 딸 제시카를 낳은 후에는 남편의 폭행과 욕설에 시달리다 13개월 만에 이혼하기도 했다. 정부의 보조금을 받았지만 유아용 탈의실에 비치된 기저귀를 훔치다 망신을 당하기도 했다. 롤링은 한때 우울증에 시달리며 극단적 선택도 생각했지만, 끝까지 해리포터 시리즈를 완성했다. 그 결과 해리포터는 전 세계에서 성경 다음으로 많이 팔린 베스트셀러가 되었다. 해리포터 시리즈는 1997년 1편이 출간된 이후로 전 세계에서 최소 5억 부가 팔려 77억 달러의 수익을 올렸다.

7권으로 구성된 해리포터 시리즈는 8편의 영화로도 제작되었다. 롤링의 저작권 수입은 무려 1조 원이 넘는 것으로 추정된다. 또 하나, 우리가 롤링에게 배울 점은 영국의 높은 세금에 대한 질문에 대해 "나는 사회복지제도에 빚을 졌다. 내 삶이 바닥을 쳤을 때 사회안전망이 추락을 막아줬다."라고 말한 적이 있는데, 우리에게 울리는 메시지가 크다. 그는 수년간 의료. 아동. 인권 관련 자선 활동에 최소 1억5천만 달러를 쓴 것으로 알려져 있다. 롤링은 불행한 가정사로 인생의 밑바닥까지 경험하며, 에든버러의 허름한 임대주택에서 세기의 역작을 창조해냈다. 자유로운 상상력이 빚어낸 인간 승리의 드라마다.

우리나라에도 황순원 문학촌 소나기마을, 박경리 문학관 등이 있지만, 세계인들이 찾는 관광지는 아니다. 문학 분야에서도 한류 바람이 불어 세계인의 발길을 맞이할 날을 기대해본다.

올해(2020년) 고양시 문화유산관광과의 관광 개발을 하기 위해 실시한 서포터즈에 합격하여 이번 8월부터 1년간 내 지역을 돌면서 알릴만한 곳을 찾아다니며 취재를 해야 한다. 내가 사는 고양시는 인구 108만 명의 대도시로 600년의 역사와 전통을 자랑하고 유서 깊은 도시로 다양한 문화와 예술, 첨단 산업의 도시다. 자연과 사람이 공존하는 생태환경 도시로서 글로벌 도시의 면모를 갖추고 있으며, 꽃 축제, 호수 공원, 킨텍스, 행주산성, 서오릉, 서삼릉, 밤가시초가, 흥국사, 최영 장군의 묘, 영화의 메카 고양 아쿠아 특수촬영스튜디오 등 볼거리와 즐길 거리가 많은 관광의 도시이다.

건강 이야기

당뇨 역시 노년기 삶의 질을 떨어뜨리는 주범이다. 대부분 당뇨 합병증은 혈관 문제에서 시작된다. 혈당이 적정 농도보다 짙어지면 피가 끈끈해진다. 이 피는 혈관 내부에 단백질이 들러붙게 한다. 결과적으로 혈관 내벽이 망가진다. 이렇게 손상을 입은 혈관은 탄력이 떨어지고 혈액 흐름이 원활하지 않다. 건강한 혈관을 위해서는 평소 혈당 관리도 중요하다.

고혈압의 경우 특별한 증상이 없어 지나치기 쉽다. 높은 혈압은 심장에 부담을 줄 뿐만 아니라, 혈관을 손상해 동맥경화로 이어질 수 있다.

당뇨와 고혈압 등 여러 성인병이 복합적으로 나타나는 증상을 '대사증후군'이라 부른다.

당뇨와 고혈압은 서로 밀접하게 얽혀있고, 혈당을 관리하지 않으면 혈압과 콜레스테롤, 혈행에 문제를 일으켜 전신 혈관 질환으로 이어질 수 있다. 또한, 뇌혈관에 영향을 미쳐 치매 발병에 영향을 줄 수도 있다.

대사증후군과 치매 발병을 막기 위해서는 평소 건강한 생활습관을 유지하는 것이 중요하다. 건강한 식단으로 챙겨 먹고, 꾸준한 운동으로 적정 체중을 지켜야 한다. 술은 되도록 줄여야 하며, 금연은 필수다. 특히 매실과 현미, 자색고구마, 메밀 등 성인병에 좋다고 알려진 식품을 섭취하면 도움이 된다. 이 외에도 식이섬유가 풍부한 채소와 생선, 유제품을 충분히 섭취하면 좋다.

나이 들수록 신체기능이 떨어지는 건 어쩔 수 없다고 여기던 시대는 지났다. 평균수명이 높아지면서 우리 사회도 빠르게 고령화되고 있지만, 예전과 달리 나이와 살관 없는 건강과 근력을 자랑하며 활동적으로 사는 '액티브 시니어'도 늘고 있다. 이들이 공통으로 말하는 건강비

결은 바로 꾸준한 단백질 섭취다.

우리나라보다 먼저 고령화 사회에 진입한 일본의 식품시장에서는 '프로틴 푸드' 열풍이 뜨겁다. 해마다 찾아오는 미세먼지나 인플루엔자 바이러스 등은 면역력이 저하된 노년층에 더 위협적인 것으로 알려졌다.

탄수화물, 지방과 함께 3대 영양소 중 하나인 단백질은 우리 몸에서 물 다음으로 가장 많은 성분으로 신체의 필수 구성요소다. 근육과 혈액, 피부, 손톱, 머리카락 등 몸속 어디에나 존재한다. 최근 단백질로 주목받고 있는 콜라겐이나 근육 성분으로 알려진 류신도 대표적인 단백질 구성성분 중 하나다. 즉, 단백질 섭취는 우리 몸을 방어하는 면역력을 유지하는 데 가장 기초를 닦는 일이라고 할 수 있다.

나이가 들어가면서 몸속 단백질이 감소하고 따라서 근육량도 줄어든다. 근육의 감소는 보통 30세 전후로 시작되며, 노인의 근육량은 연간 1%씩 감소하고 근력도 해마다 3%씩 줄어든다. 이렇게 체내 근육량과 근력이 감소하여 나타나는 근감소증은 만성질환 혹은 고령사회에서 흔히 발생하는 질환이다.

일반적으로 3대 영양소 중 탄수화물과 지방은 쓰고 남으면 우리 몸에 축적된다. 하지만 단백질은 몸에 필요한 만큼 사용된 후 나머지는 모두 분해돼 몸 밖으로 배출된다. 보통 현대인들은 영양섭취가 오히려 지나쳐서 문제라고 하지만, 단백질만큼은 매일 꾸준하게 먹어줘야 하는 이유가 바로 여기에 있다.

체중관리는 현대인의 영원한 숙제다. 잦은 외식과 스트레스, 불규칙한 생활 습관, 적은 운동량 등으로 단시간에 체중이 확 늘거나 혹은 확 빠진다. 체중관리라고 하면 흔히 과체중인 사람에게만 해당한다고 생각하기 쉽지만, 저체중 또한 심리적 권태감, 무기력증 등 다양한 질환을 불러일으킨다. 체중계 위의 눈금이야말로 건강과 직결되는 지표이기 때문에 체중을 잘 관리하는 것이 건강을 잘 관리하는 것이라 해도 무방하다.

'건강 체중'이라는 말이 있다. 건강 체중은 건강한 생활을 영위하기에 알맞은 체중을 말한다. 정상 체중에 비해 너무 무겁거나 가벼우면 각종 질환의 위험이 크다. 특히 저체중인 사람들은 아무리 많이 먹어도 살이 안 찐다며 괴로움을 호소하는 경우가 많다. 몸에 늘 힘이 없어 무엇을 해도 쉽게 지쳐 의욕이 생기지 않는다. 저체중을 흔히 '먹어도 살이 안 찌는 체질'로 여기는 경우가 많지만, 엄밀히 말하면 저체중은 몸의 영양분이 부족한 상태다. 기능적 자양분이 충분하지 않으므로 세포대사율이 떨어지고, 근육 뼈 혈관 등 각 기관이 모두 약해져 병에 걸릴 확률도 높아진다. 외부의 세균이나 바이러스에 저항할 힘이 떨어지고 질병을 치료해도 회복이 더디다. 폐나 심장에 무리가 생겨 관련 질환으로 고통받는 경우도 생긴다. 근육감소로 인해 골밀도가 악화되고 영양실조로 일상생활에 지장을 받기도 한다.

저체중인 사람들이 살이 잘 찌지 않는 원인은 무엇일까? 이는 근육 부족에 있다. 적정량의 근육이 우리 몸의 건강 비결이라고 해도 과언이 아니다. 특히 엉덩이와 허벅지 부분이 급격하게 빠지면서 걸음에도 힘이 없고 자주 휘청거리게 된다. 근육이 부족할수록 근육이 감싸고 있는 뼈 건강도 위험해지는 것은 물론이고, 다양한 질환을 유발할 수 있어 무엇보다 근육 생성에 신경을 쓰는 것이 중요하다.

건강 체중을 유지하기 위해서는 양질의 단백질 섭취와 적절한 운동을 병행해 근육을 늘리는 것이 필요하다. 근육을 탄탄하게 유지하기 위해서는 근육의 주원료인 적정량의 단백질 공급이 필수이다. 많은 이들이 근육을 만들기 위해 닭 가슴살, 달걀 등 동물성 단백질을 섭취하는 편이지만, 콩에도 우리 몸이 필요로 하는 풍부한 단백질이 함유돼 있다. 이뿐만 아니라 콩에는 비타민, 식이섬유 등도 풍부해 근육을 만들기 위해서는 빼놓지 말고 챙겨 먹어야 할 식품 중 하나다.

같은 환경에서 생활하는데도 감기를 달고 사는 사람이 있는 반면, 감기에 잘 안 걸리거나 걸리더라도 하루 이틀 만에 거뜬하게 낫는 사람도 있다. 이는 '면역력'의 차이 때문이다.

감기 바이러스는 항상 우리 곁에 존재한다. 면역력이 떨어지는 순간 우리 몸의 방어능력이 약해지며 감기에 걸리기에 십상이다. 밤낮으로 기온변화가 큰 날씨에 우리 몸은 '비상'이 걸린다. 일정한 체온을 유지하기 위해 피부와 근육, 자율신경 등 여러 신체기능이 과도한 에너지를 쓴다. 이때는 상대적으로 면역세포에 할당되는 에너지가 줄어 제 기능을 못 한다.

외출 시 몸의 온도변화가 크지 않도록 보온에 특히 신경을 써야 한다. 체온이 떨어지면 면역세포의 기능이 떨어져 암세포가 활성화된다는 연구결과도 있다. 그렇다고 과도한 난방으로 실내 온도를 너무 높이는 것 또한 좋지 않다. 내 외부 기온 차가 커지는 만큼 우리 몸이 써야 할 에너지가 많아지기 때문이다. 또한, 건조해진 공기는 코와 기관지 등 호흡기 점막을 마르게 해 각종 바이러스와 먼지 등의 침입을 막는 기능을 떨어뜨린다.

나이 든 사람은 더 주의가 필요하다. 최근 심각한 문제가 된 코로나 19 바이러스 위험에도 노년층이 가장 취약하다. 일반적으로 면역력이 떨어지면 고개를 드는 질환 중 하나가 '통증의 왕'이라는 대상포진이다. 50대 이상에서 높은 발병률을 보이는 대상포진은 수면 부족, 노화로 인한 체력 저하 등 떨어지는 면역력이 원인이다. 나이 든 사람일수록 환절기 건강에 유의해야 하는 이유다.

100세 시대다

〰〰〰〰〰〰〰〰〰〰〰〰〰〰〰〰〰〰〰〰〰〰〰〰〰〰

중년 이후 새로운 '인생 2막'을 시작하는 이들이 늘어나고 있다.

'현재 자신의 행복이 가장 중요하다'는 의미로 통하는 '욜로(YOLO-You Only Live Once)'는 더는 젊은이의 전유물이 아니다. 중년을 넘어선 많은 이들이 자신의 행복을 찾기 시작했다.

평균수명 증가와 함께 인생을 즐기며 사는 욜로 분위기가 확산하면서 문화, 여행, 취미에 지갑을 꺼내는 중년도 크게 늘고 있다.

　이처럼 50대 전후의 중 장년층은 인생 2모작을 준비하는 시기다.

　행복한 제2의 삶을 누리기 위해 평소 자신의 건강을 꼼꼼히 살펴야한다.

쉬어가는 시간

✖ 60대: 배운 놈이나 안 배운 놈이나 똑같다.

　70대: 예쁜 사람이나 미운 사람이나 똑같다.

　80대: 가진 사람이나 없는 사람이나 똑같다.

　90대: 산목숨이나 죽은 목숨이나 똑같다.

✖ 소확행(小確幸)→ 작지만 확실한 행복

　거창하고 대단한 것을 꿈꾸기보다는 평범한 일상에서 자신만의 소소한 행복을 찾는 삶의 자세를 말한다. 1986년 일본 작가 무라카미 하루키의 수필집에서 처음 등장한 단어다.

　20세 약관(弱冠), 30세 이립(而立), 40세 불혹(不惑), 50세 지천명(知

天命), 61세 환갑(還甲), 70세 고희(古稀), 77세 희수(稀壽), 80세 산수 (傘壽), 88세 미수(米壽), 90세 졸수(卒壽), 91세 망백(望百), 99세 백 수(白壽), 100세 상수(上壽)

✴ 땅을 지키는 열두신장으로 '십이신장(十二神將)' 혹은 십이신왕(十二 神王)이라고도 한다. 자(子) 쥐, 축(丑) 소, 인(寅) 호랑이, 묘(卯) 토끼, 진(辰) 용, 사(巳) 뱀, 오(午) 말, 미(未) 양, 신(申) 원숭이, 유(酉) 닭, 술 (戌) 개, 해(亥) 돼지

✴ 조선의 임금들(27대)
태, 종, 태, 세, 문, 단, 세, /예, 성, 연, 중, 인, 명, 선, /광, 인, 효, 원, 숙, 경, 영, /정, 순, 헌, 철, 고, 순

✴ 세계 지폐의 인물
한국: 5만 원권– 신사임당, 1만 원권– 세종대왕, 5천 원권– 율곡 이이, 1천 원권– 퇴계 이황
미국: 1달러– 조지 워싱턴, 2달러– 토머스 제퍼슨, 5달러– 에이브 러햄 링컨, 10달러– 알렉산더 해밀턴, 20달러– 앤드루 잭슨, 50달 러– 율리시스 글랜트, 100달러– 벤저민 프랭클린
우리는 이황, 이이 등 문신들이 주인공으로 추대된 반면에 미국 지 폐 속 인물들은 링컨을 제외하면 모두 군인(軍人) 출신이다.
일본: 만 엔권– 후쿠자와 유키치(핵심 사상가) 5천 엔권– 나토베 이나

조이(교육가, 외교관)

천 엔권— 나츠메 소세키(소설가)

중국: 중국 지폐는 1, 5, 10, 20, 50, 100위안 등 총 6종류인데, 지폐 속 인물은 모두 중화인민공화국의 초대 국가 주석인 마오쩌둥이다. 초기 공산당의 최고 지도자였으며, 중국 현대사에 막대한 영향을 미친 인물이라고 할 수 있다.

문화대혁명으로 많은 인민을 학살하는 등 부정적인 측면이 많이 있음에도 불구하고 중국인들이 그를 높이 평가하는 것은 거대한 중국을 하나로 만들었기 때문일 것이다.

✖ 세계 3대 테너 가수

파파로티(1935~2007) → 이탈리아

플라시도 도밍고(1941~) → 스페인. 신장 188cm

호세 카레라스(1946~) → 스페인. 백혈병 앓았다

✖ 강원도 사북에 정선에 카지노가 있고, 고양시 능곡에서는 젊은 층에서 노인들까지 고스톱을 즐기는 소위 하우스가 있어(전국적으로 퍼져있다.) 1시간에 3천 원씩 자릿세를 낸다. 주인은 때때로 과자, 빵, 라면, 국수, 밥, 간식을 내오고, 커피도 끓여준다.

✖ 1950년대 미국 영화는 『역마차』, 『OK 목장의 결투』, 『황야의 무법자』, 『황야의 7인』, 『석양의 무법자』, 『하이눈』 등 서부영화의 황금기였다.

✱ 대표적인 서부영화의 주인공: 클린트 이스트우드, 존 웨인, 게리 쿠퍼, 율 브린너, 카크 더글라스, 버트 랭카스터
사랑의 영화:『타이타닉(1997)』,『러브스토리(1970)』,『로미오와 줄리엣(1997)』

'액티브 시니어' 전성시대

　　　　오래 사는 한국인의 '로망'은 이제 '액티브 시니어(Active Senior)'이다. 100세까지 살 수도 있다는 우려(?)는 점점 현실이 되고 있다. 보건복지부가 공개한 'OECD 보건통계 2019'에 따르면 1970년만 해도 한국인의 기대 수명은 62.3세에 불과했다. 30년이 지난 2000년의 기대 수명은 76세였고, 2017년에는 기대 수명이 무려 82.7세로 늘어났다. 50년이 채 안 되는 기간에, 한 사람이 태어나서 앞으로 살아갈 것으로 생각되는 세월이 20년 이상 늘어난 것이다.

　현재의 5060세대는 이처럼 기대 수명이 급속도로 늘어나는 시기를 살아가는 '급변의 세대'이다. 전례가 없었던 시대를 살아온 이들은 단순한 노년층을 넘어, '액티브 시니어'를 로망으로 살게 되었다. 이들은 일에 치여 사는 윗세대와 달리 여유롭게 여행을 다니고 신문물(新文物)을

적극적으로 흡수하며, 취미와 건강에 아낌없이 투자한다. 나이가 들어도 더욱 여유롭고 활기 넘치는 모습은 젊은 세대에게도 '롤 모델'이 될 수밖에 없다.

'액티브 시니어'의 특징!

액티브 시니어의 얘기를 한다면 적극성, 다양성, 미래 지향적이며, 경제력은 의지하지 않고 독립적이며 노년의 의식도 새로운 인생의 시작이라고 말한다. 가치관에 있어 본인을 노인층으로 인식하지 않고, 실제 나이보다 10년에서 20년 젊다고 생각하며 소비하는 형태도 무조건 검소하지 않고 합리적인 소비생활을 한다. 보통 노인이 되면 취미가 없거나 동일 세대만의 교류가 있을 수 있는데, 액티브 시니어들은 다양한 취미와 다른 세대와의 교류도 활발하다. 여기에 레저관에 있어서도 일 중심이 아니고 여가활동도 가치를 두며 생활하고, 여행도 단체관광이나 효도 관광이 아닌 자유여행을 즐길 줄 알게 된다. 노후준비도 자녀에게 절대적으로 의존하지 않고 스스로 준비하며 보유한 자산도 자녀에게 상속하지 않고 자신의 노후 준비를 위해 사용한다.

60대면 황혼기?

마원이 말하는 요즘의 '노익장' 시대!

중국 후한(後漢) 시대의 명장인 마원(馬援)은 군주 광무제의 명을 받아 남방평정의 공을 세운 뒤, 육순의 나이에도 북방의 외적을 토벌하러 나서며 '노익장'의 대명사로 꼽히는 인물이다. 그는 "뜻을 품었으면 어려울수록 굳세어야 하며, 늙을수록 건장해야 한다."라는 뜻의 "대장부위자 궁당익견 노당익장(大丈夫爲者 窮當益堅 老當益壯)"이라는 명언을 남겼는데, 여기서 '노익장'이라는 말이 유래됐다. '노익장'은 최근에는 "나이 든 사람이 젊은이만큼 활약한다."라는 뜻으로 자주 쓰이지만, 사실 마원의 원래 말은 "늙을수록 건장해야 한다."라는 의미였다. '노인이지만 의외로 건강하다'는 놀림의 시선을 거부하는, '늙을수록 더욱 건장한' 요즘의 '액티브 시니어'에게 딱 맞는 말이 바로 이것이다.

트랜드의 사각지대에서 '핵심'으로!

'액티브 시니어'들은 젊은 시절보다 늘어난 시간을 더욱 유익하게 활용한다. 적극적인 취미 활동을 통해 생업과는 별개의 분야에서 전문가로 거듭나는가 하면, 여행을 통해 또 다른 자신을 발견하기도 한다. 이러한 '액티브 시니어'들이 트렌드의 선두 주자이자 중요한 소비자 계층으로 떠오르면서 이들이 좋아할 만한 콘텐츠를 담은 각종 서비스와 건강한 5060세대를 겨냥한 건강 생활 및 취미 활동의 장이 늘어나고 있다. 손꼽히는 유튜브 스타로 유명세를 타고 있는 박막례 할머니, 50대 후반의 나이에 무명 생활을 벗고 히트곡 「백 세 인생」을 내놓은 가수 이애란 씨 등은 '액티브 시니어'들은 물론, '액티브 시니어'가 되고 싶은 모든 사람의 마음을 사로잡으며 성공을 거둔 사례들이다.

'액티브 시니어' 되기 위한 해법은?

'액티브 시니어'의 급부상 아래에는 당연히 그늘이 있다. 이러한 것들이 실버 세대의 대세를 이룬다면 좋겠지만, 안타깝게도 노년층에서는 빈곤한 이들이 훨씬 많다. '액티브 시니어'가 되기 위해서는 건강과 경제력, 자기 계발에 매진할 수 있는 교육 수준이 꼭 필요하다.

교육을 많이 받았고 재력이 충분하지만 건강하지 않을 수도 있고, 몸이 상대적으로 건강해도 경제적인 상황이 좋지 않아 끊임없이 노동의 현장으로 내몰릴 수도 있다. 또한, 어려움을 겪는 자식 세대에게 도움을 주느라고 시니어가 되어서도 육아, 경제적 지원을 놓을 수 없는 5060세대들도 상당수이다.

건강, 경제력, 교육 수준이라는 3가지 조건을 모두 완벽히 갖추기란 '명문대 입시'보다도 현실적으로 어렵다. 트렌디한 드라마나 멋진 광고 속의, 화려하고 젊은이들보다도 여유가 넘쳐 보이는 '액티브 시니어'는 '워너비'일지는 몰라도 현실 속 대세는 아닌 상황이다.

'유니콘' 같은 '액티브 시니어'로 가는 길은?

그렇다고 해서 '액티브 시니어'가 상상 속의 동물인 '유니콘' 같은 존재는 아니다. 누군가보다 경제사정이 좋지 않아서, 많이 배우지 못해서, 자식들이 제대로 독립하지 못해서 '액티브 시니어'가 될 수 없다고 좌절해서는 안 된다. 세상은 빨리 변하고 있고, 배우고, 즐길 것들은 일분일초마다 계속 늘어난다. 이를 외면하고 '나는 안 된다'는 말만을 반복해서 남는 것은 아무것도 없다.

마윈이 말한 '노익장'의 원래 의미처럼, '액티브 시니어'는 나이가 들수록 오히려 더 건강하고 현명해지는 사람들이다. 60대의 나이에도 '나이가 들었다 해도 변방의 싸움터에서 죽을 뿐'이라며 '현역'임을 주장했던 마윈처럼, '오늘이 내 인생에서 가장 젊은 날'임을 잊지 말고 지금 이 순간에 최선을 다하는 것이야말로 '액티브 시니어'로 가는 가장 빠른 길일지 모른다.

화웨이의 검은 백조

중국 광동성 선전시에 있는 화웨이 옥수혼 연구개발(R&D) 캠퍼스의 인공호수에는 검은 백조 4마리가 산다. 런정페이 회장

지시로 마리당 120만 호주 달러(약 9억9500만 원)를 주고 호주에서 수입했다. 검은 백조를 보며 연구원 2만 명이 고정관념을 깨고 상상력을 키우라는 취지다.

현재 세계 1위 통신장비업체, 2위 스마트폰 제조업체(대수 기준)인 화웨이는 미 중 신(新)냉전의 한가운데 서있다.

마케팅의 귀재

"부자들의 마지막 취미는 미술품 수집"이란 말이 있다. 세 번째 저택과 전용비행기, 요트까지 사고 마지막으로 미술품 구매에 관심을 둔다는 의미다. 예술에 대한 열정이든 박애정신이든, 과시욕이나 투자 목적이든 거부 중에는 미술품 수집가가 많은 것이 사실이다.

영국 미술가 데비미언 허스트는 거부(巨富) 수집가나 투자자들이 가장 선호하는 미술가 중 한 사람이다. 2004년 투자의 귀재로 알려진 헤지펀드 매니저 스티븐 코언은 허스트의 방부(防腐)액에 절인 상어 작품을 800만 달러에 사들여 화제가 됐다. 동물 사체 이용에 대한 비난과 논쟁이 컸지만, 이 작품으로 허스트는 39세에 작품 값 100억 원대의 스타 작가가 됐다.

2007년 런던 개인전에 선보인 그의 신작은 더 뜨거운 논쟁을 불러일으켰다. 백금 주물로 뜬 사람 두개골에 8,601개의 다이아몬드를 박아 만든 '메멘토 모리' 조각이었다. 이마의 다이아몬드는 무려 52캐럿짜리였다. 실제 해골과 고가의 다이아몬드가 작품 재료로 사용된 것도 논란거리였지만, 5,000만 파운드(약 980억 원)라는 가격이 더 화제였다.

작가는 제작비만 1,200만 파운드가 든 이 조각의 제작사가 130년 전통의 런던 보석상 '벤틀리&스키너'라는 점을 부각시키고, 예약제 소수 관람만 허용함으로써 작품의 가치를 극대화시켰다. 조지 마이클 같은 유명인들이 작품 구매에 관심을 보인다고 언론에 흘리는 것도 잊지 않았다. 과연 작품은 팔렸을까? 공개 두 달 후 허스트는 개인이 아닌 익명의 투자 컨소시엄에 작품이 팔렸다고 밝히면서 세계에서 가장 비싼 생존 작가라는 권좌에 스스로 올랐다.

투자의 귀재들은 미술로서의 상어나 해골의 가치보다 허스트라는 브랜드를 믿고 투자했을 것이다. 허스트는 그들의 관심과 돈을 끌어들이는 마케팅의 귀재인 것이다.

4,600억 원의 자산가가 된 그는 여느 부호들처럼 미술품 수집에도 열정적이다.

2015년 런던에 자신의 갤러리까지 연 허스트의 소장품은 현재 3천 점이 넘는다.

나체즈의 잃어버린 영화(榮華)

       미국 남부 미시시피주 나체즈(Natchez)는 300년이 넘는 역사를 간직한 도시다.

1716년 프랑스 식민지로 미시시피강변에서 전략 기지 역할을 했고, 관광지로 잘 알려진 뉴올리언스와 제1 항구도시 패권을 놓고 다투었다. 또한, 남부에서 둘째로 큰 노예시장이 있어서 그 노예들 노동을 기반으로 담배, 목화, 사탕수수 농장을 운영하며 발전했다. 그 덕에 19세기 중반까지 '미국에서 가장 백만장자가 많은 도시'의 영광(榮光)도 차지했다.

제2차 세계대전 때 파리가 독일군의 도시폭격을 막고자 바로 항복했듯이, 나체즈도 남북전쟁 당시 아름다운 도시를 유지하기 위해서 북군에 바로 항복했다. 패전 이후 상황이 많이 바뀌었다. 당시 주요 운송 수단이 나체즈를 기착지로 미시시피강을 따라 운항하던 증기선이었는데, 남북전쟁 이후 열차로, 그리고 후에 자동차로 대치됐다. 많은 농장과 공장이 문을 닫으면서 도시는 쇠락했다. 현재 도시에 몇몇 호텔과 살롱이 남아 화려했던 과거의 영화를 상상하게 하지만 영업을 중단한 지 오래되었다.

단지 과거의 부를 상징하는 맨션들만이 미국 남부의 역사를 경험하기 위해 찾아오는 연 70만 명 정도의 관광객을 맞이하고 있다.

그래서 그럴까? 나체즈를 비롯한 많은 남부 도시는 미국 독립 기념일을 경축하지 않는다. 게티즈버그 전투 다음으로 치열했던 빅스버그 전투에서 1863년 7월 4일 남군이 북군에 항복했기 때문이다. 그래서 이곳 사람들에게 7월 4일은 독립기념일이 아닌 패전일이다. 남부는 패전과 함께 급격히 쇠퇴했다. 전쟁에서 지는 것은 모든 것을 잃는 것이다. 식민지가 될 수도 있고, 나라가 없어질 수도 있다.

오늘날 미국의 가장 가난한 10주 중에서 9곳이 남부의 주다. 과거 멕시코 땅이었던 미시시피주의 전통음식으로 타말레가 있고, 지금도 북부 사람을 보면 "너희 양키들 때문에 우리가 이렇게 됐다."라고 말하면서 복잡한 표정을 짓는다. 패전의 아픈 상처는 사라지지 않았다. 그들은 아직도 미국은 남부 것이라고 믿고 있다.

애 안 낳는 한국, 합계출산율 198개국 중 198위

한국의 출산율이 세계에서 가장 낮은 것으로 분석됐다. 인구보건 복지협회가 공개한 유엔인구기금(UNNPFA) 「2020년 세계인구현황보고서」에 담긴 내용이다. 한국의 저출산 문제는 어제오늘의 문제가 아니다. 경제협력개발기구(OECD) 회원국 중에서는 이미 최하위로 내려앉았다.

지난해의 경우(2019년) 포르투갈과 몰도바만 한국보다 순위가 낮았지만, 조사 대상국 중 공식적으로 꼴찌를 기록한 건 1978년 첫 보고서 발간 이후 이번이 처음이다.

저출산에 따른 문제의 심각성은 국가 경쟁력에 치명타를 가할 정도로 폭발적이라 할 수 있다. 인구의 자연증가가 마이너스로 돌아서고, 인구 구조의 고령화가 진행되면서 사회 각 분야에 엄청난 부담을 안기는 것은 확실하다.

여기서 전문가들은 크게 4가지로 문제점을 지적하고 나선다.

1. 1인당 사교육비 증가
2. 소비자 물가 상승
3. 역대 최고의 서울 특히, 강남 아파트 가격상승
4. 역대 최악의 취업률

인생 후반기에 깊게 생각하자

~~~~~~~~~~~~~~~~~~~~~~~~~~~~~~~~~~

인간은 스스로 알 수 있는 게 아니다. 다른 사람이 무엇으로 자신을 호칭하느냐에 따라서 비로소 진짜 모습이 알려진다. 자신을 아직도 왕이라고 여기고 싶어도, 상대가 이에 호응하지 않으면 더 이상 왕은 아닌 것이다. '리어 왕'에서 고너릴의 대사 한마디로 이 엄연한 사실을 선포한다. "사냥에서 돌아와도 인사도 안 할 작정이니, 아파서 앓아누웠다고 전해라." 사냥을 다녀오는 리어의 귀환은 이제 왕의 귀환이 아니다. 입에 붙은 혀 같은 딸에 의해 그는 '아무것도 아닌 자'로 전락한다. 고너릴은 덧붙인다.

"멍청한 늙은이, 자기가 주어버린 권력을 아직도 휘두르려고 하다니."

선배들이 하나둘 은퇴를 시작하면서 안절부절못하는 경우를 본다. 자의 반 타의 반 직장을 나온 친구들도 낯선 호명에 어리둥절한 경우를 자주 본다. 모임에서 서로를 호칭하는 O 사장, O 대표 등이 어색한 것이다. 부풀린 호칭은 과시를 좋아하는 우리나라 문화의 한 특징이지만, 이름과 실질이 일치하지 않는 상태는 사람을 불안하게 한다. 평생 일에 몰두했을 뿐 취미조차 없다면 내면의 공허를 이기기 힘들다. 때때로 초조를 견디지 못하고 준비 없는 창업을 서두는 것을 보면 안쓰럽기도 하다.

삼시 세끼를 집에서 차려 먹는 '삼식이'가 최악의 호명임은 누구나 안다. 아내를 친구 삼아 유유자적은 대부분 언감생심이다. 가부장제에 길들어 감정 읽는 기술은 형편없고, 일 말고 생각한 적이 없는 눈치 없는 머리로 수다를 나누는 건 무리다. 대화를 흥미롭게 하기는커녕 한마디 툭 던지고 나면 말이 끊기기 일쑤다. 아내가 열불 내지 않도록 딴생각하지 말고 맞장구나 잘 쳐서 구박이나 면하는 게 경험상 최고인 듯하다.

목공을 배워 스스로 목수가 되거나, 텃밭을 일구며 땀 흘리는 농부가 되거나, 책 읽고 글 써서 작가가 되거나, 대학 등에 등록한 후 다시 공부를 시작해 확인이 되는 이들은 주변의 완전한 부러움을 산다. 이들은 기어이 행복의 비밀을 찾아낸 '아무튼 인생 고수' 같은 느낌이다.

나이 들어 야망을 부리는 것은 대부분 주책이다. 또다시 세상을 호령하고 싶다는 마음은 두 번째 인생을 두 번째 불행으로 물들일 뿐이다. 에피쿠로스에 따르면 인간의 가장 완벽한 행복은 배고프면 밥을 먹고, 피곤하면 잠을 자고, 욕구가 솟으면 사랑을 나누는 것이다. 행복은 아무 번민 없이 삶을 온전히 느끼는 데 달려있다.

그런데 목수, 농부, 작가, 학인 같은 이름을 얻는 이들의 공통점이 있다. 말하는 자가 아니라 내면의 귀를 기울여서 세계의 호명을 듣는 자라는 점이다. 나무의 울림을 듣는 사람이 목수가 된다. 스승의 소리를 듣는 사람이 학인이 된다. 글의 속삭임을 듣는 사람이 작가가 된다.

내가 누군지 말할 수 있는 사람은 없다. "어이, 거기!" 세계가 나를 호명할 때 어떻게 응답하느냐에 따라 내가 누구인지 드러난다. 허황함에 쏠리지도 않고, 허망함에 유혹되지도 않으면서 두 번째 삶에서 완전한 행복을 추구하고 싶다면, 먼저 물어야 한다. 지금 나는 어떤 호명에 답하려 하는가?

고전 발레의 3대 걸작

　　　　고전 발레란 17세기부터 19세기 말까지 주로 공연된 발레로, 보통 20세기 현대 발레와 비교해서 쓰는 말이다. 19세기 러시아에서 초연된 『백조의 호수(1877년 초연)』, 『잠자는 숲속의 미녀(1890년)』 『호두까기 인형(1892년)』을 보통 '고전 발레의 3대 걸작'이라 일컫는데, 모두 '러시아의 국민 작곡가' 차이콥스키가 작곡과 편곡을 맡았고, 페티파가 안무를 짰다.

발레는 춤과 음악, 미술이 어우러진 종합예술

　고전 발레 '백조의 호수'의 장면에서 남녀 주인공이 선보이는 2인무 '그랑 파드되(grand pas de deux)'는 발레 공연의 백미로 꼽힌다.

　발레는 대사 없이 무용만으로 주제와 줄거리를 표현하는 극무용이다. 극적인 내용을 설명하는 부분은 마임(무언극, 동작과 몸짓만으로 표현하는 것)으로 표현을 한다. 그래서 발레를 춤과 마임, 음악과 미술이 어우러진 종합예술이라고 한다.

　보통 '발레' 하면 떠오르는 이미지가 '발끝으로 아찔하게 서있는' 발레리나인데 발끝으로 서서 고난도의 춤을 능숙하게 추기 위해서는 수년간의 고된 훈련을 거쳐야 한다. 세계적인 발레리나 강수진의 굳은살 박힌 발가락 사진이 한때 유명세를 탄 적이 있는데, 그 사진 한 장으로 우리는 그녀의 피나는 노력을 짐작할 수 있다.

발레 감상을 하려면 발레 용어를 알아두는 것이 좋다. 발레에는 많은 무용수가 등장하는데 이들을 크게 '솔리스트'와 '코르 드 발레'로 나눌 수 있고, 솔리스트란 발레에서 중요한 역할을 연기하는 주연 무용수를 의미하고, 코르 드 발레는 뒤에서 군무를 추는 무용수를 가리킨다. 코르 드 발레는 발레의 전체적인 분위기를 만들어내면서 솔리스트를 돋보이게 하는 역할을 맡는다.

고전 발레에는 주인공인 솔리스트(남성 제1 무용수와 여성 제1 무용수)를 돋보이게 하는 춤인 '그랑 파드되(grand pas de deux)'가 있다. 남녀 주연 무용수가 사랑을 표현하는 2인무인 '그랑 파드되'는 아다지오, 베리에이션, 코다의 세 부분으로 구성된다.

'아다지오(느리게)'는 여성 무용수의 춤이 돋보이는 무대고, 남성 무용수의 지탱을 받은 여성 무용수가 느리고 우아하게 춤을 춘다. '베리에이션(변화)'은 남녀가 떨어진 채 여성이 먼저 춤을 추고, 이어서 남성이 빠르고 경쾌한 음악을 타고 춤을 춘다. '코다(마지막 절)'는 남녀가 함께 어우러져 빠른 템포로 춤을 추며 극을 최고조로 이끈다.

영국의 물리학자 스티븐 호킹(1942~2018)

     모두가 잘 아는 위대한 천재 과학자, 바로 영국의 물리학자 스티븐 호킹 박사.

그는 대중의 사랑과 존경을 가장 많이 받은 20세기 과학자 중 한 명이다. 그가 연구했던 '특이점 정리'나 '호킹 복사 이론' 등은 워낙 복잡하고 심오해서 그 개념을 이해하려면 물리학에 관한 상당한 공부가 필요하지만, 호킹 박사가 워낙 매력적인 인물이라 우리는 그가 남긴 물리학 업적에 대해 계속 호기심을 느끼게 된다. 그러니까 우리에게 과학 공부를 하고 싶도록 만드는, 바로 그런 인물이다.

1942년 1월 8일 영국 옥스퍼드에서 태어난 호킹은 전쟁 중에도 서점에 가고 책을 읽었던 학구적인 어머니의 영향으로 늘 호기심에 가득 찬 아이였다고 하고, 또 엉뚱하지만 놀라운 상상력을 가진 소년이었다. 수학과 물리학을 특별히 좋아하긴 했지만, 학교 성적까지 독보적인 것은 아니었다.

호킹은 옥스퍼드대에 진학한 이후 물리학 분야에서 천재성을 드러냈다. 한번은 동기들이 모두 어려워하는 문제들을 뚝딱 풀어내고선 이렇게 말했다고 한다. "내가 시간이 없어서 처음 열 문제밖에 못 풀었어." 밤을 꼬박 새워도 단 한 문제를 풀기 어려웠던 친구들의 심정을 호킹은 잘 몰랐나 보다.

호킹의 삶을 송두리째 흔들었던 건 스물한 살에 찾아온 루게릭병이었다. 그는 이 병으로 인해 몸을 거의 움직이지 못하게 되었고, 말을 할 때도 기계에 의존해야 했다. 자신의 육체가 서서히 감옥이 되어갔지만, 이후에도 호킹은 우주론과 이론물리학 분야에서 놀라운 업적을 남겼다. 신체적 고통 속에서도 그는 유쾌함을 잃지 않았고, 인간 정신의 아름다움과 꿈의 위대함을 보여주었다. 뉴턴과 아인슈타인의 계보를 잇는 위대한 과학자 호킹은 대단한 천재였지만, 동시에 따뜻하고 인간적인 우리의 친구였다.

갈등(葛藤)

　　　　제주도에는 곶자왈이란 숲이 있다. 이 숲에는 정글과 같이 울창한 나무와 식물들이 많이 자라고 있는데, 종종 칡나무 넝쿨과 등나무 넝쿨이 큰 나무들을 감싸 올라간 모습을 볼 수 있다.

　칡넝쿨이 햇빛을 받기 위해서 큰 나무들의 몸통을 감싸고 올라가면, 뒤이어 등넝쿨이 큰 나무와 칡넝쿨을 반대방향으로 감아 올라간다.

　나주에 등나무가 칡넝쿨을 모두 감싸면 칡나무가 햇빛을 받지 못하고 죽는다. 그러면 다른 칡넝쿨이 등넝쿨을 감싸 올라가 등나무를 죽인다. 이처럼 칡나무와 등나무가 뒤엉켜 싸우는 모습과 서로 꼬여 풀기 어려운 상황을 '갈등(葛藤)'이라 쓰는데, '갈'은 칡을 의미하고, '등'은 등

나무를 의미한다. 사람들은 종종 선택 앞에서 갈등할 때가 있고, 꼬인 인간관계 때문에 갈등할 때도 많다.

미국의 러시모어 석상

　　　　미국 여권 안에는 네 명의 대통령상이 실려 있다. 미국 중북부 사우스다코타주 '러시모어산(Mount Rushmore)'에 조각된 미국 전직 대통령 4인의 석상이다. 석상을 정면으로 바라보면 왼쪽부터 조지 워싱턴(1대, 1732~1799), 토머스 제퍼슨(3대, 1743~1826), 시어도어 루스벨트(26대, 1858~1919), 에이브러햄 링컨(16대, 1809~1865)의 얼굴이다. 워싱턴은 영국과의 독립전쟁을 승리로 이끈 뒤 오늘날 미국을 건국한 초대 대통령으로 유명하다.

　토머스 제퍼슨은 미국 역사상 최대 영토를 사들인 대통령. 그는 1803년 캐나다 국경에서 미국 동남쪽 멕시코만(灣)에 이르는 광대한 중부지역을 프랑스로부터 1,500만 달러에 사들였는데, 그 영토가 얼마나 컸던지 현재 미국 50주 중 15주가 당시 제퍼슨이 사들인 범위에 포함된다. 212만㎢에 달하는 국토를 한꺼번에 확보한 덕에 훗날 그 후손들이 서부 태평양 연안까지 진출하는 초석이 되었으니 미국인들이 사랑하는 대통령이라고 할 수 있다.

그 옆에 새겨진 시어도어 루스벨트도 미국의 확장에 도움을 주었다. 그는 1901년 대통령에 취임하자마자 미국이 대서양과 태평양을 장악하려면 두 바다를 잇는 파나마운하를 건설하는 것이 국익에 도움이 된다고 생각했다. 파나마운하는 그가 퇴임한 뒤에야 완성되었다.

해발 약 1,750m에 달하는 러시모어산 정상부근에 이토록 거대한 조각을 남긴 사람은 미국의 조각가 거츤 보글럼(1867~1941)이다. 러시모어산 작업은 1927년부터 1941년까지 14년간 작업자 약 400명이 참여하는 가운데 이루어졌다. 다이너마이트로 바위를 부순 뒤 얼굴 형상을 잡고 드릴과 정으로 세부조각을 해나갔다.

흔히 규모가 크면 아름다움이 떨어진다고 말하는데, 얼굴 크기가 건물 6층 높이(18m)에 달하는데도 불구하고 매우 섬세하다. 특히 눈동자의 검은자위는 음각으로 그늘지게 하고, 그 안의 수직 기둥을 새겨 마치 동공에 맺힌 빛처럼 하얗게 보이게 한 효과는 백미다.

보글럼은 공사 기간 자금난, 인력난, 여론의 비난 등 숱한 악재를 겪었지만, 공사를 멈추지 않았다. 안타깝게도 보글럼은 1941년 3월 완공을 보지 못하고 세상을 떠났고, 곁에서 조각을 돕던 아들 링컨 보글럼이 작업을 이어받아 그해 10월 완성했다.

이명래 고약

　　　　국립민속박물관의 유물 가운데 명래 한의원에서 판매했던 고약이 소장되어 있다.

　봉투 앞면에는 신경통, 관절염, 류머티즘, 화상, 동상, 치질 등 모든 종창 등의 문구가 보인다. 그리고 짙은 갈색의 고약 하나가 종이에 싸여 동봉되어 있다. 이것을 불에 녹여 종기에 붙이면 고름이 빠지고 상처를 아물게 해주었으며, 종기 외의 각종 피부질환에도 효과가 좋아서 다방면으로 사용되었다고 한다.

　1906년에 '이명래 고약'을 개발하고 이명래 타계 후 맥은 이어졌지만, 더 이상 후계자가 나서지 않았던 탓에 2011년을 마지막으로 사람들의 추억 속에 머물게 되었다.

동아제약의 박카스

　　　　오랜 식민 지배와 한국전쟁을 겪은 후 국민의 건강상태가 좋지 않았고, OECD 통계에 따르면 당시 국민의 평균수명은 54세였다.

동아제약은 허약해진 국민을 위해 미네랄과 타우린을 주성분으로 한, 간 보호와 피로 회복에 도움이 되는 제품을 출시하였다.

박카스는 처음에 알약 형태로 출시되었으나 녹아내리는 문제가 발생하여 반품이 속출하여 1963년, 멈추지 않는 도전으로 드링크제 형태의 '박카스D'를 출시하게 되었다. 이후 동아제약은 적극적인 마케팅과 혁신적인 영업전략으로 매우 빠르게 성장하며, 1967년 제약업계 정상에 우뚝 서게 되었다.

칠성사이다

올해로 발매 70년을 맞이하는 롯데칠성음료의 '칠성사이다'는 우리 민족의 입맛을 대변해 온 음료다. 하루에도 수많은 신제품이 쏟아지고 있는 가운데 70년간 줄곧 우리 곁에서 변함없는 맛과 즐거움을 선사하는 칠성사이다의 저력은 실로 대단하다.

국내 사이다 시장은 꾸준히 성장하고 있으며, 2019년 국내 사이다 시장에서 칠성사이다는 약 70%에 달하는 점유율로 독보적인 위치를 차지하고 있다.

칠성사이다는 1950년 5월 9일 처음으로 출시됐다. 성이 다른 7명이

주주가 되어 세운 '동방청량음료합명회사'의 첫 작품이었다.

이들은 각자의 성이 모두 다르다는 점에 착안해 '칠성(七姓)'이라는 제품명을 쓰려 했다. 하지만 회사의 영원한 번영을 다짐하는 의미에서 별을 뜻하는 '성(星)'을 넣어 '칠성(七星)'으로 결정했다. 이후 사명(社名)은 여러 번 바뀌었지만 칠성사이다의 정체성은 변함없이 이어져 오고 있다. 칠성사이다에 얽힌 이야기는 많다.

그중에서도 삶은 달걀과 김밥, 그리고 칠성사이다의 조합은 특별하다. 지금 맥주와 같이 먹는 치킨(치맥) 조합이랄까? 이 셋은 '소풍삼합'이라는 별명이 있을 만큼 우리나라 대부분의 중장년층에게 삶의 향수를 느끼게 하는 소중한 추억이다.

최근 젊은 층 사이에서는 갑갑한 상황이 시원하고 통쾌하게 풀리는 것을 표현할 때 '사이다'라고 한다. 이렇게 칠성사이다는 각자에게 다른 의미와 추억을 선사하며 그 역사를 이어나가고 있다.

'박치기 왕' 김일, 대전현충원에 안장된다.

전설의 프로레슬러 '박치기 왕' 김일(1929~2006)의 유해가 국립묘지에 안장된다.

대한체육회는 대한민국 스포츠 영웅에 헌액된 김일이 국립대전현충원의 국가사회공헌자 묘역에 안장된다고 밝혔다.

1929년 전남 고흥군 금산면 거금도에서 태어난 김일은 국내에서 처음에 씨름 선수로 활동하다 일본 프로레슬링을 개척한 역도산(1924~1963)을 찾아 1956년 일본으로 건너가서 이듬해 도쿄 역도산체육관 문하생 1기로 입문하여 프로레슬러가 됐다.

1958년 데뷔전을 치른 김일은 1960, 1970년대 초까지 어렵고 가난했던 시절 필살기인 박치기로 국민에게 즐거움과 감동을 주며 한국 프로레슬링의 황금기를 이끌었다.

60년대에는 내가 초등학교 다닐 때인데, 모두가 가난해서 TV가 없었다. 아주 잘사는 부잣집이나 만화 보는 가게에만 있던 시절이어서 나는 동생들과 근처의 부잣집에서 보던 기억이 있다.

사각의 링에서 김일의 박치기가 나오면 그것으로 승부는 끝이 났다. 전성기 시절 그가 박치기 동작을 취하기만 해도 상대 선수는 겁을 먹고 도망가기 바빴다. 김일은 30년간 20여 차례 세계 챔피언 타이틀을 획득했다.

김일의 현충원 안장은 국립묘지의 설치 및 운영에 관한 법률 제5조 등(대통령령으로 정하는 요건을 갖춘 5등급 이상 체육훈장을 수여한 자로 체육 발전에 공을 세운 자)을 근거로 국가보훈처 국립묘지 안장 대상 심의위원회에서 결정됐다.

대한민국 스포츠 영웅의 국립묘지 안장은 2002년 손기정(마라톤), 2006년 민관식 전 대한체육회장, 2019년 서윤복(마라톤), 김성집(역도)에 이어 다섯 번째다.

한국 복싱 첫 세계챔피언 김기수(1938~1997)

함경남도 북청 출생으로 1951년 1·4후퇴 때 전라남도 여수에 정착하고 그는 자기의 인생에서 가장 중요하다고 할 수 있는 경기를 만나게 되는데, 그것은 바로 WBA 주니어미들급 세계챔피언 결정전이다. 대회가 열린 1966년 6월 25일, 서울 장충체육관의 열기는 그 어느 때보다 뜨거웠다. 세계챔피언 니노 벤벤누티와 김기수 선수와의 경기가 있는 날이었기 때문이다.

'땡,' 마침내 경기 종료를 알리는 종이 울렸다. 긴 침묵 속에 2 대 1 판정승을 선언하며 주심은 김기수의 팔을 번쩍 들어 주었다. 한국 프로복싱 역사상 첫 세계챔피언이 탄생하는 순간이다. 현장에서 경기를 지켜보던 박정희 대통령도 박수를 아끼지 않았고, 이번 경기의 승리는 그를 한순간에 국민적 영웅으로 만들기 충분하였다.

"김 선수 이길 자신 있어요?"

"젖 먹던 힘까지 다해서 노력하겠습니다."

벤벤누티와의 경기를 앞두고 박정희 대통령과 김기수 선수가 나눴던 대화이고, 이 대화 후 박 대통령이 경제기획원 장관에게 대전료를 내주라고 지시하였기 때문에 경기는 성사될 수 있었다고 한다. 한국의 1인당 국민 총소득은 131달러였던 당시, 무려 5만 5,000달러라는 높은 대전료를 지불할 만큼 영웅이 필요하였던 시기에 우리나라 김기수 선수의 승리는 국민들에게 가난에서 벗어날 수 있다는 자신감과 함께 희망을 주었다.

하지만 그에게 챔피언의 영광은 그리 오래가지 못하였다. 2년 후 이탈리아에서 열린 원정 3차 방어전에서 챔피언 타이틀을 뺏겼기 때문이다. 국민의 영웅으로서 오래도록 기억되고 있는 김기수 선수. 그가 있었기에 우리나라가 이 자리까지 올 수 있었던 게 아닐까?

지나간 끔찍한 이슈 사고(事故), 사건(事件)

우리는 지나간 아픈 기억을 알고 있어야 하고, 같은 일이 반복 안 되도록 노력해야 한다.

독도는 우리 땅, 대마도도 우리 땅

1895년(고종 32년) 10월 8일 명성황후, 민비시해사건, 을미사변

1945년 8월 15일 일본 식민지에서 해방

1950년 6월 25일 한국전쟁 발발

1953년 7월 27일 휴전협정

1960년 4·19의거

1961년 5·16혁명

1963년 박정희(1917년 출생) 5대 대통령 취임~9대 서독에 광부, 간호사 파견

1964년 월남파병(비둘기, 백마, 청룡, 맹호부대)

1965년 한일협정(6월 22일)

1968년 무장공비 침투사건(김신조), 주민등록증 발급

1971년 명동 대연각 호텔 화재

1979년 박 대통령 서거(10·26사건)

1980년 전두환(1931~) 대통령 취임

1982년 야간통행금지 해제

1983년 교복 자율화, KBS 이산가족 찾기, 아웅산테러(미얀마), 삼성
　　　　반도체 선언

1987년 대한항공 피격사건(김현희)

1989년 해외여행 자유화

1994년 성수대교 붕괴사건

1995년 삼풍백화점 붕괴

1997년 IMF외환위기

1999년 화성 씨랜드 참사

2003년 대구 지하철 참사

2008년 국보 제1호 남대문 화재

2014년 4월 16일 세월호 참사

한국의 유명한 인물

✖ 출생연도를 기준으로 나열하였음

이승만 (1875~1965) 초대 대통령, 하와이로 망명

김 구 (1876~1949) 육군소위 안두희에게 암살당함

안중근 (1879~1910) 만주 하얼빈역에서 이토 히로부미 저격

안창남 (1900~1930) 한국 최초 상공을 날은 비행사

엄복동 (1892~1951) 자전거 영웅

이봉창 (1901~1932) 독립투사

박인천 (1901~1984) 전남 나주, 금호그룹 창업

유관순 (1902~1920) 애국지사

박흥식 (1903~1994) 평안남도 용강, 화신백화점,

　　　　　　　　　조선 최고의 부자였으나 말년에 비참함

조홍제 (1906~1984) 경남 함안 효성그룹 전 회장

구인회 (1907~1969) 경남 진주, 락희화학공업사 전 회장

윤봉길 (1908~1932) 독립투사

이병철 (1910~1987) 경남 의령: 삼성그룹 회장

한일합방, 국치일 1910년 8월 29일

정주영 (1915~2001) 강원도 통천, 현대그룹 회장

이성순 (1916~1983) 시라소니, 한국 최고의 주먹

박정희 (1917~1979) 5대~9대 대통령, 경북 구미

김두한 (1918~1972) 청산리 전투의 김좌진 장군의 아들

남인수 (1918~1962) 가수, 경남 진주

전중윤 (1919~2014) 강원도 철원, 삼양식품

조중훈 (1920~2002) 한진그룹 창업

백선엽 (1920~2020) 평안남도, 4성 장군(33세 때)

김형석 (1920~) 평안남도, 연세대 명예교수

임대홍 (1920~2016) 전북 정읍, 대상그룹 창업회장

신격호 (1922~2020) 울산, 롯데그룹 회장

김대중 (1924~2009) 전 대통령, 전남 신안

김종필 (1926~2018) 충남 부여, 초대 중앙정보부장

김영삼 (1927~2015) 전 대통령, 경남 거제

박태준 (1927~2011) 포스코 전 회장

송　해 (1927~) 황해도 재령, 전국노래자랑 사회

신영균 (1928~) 영화배우, 사업가

김동길 (1928~) 평안남도, 연세대 명예교수

백영훈 (1930~) 전 박정희대통령통역관(서독)

전두환 (1931~) 11~12대 대통령, 경남 합천

신춘호 (1932~) 농심라면 회장

이길여 (1932~) 전북 군산, 가천대 길병원 명예이사장

노태우 (1932~) 전 대통령

김재철 (1935~) 전남 강진, 동원산업 회장

이순재 (1935~) 함북 회령, 영화배우

류태영 (1936~) 농촌청소년미래재단 이사장

신성일 (1937~2018) 대구, 영화배우

패티김 (1938~) 가수

김지미 (1940~) 영화배우

이주일 (1940~2002) 코미디언, 무랑무즈, 초원의 집

이미자 (1941~) 가수

구자신 (1941~) 쿠쿠 밥솥 회장

배 호 (1942~1971) 가수

반기문 (1944~) 전 UN 사무총장

최인호 (1945~2013) 별들의 고향, 고래사냥, 겨울나그네

황수관 (1945~2012) 일본 태생, 연세대 외래교수, 신바람 박사

노무현 (1946~2009) 전 대통령, 경남 김해

남 진 (1946~) 가수, 전남 목포

나훈아 (1947~) 가수, 본명 최홍기, 부산

박근혜 (1952~) 전 대통령, 대구

최호식 (1954~) 호식이 두 마리 치킨 대표

최순실 (1956~) 국정논단, 본명 최필녀, 개명 최서원

김홍국 (1957~) 하림그룹 회장

백종원 (1966~) 충남 예산, 요리연구가, 기업인

이재용 (1968~) 삼성그룹 부회장

정용진 (1968~) 신세계백화점 부회장

조현준 (1968~) 효성그룹 회장

최진실 (1968~2008) 탤런트, 영화배우

설민석 (1970~) 한국사 강사

이부진 (1970~) 호텔신라 대표

살아있을 때 나잇값을 하자

예수 33, 공자 73, 석가 80, 세종대왕 32, 이순신 54, 황희정승 89, 조광조 38, 김삿갓 56, 신채호 57, 윤동주 28, 안중근 32, 이상 26, 이승만 90, 김구 73, 유관순 18, 박정희 62, 김두한 54, 김수환 추기경 87, 법정스님 78, 이병철 77, 정주영 86, 신성일 81, 최인호

68, 이주일 62, 배호 29, 소크라테스 70, 오드리 헵번 64. 테레사 수
녀 87, 링컨 56, 케네디 46, 셰익스피어 52, 톨스토이 82, 도스토옙스
키 60, 바이런 36, 웨슬러 88, 록펠로 1세 98, 남인수44 베토벤57 모
차르트35 쇼팽39 하이든77 체르니66 슈베르트31….

동서 고금사에 큰 이름을 남긴 몇 분의 향수(享壽)를 적어 나가자니
"너 죽어도 흙이 되고 나 죽어도 흙이 될 인생"이란 『춘향전』의 1절이
생각난다.

독일 옛 민요에 이런 게 있다. "나는 살고 있다. 그러나 나의 목숨의
길이는 모른다. 나는 죽는다. 그러나 그것이 언제인지 모른다. 나는 가
고 있다. 그러나 어디로 가는지 모른다. 그러면서도 태평 속에 있는 것
이 스스로 놀랍다."

어디서 와서 어디로 가는지, 왜 사는지, 어떻게 살지, 무엇을 위해 살
고 있는지 모르고 또 굳이 알려고 애쓰지 않는 사람도 자기 나이에 대
해서는 민감하다. 나잇값을 하고 있는지 궁금하다.

우선 한창나이에 그럴듯한 일을 한 사람들을 잠깐 살펴보자.

화랑 관창이 그토록 진한 애국의 참모습을 보인 것이 16세 때였고,
왕건이 국주(國主)의 터전을 닦은 것은 21세 때요, 조선 세조 때의 무
신 남이 장군은 26세 때 이시애의 난을 평정하였다. 세종대왕이 왕
위에 올라 6진(두만강 변)을 개척하고 4군(압록강 변)을 설치한 것이 22
세 때이고, 방정환이 어린이날을 제정 선포한 나이 24세며, 서재필이
갑신정변에 참여한 것은 18세 때다. 나폴레옹이 오스트리아 원정을
위한 이탈리아 방면 군 사령관으로 임명된 것이 26세 때이다.

반면 년만(年滿)하여 역사상 큰 획을 그은 분들도 많다. 이성계가 조선 건국할 때가 57세, 최영 장군이 잃어버린 만주 땅을 회복하기 위해 요동 정벌군을 일으켜 8도 도통사가 된 것이 70세였다. 황희 정승이 영의정에 오른 것은 68세, 그 자리를 물러난 것이 86세였다. 그 밖에 이순신도, 맥아더도 근래 나라 안팎의 정계 거두들도 거개가 연로하다.

사람의 행위나 공과(功過)를 지렁이 토막 내듯이 나이로 끊어서 헤아려 보는 일은 별다른 의가 없다. '나는 몇 살인데 아직도 이 모양 이 꼴이야.'로 장탄식할 필요가 없다. 그것이 분발의 자극제라면 몰라도….

또 나이 들어 섭섭한 분들이 있는가? 그렇다면 이런 말을 음미해 보는 게 어떤가. "젊음이란 인생의 시간을 말하는 것이 아니라 정신 상태이다." 한국전쟁을 이끌어간 미 극동 사령관 맥아더(당시 70세)의 책상 위에 놓인 액자에 새겨진 명언이었다.

얼마나 오래 살았느냐가 중요한 것이 아니라 어떻게 살았느냐가 중요하고, 몇 살인가가 중요한 게 아니라 얼마만큼 나잇값을 하며 올바로 살고 곱게 늙어가고 있느냐가 중요하지 않을까? 문제는 나잇값이다.

점적천석(點滴穿石): 한 방울씩 떨어지는 물이 바위를 뚫음.

마부작침(磨斧作針): 도끼를 갈아 바늘을 만듦.

우공이산(愚公移山): 산을 옮긴다는 어리석은 사람.

역지사지(易地思之): 처지(處地)를 바꾸어 생각함.

문전성시(門前成市): 권세가나 부잣집 문 앞이 방문객으로 시장처럼 붐
　　　　　　　　　　빈다는 말.

언감생심(焉敢生心): 감히 어찌 그런 마음을 품을 것인가, 전혀 그런 마
　　　　　　　　　　음이 없었음.

환골탈태(換骨奪胎): 뼈를 깎는 고통과 반성을 통해 무얼 새롭게 하겠
　　　　　　　　　　다는 뜻.

과유불급(過猶不及): 모든 것 정도가 지나치면 미치지 못한 것, 중용이
　　　　　　　　　　중요하다.

관포지교(管鮑之交): 세상사를 떠나 친구를 위하는 두터운 우정.

군계일학(群鷄一鶴): 여러 평범한 사람들 속에 뛰어난 한 사람이 섞여있다.

대기만성(大器晚成): 큰 그릇은 늦게 만들어진다는 뜻.

사면초가(四面楚歌): 사방에 적이 많아 이럴 수도, 저럴 수도 없는
　　　　　　　　　　상태.

암중모색(暗中摸索): 어둠 속에서 손으로 더듬어 찾는다는 뜻으로 어림
　　　　　　　　　　짐작한다.

어부지리(漁父之利): 쌍방이 다투는 사이에 제삼자가 힘들이지 않고 이
　　　　　　　　득을 챙긴다.

와신상담(臥薪嘗膽): 목적을 달성하기 위해 온갖 고난을 참고 견딘다.

조삼모사(朝三暮四): 아침에 세 개, 저녁에 네 개라는 뜻으로 남을 속여
　　　　　　　　희롱한다.

죽마고우(竹馬故友): 어릴 때 대나무로 만든 말을 타면서 함께 놀던 친구.

청출어람(靑出於藍): 스승보다 더 나은 제자

토사구팽(兎死拘烹): 토끼사냥이 끝나면 사냥개는 삶아 먹힌다는 뜻으
　　　　　　　　로 긴요하게 쓰다가 쓸모가 없어지면 헌신짝처럼
　　　　　　　　버려진다.

호연지기(浩然之氣): 조금도 부끄러움이 없는 도덕적 용기나 자유롭고
　　　　　　　　즐거운 마음

화룡점정(畵龍點睛): 어떤 일을 할 때 가장 중요한 부분을 완성하는 일
　　　　　　　　을 하는 것.

술에 대한 재미있는 이야기

1.

술이란? 술은 정직한 친구, 마신 만큼 취하지요.

한 번 만난 사람도 한잔 술 주고받으면 친구가 되고,

잔소리도 콧노래로 들리게 하는 착한 놈.

할 일 없는 백수도 한잔하면 백만장자가 되고,

내일 삼수갑산(三水甲山)에 갈망정 마시는 순간만큼은 왔다.

(산수갑산(山水甲山)이라고 쓰는 사람도 있는데, 잘못 알고 있는 것. 원래 삼수와 갑산은 함경도의 지명으로 몹시 춥고 호랑이도 많아 귀양을 보냈던 지역이고, 한 번 가면 살아 오기 힘든 오지다.)

2.

아침에 마시는 술은 납, 낮에 마시는 술은 구리

밤에 마시는 술은 은, 사흘에 한 번 마시면 금

탈무드에 있는 말이다.

3.

팔만대장경에도 "술은 번뇌의 아버지요, 더러운 것들의 어머니"란 구절이 있다.

마시면 신나고 시름 잊고 행복해지는 술

어울려 한잔하는 재미 흥을 돋우는 촉매제다.

누구라 음주를 탓할 것인가? 술은 마시는 사람에 따라서 약도 되고, 독도 된다.

그러나 또한 강요하지 말고 지나치게 오버하지 말자.

능력에 따라 건강에 맞추어 마시면 되고, 대화를 즐기며 우정을 나누면 된다.

서로 격려하고 의견을 존중하는 절제와 품위에서 좋은 분위기를 만들면 좋다.

중·노년에 마시는 황혼주가 독(毒)이 되어서는 안 된다.

불로불사(不老不死)의 물이 되게 절제와 자중함이 으뜸이다.

4.

술에 취하면

1단계- 신사　2단계- 예술가

3단계- 도사　4단계- 건달

5단계- 개(犬)

5.

술병의 양으로

1병은– 이 선생(사장님)   2병은– 이 형

3병은– 이봐   4병– 어이

5병은– 야! 인마!   6병– 이 새끼야

7병은– 파출소행   8병– 병원 응급실행

9병은– 산소호흡기 부착, 사망 직전

6.

사장은 여자에 취해 정신이 없고

전무는 술에 취해 정신이 없고

과장은 눈치 보기에 정신이 없고

말단은 빈 병 헤아리기에 정신이 없고

마담은 돈 세기에 정신이 없다.

7.

청탁(淸濁) 불고는 술의 질을 생각지 않고 마셔야 하고,

좌립(坐立) 불고는 술을 마시는 자리를 가리지 않으며,

노소(老小) 불고는 술을 마시는 상대의 나이를 묻지 말고,

희비(喜悲) 불고는 술을 마시는데 기쁨과 슬픔을 고려치 말며,

주야(晝夜) 불고는 술을 마시는데 밤과 낮을 가리지 않고,

가사(家事) 불고는 술을 마시는데 집안일을 염려 말 것이며,

생사(生死) 불고는 술을 마시는데 자신의 건강을 생각하지 않고 마셔야 술맛이 당긴다.

8.

얼큰히 취하는 사람이 최상의 술꾼이다.

술은 최고의 음식이며, 최고의 문화 술은 비와 같다.

진흙 속에 내리면 진흙을 어지럽게 하나, 옥토에 내리면 그곳에 꽃을 피우게 한다.

부모님께 올리는 술은 효도주(孝道酒)요, 자식에게 주는 술은 훈육주(訓育酒)이며,

스승과 제자가 주고받는 술은 경애주(敬愛酒)요,

은혜를 입은 분과 함께 나누는 술은 보은주(報恩酒)라.

친구에게 권하는 술은 우정주(友情酒)이고,

원수와 마시는 술은 화해주(和解酒)이며,

동료와 높이 드는 술은 건배주(乾杯酒)라.

죽은 자에게 따른 술은 애도주(哀悼酒),

사랑하는 사람과 부딪치는 술은 합환주(合歡酒)라.

여~봐라, 풍악을 울리고 권주가를 부르도록 하여라….

9.

월요일은 월급 타서 한잔

화요일은 화가 나서 한잔

수요일은 수금해서 한잔

목요일은 목이 말라 한잔

금요일은 금주의 날이라서 한잔

토요일은 주말이라서 한잔

일요일은 일 못 해서 한잔

술 먹는 사람에게 잔소리

술과 안주 맛을 즐기고, 대화를 즐기며, 운치(분위기)를 즐겨라.

정치와 종교 이야기를 금하고, 돈 자랑과 자식 자랑하지 마라.

술을 적당히 권하고, 말조심하고, 상대방의 기분을 생각하며 마셔라.

인생을 지혜롭게 보내기 위해서 해야 할 것

품위 있고 보람 있는 말년 인생을 잘 보내기 위해서는 건강이 따라야 하므로 적당한 운동이 필요하다.

사람이 태어나서 한평생 주위로부터 도움을 받고 살다가 많은 빚을 남기고 생을 마치게 된다. 가급적이면 평소에 진 신세를 다 갚으면 좋겠지만, 다른 빚은 몰라도 경조사 받은 빚은 꼭 갚으라는 옛말이 있다.

모임이 있다면 꼭 참석한다.

좋은 덕담으로 상대방을 즐겁게 해주는 후덕한 사람이 되어야 한다.

남을 헐뜯거나 험담을 하지 말아야 한다.

나이 들면 넘어지기 쉽고 큰 상처로 남기에 넘어지지 않기.

잠깐의 멈춤과 쉼을 통해 그동안 앞만 보며 달려가느라 놓쳤던 진짜 '나를 돌아보고 주변에 돌아볼 수 있는' 짧지만 깊이 있는 ～ ～ ～

애정과 관심을 가져주셔서 감사드립니다.

과학 문명의 발달로 인간은 과거에 비해 비교할 수도 없는 안락한 생활을 누릴 수 있게 되었다. 환경오염, 공해, 소음은 인간의 생활환경을 악화시키고 있으며, 치열한 경쟁은 스트레스로 사람들을 병들게 하고 있다. 이런 급격한 생활환경의 악화, 거기에 따른 생활습관의 변화가 암을 비롯한 각종 질병을 유발하여 많은 사람을 고통 속에 몰아넣고 있다.

건강을 해치는 가장 잘못된 생활습관은 운동습관, 식습관, 마음습관, 리듬습관(수면 습관) 등에 있다는 것을 알게 되었다.

건강엔 '설마?'가 없다. 병원 치료를 해야 할 때는 이미 늦었다. 병은 일단 발병하면 고질이기 때문이다. 치료를 위해 투자하는 시간, 노력, 비용은 높은 반면, 삶의 질은 떨어진다. 그렇기 때문에 예방만이 상책이다. 더 나아가 양생(養生) 및 건강증진을 도모해야 한다.

건강관리를 통하여 더할 나위 없는 삶을 누릴 수 있게 되길 기대합니다. (이시형 박사)

일과 시간에 쫓겨 하루하루를 '살아가기' 바쁜 당신.

일상을 떠나 제대로 된 휴식을 취하고 싶을 때 악기 하나를 들고 서투른 연주나마 힐리언스가 진정한 '쉼'을 선물할 것이고, 일상으로 돌아가기 위한 힘을 충전할 것이다.

초봄, 개구리가 나오는 경칩이 지나면 새싹이 고개를 들고 한여름, 개울가의 돌 밑엔 가재가 숨죽이고 지내며 가을이 되면 다람쥐가 도토리와 잣을 알알이 따서 입에 머금고 조용히 떨어지는 눈 자락의 소리를 들을 수 있는 겨울까지 옆에 악기들을 놓고 하나씩 연주하는 시간을 가져 보면 신선놀음이 따로 없으리라.

나 자신에게 집중하고 자신을 되돌아볼 수 있는, 더 나은 나를 만나기 위한 멈춤의 시간이 필요할 때 기회를 주는 것은 음악이다. 그대로의 삶, 음악과의 교감을 통해 소박함과 정제된 아름다움이 묻어나고, 조용히 재충전을 할 수 있는 시간까지 선물한다.

건강하게 나이 들기 위한 방법은 음악이고, 흐트러진 생활 리듬 습관을 조용히 음악으로 정리한다. 심신일여(心身一如), 몸과 마음이 하나라는 뜻이다.

우리는 이성적이며 동시에 감성적, 감각적 동물이라는 사실을 일깨워야 한다. 감성의 자극이야말로, 전두엽을 젊게 하는 비결이다. 머리가 아니라 가슴으로 닫혀있던 오감이 활짝 열린다.

리듬 습관은 최상의 컨디션으로 활기찬 하루를 보내고 달콤한 수면을 하기 위한 건강습관이다. 규칙적이고 깊은 수면은 피로 회복, 면역력 증진, 자연 치유력 촉진 등 모든 신체 메커니즘을 건강하게 만들어 주는 가장 좋은 방법이기 때문이다.

명상

명상이 중요한 것은 내면에 대한 깊은 관심과 성찰을 통해 자기 이해 능력을 키우고, 타인에 대한 배려와 통찰력 집중력을 높일 수 있기 때문이다.

새로운 나와의 만남, 나를 돌아보는 것이 진정한 행복의 시작이다.

스티브 잡스, 마이클 조던, 오프라 윈프리 등 탁월한 성취를 이룬 사람들은 이미 마음에 관심을 갖는 것이 얼마나 중요한지를 말해왔다. 우리는 자기 자신을 잘 안다고 생각하지만 실제로는 그렇지 못할 때가 많다. 우리의 깊은 내면을 정확히 바라볼 수 있을 때 나는 어떤 사람인지, 진짜 내가 원하는 삶은 무엇인지 알게 된다. 어떤 마음을 버려야 하는지 알게 되고, 내가 바라던 삶을 살게 된다.

인도 뭄바이 일간지 미드데이(mid—day)는 "마음수련은 단지 깊게 호흡하는 것만이 아니라 부정적인 마음을 버리는 것이다."라고 마음수련을 소개한다. 명상의 나라 인도에서조차 마음수련에 주목하는 것은 마음수련은 단순히 마음을 가라앉히는 것이 아니라, 과학적이면서도 명확한 마음빼기 방법이 있는 명상이기 때문이다. 수련을 하는 것은 꼭 어디 가서 회비를 내고 하는 곳도 있지만, 조용한 시간에 집에서 해도 좋을 것 같다.

삶을 돌아보며 나를 알게 된다

마음수련에서는 먼저 자기 삶을 돌아본다. 사랑받았던 기억, 인정받았던 기억, 힘들었던 기억, 떠오르는 내 삶의 한 장면 한 장면이 기쁨, 미움, 화, 두려움 등의 감정과 함께 내 안에 차곡차곡 쌓여있다. 자기를 돌아보다 보면 내 마음이 왜 이런지, 내 성격은 어떻게 형성되었는지 자기 모습을 정확히 알게 된다.

버린 만큼 편안해진다

태어나면서부터 지금까지 기억된 감정, 생각들 살면서 보고 듣고 경험하며 쌓아온 마음들을 하나하나 버린다. 버리면 없어진다는 것. 마음이 가벼워지는 걸 스스로 느낀다. 단순히 가라앉히는 게 아니라, 마음의 뿌리까지 완전히 버려야 하기 때문에 자신이 바라고 꿈꾸던 변화가 가능하다.

변하지 않는 행복으로 살다

살면서 자기중심적으로 쌓아온 마음을 버리다 보면 버리고 버려도 없어지지 않는 본래의 참 마음을 알게 된다. 어떤 상황에서도 흔들리지 않고 변치 않는 맑고 고요한 마음, 그것이 바로 나의 본래 마음이다. 그 무한하고 맑은 참마음을 되찾을수록 원래부터 가지고 있던 잠재능력과 행복 속에서 살게 된다.

명상의 긍정적 효과

1. 부정적인 마음이 사라지고, 얼굴이 밝아진다.
2. 모든 병의 원인이 마음에 있으므로, 그 근본 뿌리인 마음을 빼면 안개 걷히듯 그것이 사라진다.
3. 일체의 번뇌와 걱정이 사라진다.
4. 무슨 일을 하든 그것에만 집중하게 되니 능률이 올라 성공할 수 있다.
5. 왔다 갔다 하는 마음의 갈등이 사라져 피로가 없어지고, 스트레스가 없어진다.
6. 무엇을 하든 자신감이 생긴다.
7. 건강하게 오래 살고, 인간 완성을 이룬다.

얼굴에는 80여 개의 근육이 있고, 그중 약 50개 정도가 표정과 관련이 있다. 표정이란 자기 마음 상태를 나타내는 것이고, 표정을 반복해서 지은 결과가 바로 지금의 얼굴 생김새이다.

우울한 사람은 우울한 얼굴을, 화가 많이 난 사람은 화난 얼굴을 하고 있다. 마음에 욕구불만이 가득하면 영락없이 얼굴이 어둡다.

명상과 음악은 힘든 마음, 지친 마음, 급한 마음들을 **빼내고** 행복한 마음으로 채워가게 하는 과학적이고 체계적인 것이다.

공연예술가

지휘 이론 대금 전통연회 경기민요 서도민요 판소리 고법 화성학 가야금 아쟁 거문고 병창 피리 해금 장단

연출 촬영 조명 음향 특수분장(뷰티 메이크업) 의상

뮤지컬 오페라 배우가 되기 위해서는 노래, 춤, 연기, 체력, 인성 5가지 박자를 갖춘 열정적인 뮤지컬 배우의 모습과 리더십, 상상력, 포용력, 체계적인 이론, 풍부한 경험을 지녀야 한다.

매직(마술) 엔터테인먼트는 전문 지식과 현장 경험을 통하여 새로운 문화를 창출할 수 있는 지식과 아이디어를 지닌 문화촉매자로서의 역

할을 담당한다.

우리나라에서도 공연과 이벤트의 수요가 점점 많아지고 있고, 그와 관련된 쇼 비즈니스 시장도 점점 커지고 있다. 이러한 시대적 요청에 따라 현장에서 실제 기획과 진행을 해야 한다.

공연예술은 여러 사람이 지켜보는 무대에서 실행되는 모든 형태의 예술을 말한다.

연예기획자~ 메니지먼트 순수무용~ 한국무용 현대무용 발레

춤 장르~일반댄스 방송댄스 재즈댄스 컨템포러리댄스 라인댄스

스트릿댄스~ 힙합 비보이 팝핑 락킹 왁킹 하우스 걸스힙합 크럼프

보컬 싱어송라이터 K_POP 오디션 위클리 콘서트(매주 무대공연)

새로운 시대는 늘 새로운 예술가를 낳는다. 우리 시대 요구에 능동적으로 대처하기 위해 여러분의 재능과 끼를 살리지 못한 채 그냥 살아가면 이것은 개인은 물론 국가적으로 큰 낭비다.

노인 우울증 자가진단

1. 현재의 생활에 대체적으로 만족합니까?

2. 요즈음 들어 활동량이나 의욕이 많이 떨어집니까?

3. 자신이 헛되이 살고 있다고 느낍니까?

4. 생활이 지루하게 느껴질 때가 많습니까?

5. 평소에 기분은 상쾌한 편입니까?

6. 자신에게 불길한 일이 닥칠 것 같아 불안합니까?

7. 대체로 마음이 즐거운 편입니까?

8. 절망적이라는 느낌이 자주 듭니까?

9. 바깥에 나가기 싫고 집에만 있고 싶습니까?

10. 비슷한 나이의 다른 노인들보다 기억력이 더 나쁘다고 느낍니까?

11. 현재 살아있다는 것이 즐겁게 생각됩니까?

12. 지금 자신의 처지가 아무런 희망이 없다고 느낍니까?

13. 기억력이 좋은 편입니까?

14. 지금 자신의 처지가 아무런 희망도 없다고 느낍니까?

15. 자신이 다른 사람들의 처지보다 더 못 하다고 생각합니까?

불안, 우울, 외로움, 불면증, 화병→ 자살 생각

60대엔 꿈, 70대엔 도전, 80대엔 봉사

우리에겐 너무나 시간이 많다. 지금부터 배워서 해도 무엇이든 할 수 있다.

"새로운 인생에 도전하기에 늦은 나이는 없다."

미국의 화가 모지스 할머니의 얘기다.

"60세쯤 되면 자식들도 독립하고 직장도 떠난다. 그렇게 다시 한 번 사회인으로 태어난다. 그다음부터 90세까지의 인생이 남아있다. 사과나무를 많이 키워 열매를 맺는 나이, 그것이 75세부터 90세로 봐야 할 것이다."

일에 대해 그는 수입보다 보람 있는 일을 하라고 조언한다. 수입만을 바라보고 일할 땐 늘 피곤하고 힘들었는데 일의 보람을 찾으니 일을 사랑하게 됐다고 했다. 80세까지 일해 보니 결국 일의 목적은 딱 하나더라. 내가 그 일을 하면서 얼마나 행복하고 인간답게 살 수 있는가 하는 거다.

가수 인순이는 "우리는 네 잎 클로버를 찾으려 한다. 행운의 네 잎 클로버를 찾으려 하는 사이 그 옆에 있는 행복의 세이프 클로버는 짓밟힌다. 모두 가까이 있는 행복을 찾으셨으면 좋겠다."라고 말했다.

고령자를 위한 이야기

우리는 치매를 막연히 피할 수 있다고 생각하면 안 된다. 80세 이상 노인 넷 중 하나는 치매가 생기는 게 우리나라 통계다. 이제 50대 이상이 가장 두려워하는 질병이 암(癌)이 아니라 치매이지만, 예방을 위해 노력한다면 치매 발병 확률을 35%쯤 낮출 수 있다. 무조건 '나는 치매를 피할 것'이라 생각해선 안 되고, 못 피하더라도 어떻게 부담 없이 다룰 건지 함께 고민해야 한다. 그래서 치매 예방과 뇌 건강을 위해 평소 가져야 할 습관에 관해서 얘기한다.

"노력은 배신하지 않는다", "불가능은 없다." 우리 시대 성공한 사람들이 퍼뜨리는 '신화'다

그런 스토리는 실제이며 감동적이고 희망적이다. 그러나 나는 이런 말을 믿지 않는다. 이쯤 살아보니 알 것 같다. 그런 행운의 확률은 아주 낮고, 누구나 노력하지만 원한 결말에 도달하는 사람은 드물다는 걸 말이다.

하지만 음악과 악기는 다르다. 부동산업자나 소위 사람들이 말하는 "땅은 거짓말을 안 한다."라는 말이 있듯이 악기도 연습을 하면 할수록 실력이 붙는다.

72세까지 문맹이었던 한충자 할머니는 '죽기 전에 이름 석 자 써보고 싶어서' 한글을 배웠고, 86세에 시인으로 등단했다. '까막눈 시인'으로

불리는 그는 시를 쓰게 된 뒤로는 "밭일하다가 들국화 냄새도 맡아보고 돌멩이도 들춰 본다."라고 했다. 김맬 때 무심코 갈아엎던 것들이 시의 재료가 된다. 그 손에 핀 검버섯도 시를 쓸 때면 꽃이 된다.

소설가 박완서(1931~2011)는 불혹의 나이에 데뷔해서 오랫동안 늦깎이 신인의 대명사로 불렸다. 요즘엔 60대 작가들이 주목받고 신춘문예에 당선되기도 한다.

일본에서는 노인들을 위한 카페가 '노인 돌봄 기지' 역할을 한다.

고령자들이 어울리면서 의료상담, 검진도 받는 '케어 카페'가 동네 밀착형 의료, 복지 서비스의 새로운 모델로 떠올랐다. 노인들이 갈 곳 없어 집에만 있으니 죽음의 동네 같은데, 매일 편하게 들러 어울리는 장소를 만들고 있어 우리의 동네에 있는 경로당이라 할 수 있다.

일본에는 건강한 고령자가 몸이 불편한 고령자를 돕는 서포터 프로그램이 있다. 이것 역시 우리의 재가 서비스와 비슷한 형태다. 우리의 경우는 요양보호사 자격증이 있는 사람이 방문한다.

그런데 문제는 돌봐줄 사람이 없고 치매로 어려움을 겪는 사람이 요양병원에 있는 경우가 많은데, 이같이 의료적으로 필요도 하고 돌봐줄 여건 때문에 입원하고 있는 경우를 '사회적 입원'이라고 한다. 요양병원에 입원 중인 고령 환자 중에는 '집에 가서 이웃들도 만나면서 지내고 싶다'는 환자가 많다. 통계에도 향후 거동이 불편해지면 어디에 머물고 싶으냐는 질문에는 절반 정도가 '재가 서비스를 받으며 현재 살고 있는 집에서 거주하고 싶다'고 답했다.

서울대 의대 윤영호 교수는 "초고령사회가 다가오고 있지만, 우리 사회가 죽음을 준비하는 제도적 지원 대책은 매우 부족한 현실"이라며 "다양한 커뮤니티 케어 서비스를 통해 경증 환자는 집에서 거주하면서 필요한 경우에만 병원에 다닐 수 있는 환경을 갖춰나가야 한다."라고 말했다.

매사에 최선을 다하면 최상의 결실을 볼 수 있을까? 분야를 막론하고 정상에 오른 승자들을 보면 한결같이 '불굴의 의지로 쉼 없이 노력했다'는 공통점을 발견할 수 있다.

베토벤이 악성(樂聖)이 된 이면에는 천부적 자질뿐 아니라 가난한 음악가 아버지가 피아노 연습을 손가락이 마비될 때까지 시킨 슬픈 사연이 존재한다. 피겨 여왕 김연아 선수도 새로운 점프 기술을 익히기 위해 3,000번 이상 빙판에 엉덩방아를 찧었다고 알려져 있다.

어느 분야건 전문가가 되려면 최소한 1만 시간의 훈련 기간이 필요하다는 미국 콜로라도대 심리학자인 앤더스 에릭슨의 '1만 시간의 법칙'이 통용된다. 얼핏 보면 목표 달성과 노력은 비례 관계인 것처럼 보이지만, 복잡한 세상사는 의지와 정성, 시간을 쏟는다고 반드시 좋은 결과가 나오는 것은 아니다. 대표적인 예가 건강관리다.

세월에는 장사가 없는 법. 중년이 되면서 뱃살이 조금씩 늘고 의학적으로 인체는 노화와 더불어 성장호르몬 감소 등으로 근육은 줄고 복부를 중심으로 지방은 증가하다 보니 중년이 되면 체중이 는다. 그런데 노년기로 향할수록 심폐기능, 근력, 지구력, 호르몬 분비 등이 저하돼 운동해도 원하는 효과나 목표를 달성하기 쉽지 않다. 그렇지만 체중을 많이 줄인 사람들의 얘기를 들어보면 "달고 기름진 음식만 피하면서 세 끼를 먹고, 운동은 출퇴근 때 1시간씩 걷기와 퇴근 후 헬스장에서 늦게까지 열심히 운동을 했다."라고 하지만 이런 운동은 연령을 고려해서 해야 하지 그렇지 않으면 몸을 혹사하기 쉬워 관절 손상을 비롯해 건강을 해치는 여러 상황에 직면할 위험이 상존한다.

나이 들수록 달리기보다는 천천히 아니면 빨리 몸의 컨디션에 따라 걷는 게 건강에 더 유익하다. 그래서 고혈압, 고지혈증, 심장병 등의 발병 위험을 줄이는 데 달리기보다 걷는 게 더 효과적이라고 미국의 로런스 버클리연구소에서 연구결과를 통해 발표했다.

중년 이후에는 과유불급(過猶不及, 정도를 지나침은 미치지 못한 것과 같다는 뜻)을 항상 생각해야 한다. 이 말은 두뇌건강에도 적용되는데, 뇌도 과도하게 사용하다가는 전혀 사용하지 않느니만 못 하다. 물론 이는 중년 이후의 뇌에 해당한다.

참고로 나이 들수록 정보를 받아들이고 익히는 뇌세포 기능은 저하되지만, 뇌세포를 연결해주는 수상돌기는 지적 자극을 많이 받을수록 증가하기 때문에 젊을 때부터 독서나 예술 활동을 많이 한 사람은 매사를 종합적으로 판단하는 능력이 나이 들면서 좋아진다. 독일의 대문호 괴테가 80대에 파우스트를 집필할 수 있었던 이유다. 뇌도 무작정 많이 사용하기보다는 적절한 시간, 좋은 정보로 자극해야 지혜로운 노인이 될 수 있다.

이 세상에 많이 먹어서 좋은 음식은 없다

생명 유지에 필수인 물조차 많이 마시면 몸이 붓고 신장에 부담을 준다. 아무리 비싼 음식, 몸에 좋다고 생각되는 음식이라도 약간 부족한 듯 섭취해야 한다. 이렇듯 행복한 노후를 향한 러브에이징을 위해선 중년부터 모든 방면에서 자신이 할 수 있는 최대치의 절반을 약간 상회하는 55% 정도에서 만족할 수 있는 절제의 미덕을 발휘해야 한다. 그러기 위해서는 지나치거나 모자라지 않는 정도의 욕심만 내는 인격과 많지도, 적지도 않은 중간 지점을 파악할 수 있는 분별력을 겸비해야 한다.

분석심리학자 칼 구스타프 융은 조화롭고 성숙한 인간이 되려면 인생 전반기에는 현실에 적응하기 위해 구체적인 목표를 세운 뒤 노력해서 성취해야 하며, 인생 후반기가 되면 현실적인 성취보다 자신의 내면 세계와 소통하면서 자아실현을 향해 노력해야 한다고 조언한 바 있다.

과연 지금의 나는 인생의 어느 지점에 서있으며, 무슨 일을 해야 할까?

아름다운 노년기를 준비하는 사람이라면 지금부터라도 앞만 보고 달릴 게 아니라 값진 인생을 살기 위해 필요한 실천 방안을 찾아 나서야 한다.

운동에 대하여

　　많은 사람이 운동의 필요성에 대해 동의하지만 정작 '왜' 운동을 해야 하는지, 또 어떤 운동을 해야 하는지, 또 언제 얼마나 어떻게 해야 하는지 아는 이가 많지 않다.

　게다가 관절질환으로 통증이 발생했을 때 움직임이 오히려 통증을 악화시키는 건 아닌지 하는 걱정에 모든 움직임을 멈추고 그저 가만히 관절을 보호하기에 급급한 환자들도 많은 것이 현실이다. 그러나 나에게 맞는 운동을 꾸준히 실천하는 것이야말로 완치를 위한 비결(秘結)이다. 단순한 운동을 습관처럼 반복하라, 운동이 최고의 약(藥)이다.

　아프니까 운동한다. 생뚱맞게 무슨 얘기냐? 관절 얘기다. 구부러지는 부분인 무릎, 목, 허리, 어깨, 팔꿈치, 손목, 손, 발목, 발, 골반 등 관절이 얼마나 중요한지, 외부자극에는 또 얼마나 취약한지는 쉽게 알 수 있다. 과체중은 무릎을 망치고, 장시간의 핸드폰 이용은 목과 허리에 무리를 준다. 누구나 한 번쯤 발목을 삐긋하고, 나이 들면 이유 없이 어깨가 굳는다. 골반은 온몸의 중심을 잡느라 쉬지 않고 고생 중이며, 팔꿈치와 손목은 조금만 아파도 일상을 불편하게 한다.

　걷기 운동만 해도 그렇다. 목과 등, 허리를 곧게 펴야 한다. 무릎을 굽히지 않고 쭉 펴며 걸어야 한다. 발을 디딜 때는 뒤꿈치부터 발 중앙부, 발가락 순으로 굴리듯 해야 한다. 습관만 되면 단순한 운동이고, 이 단순한 운동이 '진짜 운동'이다. 그러나 '반복'을 전제로 한다.

줄넘기, 계단 오르기, 등산, 108배는 어떨까? 좋은 운동이다. 그러나 제대로 해야 좋은 운동이지, 허벅지 근육이 빈약한데 줄넘기 등 이런 운동을 하면 무릎이 상한다.

등산도 산에서 내려올 땐 체중의 7~10배의 무게가 무릎에 실린다. 108배는 다양한 근육을 자극하지만, 무릎연골에 무리를 줄 수 있어 주의를 해야 한다. 쪼그려 앉아있는 것이 무릎에 안 좋은 이유다. 누구라도 운동을 하면 즐겁고 통증 없이 노년기를 보내는 것이 가능하다는 것을 경험을 통해 입증이 되었다. 건강은 건강할 때 지켜야 한다.

관절 리모델링을 위한 운동 4계명

1. 수술하지 않고 운동으로 회복한다.
2. 운동은 최고의 '치료법'이다.
3. 영양제, 식단 대신 운동으로 관절을 지킨다.
4. 운동 없이는 완치도 없다.

특히 근육량이 줄면 뼈가 함께 약해지고 당뇨병, 고혈압 등 만성질환 위험도 커진다. 근육의 20%를 차지하는 단백질은 검정콩, 닭가슴살, 소 등심, 고등어에 많다.

단백질 중에서도 '콜라겐' 섭취가 근육 강화에 효과적이다. 콜라겐은 피부, 뼈관절, 머리카락 등 체내 단백질의 3분의 1을 차지하며, 근육 조직의 10%를 구성한다. 콜라겐이 부족하면 근육의 탄력과 강도가 떨어진다. 콜라겐 섭취를 위해 돼지껍질, 족발, 닭 날개 등을 먹는 사람이 많다. 하지만 일반 식품 속 콜라겐 분자는 크기가 커서 체내 흡수가 잘 안 된다.

무대 위의 돌발 상황

공연장에 자주 다니는 분들은 연주자의 완성도 높은 멋진 연주와 함께 예기치 않게 발생하는 크고 작은 실수도 목격했을 것이다. 그것이 바로 '라이브', 즉 살아있는 연주의 매력이다. 음악회 마니아들은 무대 위 연주자들의 편집되지 않은 모습에 더 매력을 느낀다고 한다. 무대 위에서는 갖가지 돌발 상황이 발생하는데, 연주자의 기량과 상관없이 악기의 상태나 그 외 여러 이유로 웃지 못할 일들이 생기는 경우도 많다.

피아노는 88개의 건반이 있는 거대한 악기이다. 내구성도 무척 강하고 튼튼하지만, 피아니스트가 연주하면서 안에 있는 줄이 끊어지기도 한다. 러시아의 피아니스트 보리스 베레좁스키(50)는, 내한 공연을 여러 번 해서 우리에게 친숙한데, 워낙 강한 터치와 힘을 지니고 있어 무대에서 피아노 줄이 끊어지는 경우가 많다. 2009년 그의 내한 공연 당시 예술의 전당을 찾은 청중은 그런 광경을 생생히 지켜볼 수 있었다. 쇼팽의 「협주곡 2번 1악장」을 연주하던 중 갑자기 줄 하나가 끊어져 버린 것이다. 하지만 베레좁스키는 이런 일을 여러 번 겪어보았다는 듯, 협주 중 피아노가 약간 쉬는 순간에 끊어진 줄을 악기 밖으로 빼내고 연주를 이어 갔다. 청중은 이런 깜짝 놀랄 상황에 대처하는 연주자의 침착함과 사고 후에도 흔들리지 않고 멋지게 연주를 마친 베레좁스키에게 놀라움이 담긴 박수를 보냈다.

피아노는 작은 망치 모양의 나무 방망이가 강철 현을 때려 소리가 나는 원리를 갖고 있다. 방망이 끝에 달린 스펀지로 치는데 쇠로 된 줄이 끊어진다는 것이 의아할 수도 있는데, 한 번의 큰 충격이 아니라 지속해서 타격을 받아 줄이 피로해진 상태를 견디지 못하는 것이라 보면 된다. 주로 오른손이 담당하는 고음역의 줄이 자주 끊어진다. 다만 한 음에 두 줄 이상이 겹쳐있어 줄 하나가 끊어졌다고 완전히 소리가 없어지지는 않는다.

바이올린과 같은 현악기도 줄 때문에 예상치 못 한 사고가 벌어지고는 한다. 줄이 끊어지거나 줄감개가 갑자기 풀려 현의 음정이 떨어져 버리는 경우다. 모두 연주를 중단할 수밖에 없어 청중을 놀라게 한다. 지난 7월 말부터 약 2주간 진행된 '평창 대관령 음악제'를 찾은 청중은 이 두 상황을 모두 목격했다. 멘델스존의 「현악 5중주」를 연주하던 제1 바이올린 연주자가 갑자기 줄이 풀리는 바람에 부득이하게 연주를 멈추고, 다시 줄을 조여 음정을 맞춘 다음 곡을 이어갔다. 또 다른 현장에서는 바흐의 무반주 소나타를 연주하던 바이올리니스트의 줄이 끊어졌는데, 연주자는 당황하지 않고 무대로 뒤로 퇴장해 새로운 줄을 끼우고 다시 중단된 악장의 처음부터 연주해 무사히 공연을 마쳤다. 이틀 연속으로 돌발 상황이 일어난 당시 평창의 날씨는 강한 햇빛과 소나기가 번갈아 나타나는 등 무척 변덕스러웠는데, 온도와 습도에 예민한 현악기들이 갑작스러운 날씨 변화에 이상을 일으킨 것으로 보인다. 특히 300살이 넘은 유럽의 명기들은 주변 환경에 매우 민감하게 반응해서 연주자들은 자신의 악기를 박물관에 있는 문화재를 관리하듯 조심스럽게 다룬다.

관악기도 온도와 습도에 예민하긴 마찬가지다. 목관 악기 중 오보에는 갈대를 얇게 깎아 두 겹으로 만든 리드(풀피리처럼 마찰시켜 소리가 나게 만드는 발성 기구)를 사용하는데, 종이처럼 얇게 깎인 끝부분이 워낙 민감해 급격한 날씨 변화를 겪으면 연주 직전 쪼개지는 경우도 있다. 관악기 연주자는 악기가 갑자기 춥거나 더운 공기에 노출돼 급격한 온도 변화를 겪지 않도록 주의한다. 한여름 에어컨 바람이 강한 공연장에 들어설 때면, 높은 천장에서 내려오는 바람에 악기가 닿지 않게 하느라 자신의 품 안에 악기를 품고 있는 연주자들 모습도 자주 볼 수 있다.

이런 일들은 드물게 일어나니까, 만약 이런 무대 위 상황을 보면 놀라거나 당황하지 말고 '오늘 진귀한 경험을 하는 행운을 만났다'고 생각하는 것도 좋을듯하다.

오페라는 음악과 연극, 미술 등 여러 분야가 혼합된 종합예술이다. 그래서 의외의 사고도 잦다.

베르디의 오페라 『아이다』는 고대 이집트가 배경이다. 2막의 「개선 행진곡」 장면에서는 실제 말이나 코끼리 등 동물이 무대에 오르기도 한다. 그런데 가끔 동물들이 무대 조명에 놀라 제멋대로 움직여 오케스트라 자리로 들어가는 사고가 생기기도 한다.

여주인공이 마지막에 투신하며 끝나는 푸치니의 오페라 『토스카』에서는 무대 아래 쿠션 등이 준비돼 있지만, 토스카의 의상이나 무대 소품이 함께 떨어지며 출연자가 다칠 때도 있다고 한다. 멋진 오페라 공연을 보여주기 위해 무대 뒤에서는 많은 사람이 안전사고를 막기 위한 세심한 노력을 계속 기울이고 있다.

이 모든 것이 앞으로 있을 나의 행사에 도움이 되는 이야기이기에 적어 보았다. 그리고 젊어서 방송국 미술부에 근무하며 무대 일(作畵)을 하였기에 생소하지 않고 예측할 수 있다.

중국-인도 국경 분쟁

인도와 국경을 3,488km 접하고 있는 중국은 인도를 지배하던 영국이 1914년 당시 중국에서의 독립을 선언한 티베트 왕국 및 영국령 인도와 합의해 그은 국경선, 이른바 '맥마흔 라인'을 불평등 조약이라며 인정하지 않는다. 히말라야의 험준한 산과 깊은 계곡 때문에 경계가 명확하지 않다 보니 주장하는 영토와 실질적인 관할지가 차이나 충돌이 끊이질 않는다.

14개국과 국경을 맞대고 있는 중국은 러시아 캐나다 미국에 이어 세계에서 네 번째로 국토가 넓고, 국경선 길이는 2만2117km로 세계에서 가장 길다. 바다를 두고는 6개국과 인접해 있다.

그런 중국이 힘을 무기로 팽창적인 대외정책을 펴다 보니 주변국들과의 갈등이 빈번하다. 대만을 향해서는 통일을 명분으로 군사적 위협이 일상화돼 있고, 일본 베트남 필리핀 등과는 해상 영유권 분쟁을 벌이고, 우리나라 근해에도 최근 들어 중국 군용기들의 방공식별구역 침범이 빈발하고 있다.

합죽선

　　우리 일상에서 잊혀가는 합죽선 대신 거리에 나서면 더위를 쫓으려고 손 선풍기를 들고 다니는 사람들을 자주 본다. 그렇지만 여름의 운치라면 역시 부채. 모시 적삼 차림으로 대청에 앉아 부채질하며 매미 소리를 듣는 걸 생각하는 것만으로도 더위가 가실 것 같다.

　부채는 바람을 일으키는 도구 이상의 의미가 깃들어 있다. 특히 합죽선은 세계 최초로 우리 선조들이 발명한 위대한 문화유산이 아닌가?

　합죽선은 쓰임새가 많다. 갑자기 비라도 내리면 머리에 얹어 비를 피했고, 좁은 길에서 남의 부인을 만나면 살짝 얼굴을 가려 선비의 예를 지켰다. 사랑에서 주인이 합죽선을 접어 손에 쥐면 하인들을 호령하는 지휘봉, 때로는 시조창을 할 때 장단을 맞추는 음악적 소도구가 되기도 했으니 이보다 더 요긴한 휴대품이 있겠는가? 그래서 옛 선비들은 합죽선에 선추(扇錘)를 달아 멋을 부렸고, 언제 어디서나 손에서 놓지 않았다.

　바둑을 두는 동양 삼국, 한국 중국 일본에서는 기사들이 합죽선을 들고 바둑을 두는 모습을 많이 보기도 한다. 부채질하면서 수를 생각하기도 하고 더위를 시키려고 하는 모습은 가히 신선의 모습이랄까? 하여튼 동양문화는 중국에서 이웃 나라로 전래된 것이 많지만, 합죽선만큼은 고려에서 맨 처음 만들었다.

　송대의 곽약허는 『도화견문지(圖畵見聞誌)』에서 "고려인들은 접천섭

(摺疊扇)을 사용한다."라고 기록했다. 또 문신 서긍이 고려 땅을 돌아보고 풍물을 기록한『선화봉사고려도경(宣和奉使高麗圖經)』에는 "고려인들은 한겨울에도 부채를 들고 다니는데 접었다 폈다 할 수 있다."라고 적었다.

단순히 바람을 일으키는 도구 이상의 기능을 가진 합죽선. 선비의 품위를 지키고 신분을 과시하는 휴대품이었다.

조선 시대에는 전주에 부채를 제작하고 관리하는 선자청(扇子廳)을 두었다. 부채를 만들려면 좋은 한지와 대나무, 숙련된 장인이 필요하다. 오늘날 전주에서 한지와 죽공예가 발달한 것도 결코 우연이 아니고, 수백 년 전통문화를 지켜온 결과다.

시원하기로는 에어컨도 좋고 선풍기를 따를 수 있겠느냐마는 그래도 합죽선은 운치가 있고, 멋이 있다. 오늘도 합죽선 한 자루를 가방에 넣고 여유 있게 집을 나서자.

통영 견내량 돌미역

나도 미역을 좋아하지만, 미역은 몸에 아주 좋은 음식이기에 여기 돌미역을 소개하고자 한다. 통영에 가면 고향처럼 편하게 찾는 마을이 있다. 볼거리가 있는 유명한 관광지도 아니고, 멋진 카페나 맛집이 있는 것도 아니다. 비릿한 갯내음이 가득한 통영시 용남면 연기 마을이다. 이곳 돌미역은 『난중일기』에 기록되어 있으며, 임금님 수라 상에도 올랐다고 한다. 이 돌미역을 채취하는 '돌미역 트릿대채취어업' 이 최근에 국가 중요 어업유산에 등재되었다.

국가 중요 어업유산은 오랫동안 지속 발전해온 전통 어업체계 관련 경관과 문화를 포함한 유 무형의 자산을 말한다. 트릿대채취어업이란 7m에 이르는 장대 윗부분에 손잡이를 붙이고, 끝에 미역을 감는 두 개의 실을 엇갈리게 꽂아 미역을 감아서 채취하는 전통어업이다.

보통 미역 채취는 물이 빠진 갯바위나 물속에 있는 미역을 긴 장대에 낫을 매달아 베거나 해녀가 물속에서 채취한다. 제주에서는 해녀가 미역을 벨 때 사용하는 자루가 짧은 낫을 '종개호미'라 하고, 동해나 남해에서 긴 장대에 낫을 매달아 베는 어구는 '낫대'라 한다.

견내량의 미역 채취는 이와 달리 베는 것이 아니라 감아 뜯는다. 이 방법은 조류가 빠르고, 탁도가 좋지 않으며, 갯바위가 드러나지 않는 곳에서 채취할 때 적합하다.

이렇게 감아서 미역을 뜯기 때문에 미역귀가 바위에 남아 포자를 배출해 다음 해에 미역이 잘 자라게 하는 지속 가능한 어업 방식이다. 미역 등 해초들이 진해만과 한산바다를 잇는 바다숲을 이루어, 오가는 해양 식물의 서식처 역할도 하고 있다. 견내량 돌미역은 연기마을과 맞은편 거제 광리마을 주민들이 함께 채취한다. 5월 날씨가 좋은 날이면 50여 척의 배에서 트릿대를 바닷속에 집어넣고 미역을 감는 모습이 장관이다.

뜯어온 미역을 건조대에 걸어서 말리는 모습도 아름답다. 두 마을은 행정구역은 다르지만, 미역밭을 공동으로 이용하고 관리하는 미역밭 공동체를 이루고 있다.

거센 물결을 견디며 천연 암반에서 자라기 때문에 식감이 좋고 맛이 깊다. 돌미역 밭과 전통 어법은 물론 미역국까지 미래 세대에게 오롯이 물려주어야 할 해양 문화유산이다.

남녀 차이 인정하는 건 차별 아닌 합리적 분별(?)

역사적으로 힘센 장수들이 신화(神話)나 현실(現實)에 더러 등장한다. 헤라클레스, 기드온, 삼손, 여로보암 같이 놀라운 힘을 발휘하며 '큰 용사'로 불리던 인물은 하나같이 남자다. 실제로 키와 체중 등 신체 조건이 비슷한 두 남녀가 팔씨름하면 십중팔구 남자가 이긴다. 남자와 여자의 근골격계가 생래적(生來的)으로 다르기 때문이다.

남녀의 차이는 염색체, 유전자, 호르몬, 근골격계, 생식기, 중추신경계 등에서 뚜렷이 드러난다. 타고난 성별보다 소위 '성 소수자'가 느끼고 원하는 '성별 정체성'을 우위에 두면 어떤 일이 일어날까? 미국의 여성 격투기 대회에 생물학적으로 남성인 팰론 팍스가 자신은 여성이라며 출전해 상대 여자 선수의 안와 및 두개골 골절을 일으키고 승리한 사건이 있었다. 미국 코네티컷에서는 자신의 정체성이 여자라고 주장하는 남학생이 여학생 육상대회에 출전해 15개의 메달을 휩쓸었다.

'평등법', '인권법' 등 이른바 미국에 존재하는 여러 종류의 차별금지법이 낳고 있는 폐단 중 하나다. 왜 이런 일을 막아야 하는지는 남녀의 근골격계 차이만 봐도 알 수 있다.

남녀의 차이를 이해하고 인정하는 것은 충분히 합리적이고 현실적인 분별에 해당한다. 차별이 아니라는 말이다. 일반적으로 남성은 여성보다 근육이 더 발달한다. 남자는 여자보다 체중 대비 근육량이 10~15% 많다. 그래서 남자의 근력이 여자보다 경우에 따라 2~4배 이상 더 강한 것으로 측정된다.

남녀의 신체적 차이, 특히 일상사에서 쉽게 직면하는 근력 하나만 봐도 그 차이를 쉽게 알 수 있다. 남자와 여자는 각종 상황이나 대상 앞에서 역동이 다르다. 한 예로 20kg 쌀이 집에 배달됐을 때 남자와 여자가 쌀자루 앞에서 일으키는 역동은 다르다. '어떻게 이것을 집안으로 들여놓을까?' 하는 생각은 근력의 차이와 유관하게 나타난다. 비단 쌀자루뿐일까? 남녀의 근력 차이가 삶의 여러 분야에서도 직접 영향을 준다.

예를 들어, 제일 쉽게 비교할 수 있는 소방공무원 체력 시험 점수표를 보면 남자와 여자의 근육 차이를 확실하게 알 수 있다. 소방공무원은 위기 상황 속에서 생명과 재산을 구하는 특수한 임무를 한다. 소방관은 절체절명의 순간에 25kg 이상의 복장과 장비를 장착하고, 사람을 구하러 불구덩이로 들어가야 하는 극한 작업이다. 강한 지구력과 근력이 필수다.

그래서 악력(握力)과 배근력(背筋力), 윗몸 일으키기, 제자리멀리뛰기, 왕복, 오래달리기, 앉아 윗몸 일으키기 등 총 6가지 체력시험을 본다. 종목마다 10점 만점으로 총 60점 만점에서 30점 이상을 받아야만 시험을 통과할 수 있다.

시험은 성별, 나이, 학력, 경력 등에 상관없이 오로지 실력으로만 진행돼야 한다. 소방직도 여자 소방직과 남자 소방직 모두를 채용하는 게 기본이다. 그래야 차별이 없다. 하지만 특수 임무를 하는 경우 여성 소방직을 아예 뽑지 않는 도시도 많다. 왜 그럴까?

소방공무원 체력시험 점수표를 보면 남녀의 차이를 확연히 알 수 있다. 남자의 악력 테스트에서 최하 점수가 여자에겐 만점 이상의 점수다. 비슷한 체중과 건강상태의 두 사람이라 할지라도 성별이 다르면 손아귀의 근육 힘, 즉 악력이 상당히 다르다. 물건을 손아귀로 쥐는 힘에서 남녀가 큰 차이를 보인다.

보통 남자의 악력은 여자의 2배나 그 이상이다. 시험 항목 중 배근력 테스트 역시 큰 차이가 있다. 배근력은 허리와 등의 근군(筋群) 척추를 후굴(後屈) 시키는 수축력 강도를 말하며, 배근력계로 잰다. 이 근력이 약해지면 무거운 것을 들어 올리기가 어렵고 요통이 자주 발생한다. 배근력 시험에서도 남자의 최하위점이 여자의 만점에 해당한다. 남녀의 근골곡계 차이를 인정한 것이다. 신체의 차이는 물리적인 힘의 차이로 드러난다는 뜻이다.

특히 2차 성장을 겪은 남녀는 성차(性差)가 더 크게 나타난다. 이를 두고 '여자라는 존재 자체가 열등하다'고 말해선 안 된다. 다만, 여성이 신체 조건으로는 해내기 힘들고 불리한 작업이 있지만, 유리한 직업도 있다는 사실을 인정해야 한다. 남성도 마찬가지다.

그렇기 때문에 남녀를 절대적으로 평등하게 취급하는 게 경우에 따라선 차별이 될 수 있다. 한국은 존중과 배려라는 그럴싸한 명분으로 정당한 분별, 구분마저 없애고자 하는 잘못된 시도를 잘못됐다고 말할 수 있어야 한다. 그러기 위해선 우선 포괄적 차별금지법부터 철저히 막아내야 한다는 의견도 있다.

베토벤의 「현악 4중주 17곡」

교향곡(9곡)과 함께 베토벤 대표하는 장르이며, 6곡은 청력 잃은 뒤 작곡했다.

올해는 독일의 거장 작곡가 루트비히 판 베토벤(1770~1827)의 탄생 250년이 되는데, 현악 4중주곡은 바이올리니스트 2명과 비올리스트 1명, 첼리스트 1명이 함께 연주하는 실내 악곡이다.

베토벤은 생전에 16개의 현악 4중주곡과 한 악장짜리 「대(大)푸가」 등 총 17곡의 현악 4중주곡을 남겼는데, 그의 현악 4중주는 9곡의 교향곡,

32곡의 피아노 소나타와 함께 그의 예술 세계를 대표하는 장르이다.

네 사람이 함께 연주하는 현악 4중주는 활로 연주하는 고음과 저음 간의 리듬과 미세한 뉘앙스 등이 조화롭게 일치해야 하기 때문에 난이 도가 매우 큰 앙상블이다. 연주가 어려운 것만큼이나 훌륭한 작품을 쓰기도 힘든 분야라서인지 지금까지 수많은 작곡가가 도전의식을 불태 워 왔다.

현악 4중주는 고전파 시대(18세기 후반~19세기 초 오스트리아 빈을 중심으 로 융성했던 음악)에 본격적으로 꽃피웠는데, 이를 대표적인 실내악 장르 로 만든 사람은 80곡에 가까운 현악 4중주곡을 쓴 프란츠 요제프 하 이든(1732~1809)이었다. 20대 청년 시절 하이든으로부터 음악을 배우 며 도움을 받았던 베토벤도 창작 초기에는 하이든의 현악 4중주곡에 많은 영향을 받았다.

베토벤이 20대 후반이던 시절 작곡한 현악 4중주 작품 18은 모두 여 섯 곡으로 이루어져 있는데, 대선배인 하이든의 영향을 받아 균형 잡 힌 음향과 단정하게 정돈된 구성이 두드러지는 작품이다. 동시에 네 가 지 현악기의 조화로운 하모니, 거기에서 나오는 색다른 음색 등에서 젊 은 베토벤의 개성을 엿볼 수 있다.

망국(亡國)의 군대, 체코군 총 사들여 청산리 승리 이뤘다

        올해로 봉오동 전투(1920년 6월 7일)와 청산리 전투(1920년 10월 21~26일) 100주년 사실 봉오동과 청산리의 승리는 선뜻 이해되지 않는 점이 있다. 망한 나라 민병의 수준의 군대가 3 1운동 직후 일본 정규군을 상대로 대승을 거뒀기 때문이다.

    승전의 원동력이 김좌진 김홍도의 지도력과 함께 '무기'였다. 3 1운동 전만 해도 독립군을 양성하던 신흥무관학교 학생들이 목총으로 연습할 정도로 환경이 열악했다. 그러나 1920년쯤 되면 봉오동 승리의 주역인 북로군독부는 소총 900정, 폭탄 100개, 권총 200정에 기관총도 2대나 갖추고 있었다.

    이런 무기를 독립군이 어떻게 입수할 수 있었을까? 국제적 상황이 무척 유리한 쪽으로 전개됐다. 러시아 혁명 이후 1918년부터 1922년까지 적군(혁명 세력)과 백군(혁명 반대 세력) 사이에서 전개된 시베리아 내전 때, 성능 좋은 무기들이 연해주 지역에 쏟아져 나왔다.

    그중 대표적인 우군(友軍)은 고향으로 돌아가기 위해 반대 방향으로 지구를 돌아야 했던 체코 군단이었다. 그들은 1차 세계대전 때 오스트리아 헝가리 제국의 일원으로 러시아 전선에 동원됐으나 조국의 독립을 위해 투항한 뒤 총을 거꾸로 들고 체코를 지배하던 오스트리아와 전투를 벌였다. 러시아혁명이 일어나자 유럽으로 돌아가기 위해 기차를 타고 시베리아를 횡단해 블라디보스토크에 도착했다.

이제 뱃삯이 절실했지만, 무기는 더 이상 필요 없었던 이들 앞에 나타난 사람들이 한국 독립군이었다. 독립군은 체코 군단에서 최소 5만 정의 총을 샀다. 대부분은 1차 세계대전 당시 러시아군의 주력 보병소총이었던 7.62mm 모신나강이었다.

총을 쏜 뒤 총신 뒤의 손으로 볼트를 후퇴시켜 탄피를 빼내고 다시 손으로 밀어넣어 장전하는, 당시로선 획기적인 '볼트액션 장전식'이었다. 독립군은 목숨을 걸고 연해주와 간도 사이의 험한 산악 지대를 넘어 이 무기를 운반했다. 운반대 인원이 1,500명에 달할 때도 있었다.

무기 공급이 아무리 많았다 해도 돈 없이 구할 수는 없었다. 당시 모신나강 한 정은 탄환 100발을 포함해 35원이었는데 노동자 1년 치 노임과 맞먹었다. 거기엔 동포들의 피땀이 있었다. 국내외의 지주　자본가부터 기층 민중까지 일제의 눈을 피해 군자금을 냈던 것이다.

1920년대 초 체코의 골동품 시장에 난데없는 한국산 금비녀, 금반지, 비단 보자기, 놋요강이 흘러나왔다는 대목은 눈물겹다. 결국, IMF 사태 당시 금 모으기에 못지않은 국민적 성원이 봉오동　청산리 승리의 밑거름이 됐다는 얘기다.

삼성전자와 소니, 다시 역전될까 두렵다

　　　　나는 우리 경제에 누구보다도 관심이 많다. 그래서 시간이 되면 우리 경제를 이끈 훌륭한 사업가의 얘기를 많이 듣고 여러 매체를 통해서 공부를 한다. 나의 강연이나 강의할 때 다양한 지식을 쌓아야 하기에 앞으로도 관련된 얘기를 책에도 옮긴다.

　2001년 삼성전자의 매출액(연경재무제표 기준)은 46조 원, 영업이익은 4조 원이었다. 영업이익은 소니를 앞섰지만, 매출액은 절반에 불과했다. 시가총액, 브랜드 가치 등에서도 소니에 못 미쳤다.

　그 후 약 20년이 지났다. 1980년대와 90년대 세계 가전을 호령하던 소니는 2000년대 들어 침체를 거듭했다. 특히 주력 상품이었던 TV에서 '고품질'을 고집하면서 중국과 인도 등 대형 시장에서 외면받았다. 1980년대 도쿄 고텐야마에는 11개의 소니 건물이 들어서면서 '소니 마을'을 형성했지만, 2000년대 이후 대부분 건물이 매각돼 지금은 본사 표지석만 남았다. 일부 국내외 언론에서 '소니 몰락'이라는 단어가 차츰 등장했다.

　소니와 반대로 삼성전자는 1997년 외환위기 때 구조조정을 거친 후 2000년대 들어 퀀텀점프를 반복했다. 2006년 삼성전자 TV는 소니를 꺾고 세계 1위를 차지했다. 현재 삼성전자가 보유하고 있는 세계 1위 타이틀은 스마트폰, D램 반도체, TV, 냉장고 등 일일이 꼽기 힘들 정도다.

　지난해(2019년) 삼성전자의 매출액은 230조4008억 원, 영업이익은

27조7685억 원이다. 매출액과 영업이익 모두 소니의 3배 내외로 성장했다. 사상 최고 실적을 올렸던 2018년 삼성전자의 이익은 소니 파나소닉 등 일본 상위 10대 전자회사 영업이익을 모두 합친 것보다 2배나 많았다. 일본 공영방송인 NHK는 지난해 "일본 전자회사는 과거 반도체 산업을 이끌었지만 지금은 상위 10위에 한 곳도 들지 못했다."라며 "삼성전자가 세계 1위"라는 기사를 내보내기도 했다.

하지만 영원한 1등은 없다. 소니의 요시다 겐이찌로 사장은 작년 실적을 발표하며 "세계 각지에서 외출 자제가 계속되면서 음악과 영상 콘텐츠에 사회적 가치를 강하게 느낀다."라고 말했다. 신종 코로나 바이러스 감염증(코로나 19)으로 일부 사업 부문이 수혜를 봤다는 것이다. 그는 '포스트 코로나'에 대비하기 위해 인공지능(AI) 탑재 이미지 센서, 원격 및 라이브 서비스에 초점을 맞추겠다는 미래 비전도 밝혔다. 소니는 2017년과 2018년 2년 연속으로 사상 최대 순이익을 올렸다.

반면 삼성은 '삼성이 위기입니다'로 시작하는 호소문을 냈다. 삼성은 "지금의 위기는 일찍이 경험하지 못한 것인데, 장기간에 걸친 검찰 수사로 인해 정상적인 경영은 위축돼 있다."라며 삼성의 경영이 정상화돼 한국 경제의 새로운 도약을 위해 매진할 수 있도록 길을 열어주길 바란다."라고 호소했다. 한국 기업 보도에 인색한 일본 언론들이 최근 이재용 삼성전자 부회장의 재판 과정을 실시간으로 전하고 있다. 불법 경영권 승계, 전 정권에 대한 뇌물 공여 등 혐의도 빼놓지 않는다. 지난해 삼성전자의 실적이 주춤하자 일본 주간지들은 "삼성의 불안", "(소비자의) 삼성 이탈" 등 제목의 기사를 쏟아내고 있다. 소니 측은 쾌재를 부르고 있을 것이다.

세계 6위 글로벌 브랜드인 삼성전자는 본사는 한국에 있지만, 매출의 90%가량을 해외에서 거둔다. 미국은 그중에서도 최대 시장이다.

스물일곱 최인호의 『별들의 고향』, 신문소설 전성기 열어

"무엇을 어떻게 쓸 것인지 내용을 적어 보내라고 했더니, 하루는 소년티를 못 벗은 똘똘이형 젊은이가 찾아왔다." 1972년 한 신문사 편집국장이었던 신동호는 그해 신문 연재를 시작한 작가와 처음 만났던 일을 이렇게 회고했다.

악필이어서 읽기는 어려웠으나 젊은 남녀의 애정비화로 재미있을 듯 싶었는데 '별들의 무덤'이란 제목이 마음에 들지 않았다는 것이다. "조간신문에 아침부터 '무덤'은 가당치 않으니 '고향'으로 바꿉시다." 그 젊은 소설가는 스물일곱 살 최인호(1945~2013)였다.

연재에 앞서 최인호는 "예쁘고 착한, 그리고 환상적인 여인상을 만들어내겠다."라는 포부를 밝혔다. '한국판 테스'를 그려볼 생각이란 말도 했다.

20대 신예 작가에게 연재소설을 맡긴 것은 대단한 모험이었다. 당초 신동호는 서울고 은사인 황순원(1915~2000)에게 연재를 부탁했다. 황순원은 고사하면서 1967년 조선일보 신춘문예 당선자였던 최인호를 추천했다.

소설 '별들의 고향'은 1973년 9월 9일까지 314회 연재되며 신드롬을 일으켰다. 키 155cm, 가슴둘레 78cm, 몸무게 44kg가량, 짝짝이 눈꺼풀을 갖고 있으며 알 밴 게처럼 통통한 몸매를 지닌 비련의 여주인공 경아는 당대 아이콘으로 자리를 잡았다.

'별들의 고향'은 '1970년대 한국 사회가 지닌 산업화 과정의 병폐, 참된 사랑이 결여된 인간의 소외, 개인의 행복만을 위해 줄달음치는 현대의 상황이 신선한 문장과 날카로운 감성으로 형상화됐다는 평가를 받았다.

연재가 끝난 뒤 두 권으로 출간된 소설은 100만 부쯤 팔렸다. 1974년 이장호 감독, 신성일 안인숙 주연으로 서울 국도극장에서 개봉한 동명 영화는 이곳에서만 관객 40만5000명을 모으며 당시 한국 영화 최고 흥행 기록을 세웠다.

"오랜만에 같이 누워보는군", "날이 밝으면 아저씨도 떠나겠죠?" 같은 대사들이 오랫동안 회자됐다. 영화의 흥행은 새로운 청년 문화에 대한 논쟁을 불붙게 했다.

내가 1974년 2월, 군에 입대하고 수색 훈련소와 후반기 대전 통신학교를 마치고 맹호부대에 배치돼 거기서 또 신병교육을 받고 자대에 배치되어 근무하다 당시 현리에 있는 야외 군인극장에 다시 배속돼 8월쯤

이 영화, '별들의 고향' 극장 간판을 그려 처음 올렸고, 뒤이어 올린 간판이 크라크 케이블 비비안 리 주연의『바람과 함께 사라지다』를 그렸다.

그렇게 군인극장에서 간판을 그리고 군인들이 토 일요일 단체관람을 오면 앞에서 기도를 보기도 하고, 입장한 군인들에게 돌아다니면서 금연을 부탁하고 영화 시작되기 전 영사실에 올라가 안내방송도 하고, 영사병도 있었지만, 영사기 돌리는 것도 배워 상영 시 일을 도와주기도 하였다. 또 평일 날은 자전거를 타고 상영할 영화 포스터를 민가(民家)로 돌며 붙이러 다녔고, 서울이나 지방에서 면회 오는 면회객이 많아 극장 옆에 있던 맹호다방 한구석에서 면회객을 접견하여 각 부대로 연락하여 군인을 호출하는 임무도 맡았다. 지금 생각하면 그 시절이 엊그제 같다. 그렇게 특수근무를 하다 전역하여 종로3가에서 초상화 화실을 운영하다 1981년쯤 KBS(한국방송공사) 미술부 작화(作畵)실에 입사를 하였다.

하여튼 한국 신문 연구소가 1974년 7월 '신문평론'에 발표한 신문, 연재소설 설문조사는 대학교수 회사원 대학생 등 541명에게 '최근에 읽은 것 중 가치 있다고 생각하는 소설'을 물어본 것인데, 1위가 68표를 얻은 '별들의 고향'이었다. 2위는 월탄 박종화의 역사소설『세종대왕』(32표)이었다.

신문 연재소설의 황금기는 1928~1929년 홍명희의『임꺽정』(조선일보)과 이광수의『단종애사』(동아일보)가 맞붙었을 때가 꼽힌다. 1960년대 이후에도 독자들이 신문을 선택하는 큰 이유 중 하나로 꼽힐 만큼 인기를 끌었다.

　내가 어렴풋이 기억나는 것은 유주현이 신문에 연재한 『대원군』이었고, 당시 전집문고로 나왔다. 내가 중학교 입학한 시기가 1966년이었기에 교문 앞에서 전집들을 쌓아놓고 팔던 책 장사들이 있어 그때 아버지에게 얘기해 '대원군'과 중국 무협소설 『비호』를 샀다가 '비호' 책은 바로 반품하고, '대원군' 빛바랜 책만이 55년째 아직도 나의 장서에 꽂혀 있다.

오래 마음에 두지 말고 행동하기

　　　　요즘엔 궁금한 게 있으면 네이버나 유튜브를 만지작거린다. 그곳엔 인생 조언가(助言家)들이 넘쳐난다. '당신을 인싸로 만들어줄 인사법', '가난에서 벗어나는 5가지 습관' 등을 듣다 보면 그럴듯하나 바로 적용하긴 쉽지 않다. 하지만 인생에 안 풀리는 일이 많아지니 지푸라기라도 잡는 심정으로 유튜버들의 이야기에 귀 기울이기 시작한다.

　'내가 좋아하는 사람이 나를 좋아하게 만드는 방법'이라는 제목으로 조회 수 282만을 기록한 연예 유튜버 김달은 다음과 같이 주장한다. 누군가를 좋아하면 그 사람 마음을 얻기 위해 잘해주기 바빠 본인의 매력을 보여주기 힘들다고. 생각해보면 누군가가 내게 호감을 표했을 때, 나는 어떠한 노력도 들이지 않았다. 나를 좋아할 사람은 며칠 머리를 못 감고 나가도 좋아했고, 안 좋아할 사람은 미용실에 들러 '풀 세팅'을 하고 나가도 관심 없었다.

나는 누군가 나를 좋아하면 부담스러웠기에 좋아하는 사람이 생기면 그 사람도 나를 부담스러워할 거란 생각부터 들었다. 그러자 모든 게 어려운 일처럼 느껴졌지만, 최근 명상 책을 읽다가 이런 이론을 접했다. 우리가 무언가를 강렬하게 욕망할수록 그걸 갖기 어려워진다고, 정말 원하는 게 있으면 그것에 대한 중요성을 낮추는 게 중요하다고. '나에겐 이게 너무 중요해! 정말 갖고 싶어!'라고 계속 바라면 그것에 의존하게 된다. 그것만 가지면 내 인생은 극적으로 바뀔 거라고 믿게 된다. 하지만 그런 적 있었나? 결국, 성취도 못 하고 욕망도 포기하게 된 순간들이 너무나 많다. 그럼 중요성을 어떻게 낮춰야 하나? 그럼 행동하라고, 가장 바람직한 형태의 욕망은, 욕망의 크기만큼 행동력이 뒷받침되는 거라고.

무언가를 욕망하게 되면 그것에 대해 너무 오래 생각한다. 애지중지하고, 우상화한다. 어쩌면 짝사랑은 그걸 즐기는 사람들의 취미생활일지도 모른다. 하지만 행동으로 옮기는 순간 망상이 끝나기 때문에 중요도가 낮아진다. 의외로 별거 아닌 일이 된다.

이는 다른 삶의 영역도 마찬가지다. 오랫동안 희망해온 '꿈'도 마찬가지다. 나 역시 어렸을 적부터 영화감독이 되고 싶었지만, 본격적으로 시나리오를 쓰거나 연출 공부할 생각은 안 했다. 그러면서 영화감독이 되고 싶다는 생각만 주야장천(晝夜長川) 했다. 어쩌면 나의 성격이나 해보고 싶다는 욕망이 있었을 뿐 현실과는 동떨어진 얘기인 것이다. 그럴수록 나의 무의식 저편에서 '그건 될 리 없다'고 했다. 뭐라도 행동으로 옮겼다면 원하는 것에 훨씬 자연스럽게 가까워질 수 있었을까?

그래서 요즘 나의 화두는 '오래 마음에 두지 말고 행동하기'이다.

아무 행동도 하지 않으면서 상대가 무언가 해주길 바라지 않기, 사랑받고자 애쓰지 말고 그저 사랑하기, 때론 응답을 기대하지 않는 사랑을 할 필요가 있다.

우리의 비서라는 이름의 직업

최근 한국 사회에서 '비서'는 어떤 직업보다도 많이 언급되고 있다.

특히 여성비서들은 '상사의 심기를 살피면서 동시에 아름다움도 갖춰야 한다는 인식이 공공연히 퍼져 있다'고 지적했다. 능력보다 외모부터 주목하는 주변 시선은 그들을 지치게 한다. 체중이 늘었다 싶으면 여지없이 '살 빼라'고 했고, 화장을 가볍게 하면 '게으르다'는 소리를 듣곤 한다. 그래서 옆 사람에게 얘기하면 '네가 어리고 예뻐서 질투하는 것'

이라고 한다.

영화나 드라마 등 대중 매체도 이런 왜곡된 시선을 재확산시킨다고 지적했다. 작품에서 여비서들은 '딱 달라붙는 짧은 치마'와 '하늘하늘한 블라우스', 굽 높은 구두로 정형화된다. 종종 높은 직급의 상사와 사랑에 빠져 공사를 구분 못 하는 존재로 그려지기도 한다.

현직비서들은 "실제로는 평범한 정장을 입고 근무하며 선을 지킨다." 라고 했다. 비서는 단순히 누군가의 기분을 맞춰주는 직업이 아니다. 예쁜 옷 차려입고 미소 짓는 마네킹은 더더욱 아니다. 조직에서 비서의 역할은 누구 못지않게 중요하다.

보좌하는 상사의 업무를 조정하고 회사 내 외부의 커뮤니케이션이 원활하도록 돕는다. 그래서 업무에 대한 전체적인 이해가 필요하다. 최근에는 회계나 통역까지 맡는 전문 비서들이 적지 않다. 비서들은 다른 직업과 똑같이 자기 일에 사명감과 책임감을 갖고 임하고 있다.

그런 이들이 왜곡된 인식의 벽 앞에서 좌절감을 느껴선 안 된다. 우리 사회가 그동안 엄연히 전문적인 직업인 비서를 그저 '사무실의 꽃'으로 여기진 않았는지 돌아봐야 한다.

비서는 결코 남의 속옷을 챙기는 직업이 아니다.

비대면일 때 오프라인을 즐겨라

　　아무리 세상이 '언택트(비대면)'로 바뀐다고 해도 사람들의 마음에는 오프라인 경험을 향한 '욕망'이 이글이글 불타오르고 있다. 여름 휴가철인 요즘 유명 관광지는 여행객들로 들끓고 있다. 맛있는 요리라면 집에서도 얼마든지 접할 것 같은 음식이라도 줄을 서서 기다린다. 정용진 신세계 부회장은 최근 한 햄버거 맛집에 2시간 줄을 섰다는 글을 인스타그램에 올려 화제를 모았다.

　맛있는 음식이란 '맛'뿐 아니라 장소, 분위기, 그리고 함께하는 사람들이 포함된 감각의 종합 패키지라........

　는 것을 깨닫게 된다. 때로는 음식을 기다리며 땡볕에 줄 서는 것마저 재미와 성취감을 준다.

　나에게는 모든 것이 취재거리다. 왜냐하면, 내가 사는 고양시의 관광 서포터즈이니까, 정식으로 임명되어 활동하니까 모든 것을 주의 깊게 봐야 하고 사진을 찍을 준비를 언제든 한다.

지나치고 그릇된 욕심이 가족의 삶을 망쳐

　　　　부모가 된다는 건 자녀를 양육하고 성장시키는 것만을 의미하지 않는다. 상처받고 손상된 부모 자신의 연약함을 바로잡고 성장시키는 과정이기도 하다. 부모가 돼보지 않고선 드러나지 않았을 결점과 단점을 부모가 됨으로써 경험하는 것이다.

　부모들에게는 자신이 해내지 못한 것들을 내 자녀도 못하면 두려움이 있다. 이 두려움은 과거부터 내면에 존재한 것인데, 부모가 됐을 때 자녀에 대한 두려움의 형태로 드러난다. 부모가 가진 자녀에 대한 두려움을 제거하는 일은 자녀의 인생을 변화시키는 것뿐 아니라 부모 자신의 인생을 소생시키기 위한 필수 과정이다. 어쩌면 자녀가 희생양이 돼 부모의 영혼을 병들게 하는 두려움의 실체를 드러내 주는 것인지도 모른다. 부모라면 누구나 내 자녀가 다른 사람들에게 뒤처지지 않기를 바란다. 그런데 내 자녀가 뒤처진다는 것이 무엇인지, 명확한 교육적 기준을 가지고 있지 않은 경우가 대부분이다. 그저 부모 개인의 생각 속에서 존재하는 이상적 기준을 설정해놓고 자녀가 그 기준에 도달하지 못할 때 '우리 애는 잘하는 게 하나도 없다'고 생각하며 두려워한다. 자녀에 대해 완벽주의를 추구하다가 그렇게 될 수 없는 자녀의 모습을 바라보며 두려움을 느끼는 것이다. 결국, 그 두려움은 자녀에게 고스란히 전달돼 자녀의 자존감을 땅에 떨어트리고 자기 자신을 사랑하지 못하는 아이로 성장시킨다.

자녀가 뒤처지는 것에 대한 두려움을 가진 부모들은 뭔가에 뛰어난 사람으로 만들기 위해 자녀를 가차 없이 몰아붙인다. 무엇이든 상승하락 정체기를 반복하며 성장한다는 이치를 무시한 채 자녀의 성적이 조금이라도 떨어지면 그 순간을 견디지 못하고 계속해서 학원을 바꾸고 온갖 과외를 시킨다. 자녀가 실패하는 것에 극도의 두려움을 느끼기 때문이다. 그 과정에서 자녀에게 지나치게 '경쟁'과 '약육강식' 논리를 주입하고 강조하는데, 정작 본인은 그렇다고 생각하지 않는다. 이는 단순히 공부에서만 나타나는 게 아니다. 자녀의 체중이 느는 것에 대해 부모가 더 예민한 반응을 보이며 자녀에게 다이어트를 강요하거나 자녀의 외모에 만족하지 못해 성형을 제안하기도 한다. 자녀가 자신의 부족함마저도 사랑할 수 있는 선택을 하는 게 아니라 부모 자신의 기준보다 뛰어나고 특별한 사람으로 만들기 위한 선택을 내리는 것이다. 이런 교육방식은 반드시 자녀에게 수치심을 심어준다. 특별한 사건이 생기지 않아도 자녀가 뒤처지는 것을 두려워하는 부모의 눈빛과 자녀를 대하는 태도만으로도 자녀는 수치심을 느낀다. 자녀가 뒤처짐으로 인해 다른 사람들로부터 수치심을 느끼고 싶지 않은 부모의 두려움이 도리어 자녀에게 수치심을 남긴다. 자녀가 더 뒤처진 인생을 살아가게 만드는 비극이 일어난다. 이런 부모의 자녀들은 부모를 기쁘게 하고 만족시켜야만 사랑받을 수 있다는 강박 속에 갇히고 평생 자신을 하찮게 여기며 살아간다.

　이 두려움은 자녀의 능력의 한계가 어디까지인지 전혀 모른 채 그저 세상의 성공만을 바라보는 욕심에서부터 생기는 현상이다. 축구에 소질이 있는 아이를 데리고 수영선수를 시켜보겠다고 열심히 수영만 시키다가 수영을 잘 못 하는 아이를 바라보며 두려움에 휩싸이는 것이다. 내 자녀가 공부에는 전혀 소질이 없는데 오로지 교내성적 1등만을 강요하면서 부모의 기대에 부응하지 못하는 자녀의 모습을 보고 극도의 두려움을 느끼며 자녀와 부모 자신의 삶을 난도질하는 것이다.

이 두려움에서 벗어나기 위해 반드시 내 자녀에게 어떤 능력이 있는지, 현재 어떤 수준인지를 정확하게 진단받아야 하고, 부모가 그것을 인정하는 과정을 거쳐야 한다. 그 진단을 통해 사랑하는 내 아이에게는 어느 정도의 학습능력이 있는지, 다른 어떤 분야에 소질을 가졌는지를 파악해야 한다. 만일 아이에게 부족한 부분이 있다면 그것이 게으른 습성으로 인해 생긴 것인지, 마음의 상처 때문인지 각각 개인의 특성에 따라 셀 수 없이 많은 부분을 분석해 정확한 원인을 찾아내고 그에 맞는 교육을 해줘야 한다.

두려움을 가진 부모로부터 시작된 교육은 절대 자녀를 온전히 사랑할 수 없으며, 올바른 방향으로 이끌어줄 수 없다. 그러기에 자녀가 잘되길 원한다면 먼저 부모의 두려움을 제거해야 한다.

연봉도 좋지만, 몸값을 올려보자

직장인에게 좋은 투자 중 하나는 자신의 '몸값'을 올리는 것이다. 문제는 많은 직장인이 자신의 몸값을 연봉으로 착각하는 것에서 출발한다. 사전에서 몸값은 '사람의 가치를 돈으로 빗대어 부르는 말'이다. 직장인의 가치를 돈으로 빗대어 표현한 것이 몸값이 될 것이다.

그러면 이것이 연봉과 같은 뜻일까?

직장 경력이 쌓이면서 보통 연봉이 올라간다. 하지만 역설적으로 연봉이 올라가는 동안 자신의 몸값은 떨어뜨리는 경우가 많다. 우리가 처음 직장 생활을 시작할 때 기업은 내가 완숙한 기술을 갖고 있어서 채용하기보다는 젊음의 에너지와 배워가면서 성장할 미래 잠재 가치 등을 보고 채용한다. 직장 내에서 경험이 쌓이고, 관리자로 승진하면서 연봉이 올라간다.

그동안 내 몸값도 올라간 것일까?

만일 몸값이 나의 가치를 뜻한다면 내가 직장을 나와서도 직장에서 벌던 만큼을 벌 수 있어야 한다. 대다수 직장인은 조직을 떠나는 순간 '몸값'이 갑자기 떨어진다. 연봉은 내 몸값이 아닌 그냥 직장 다니는 동안에만 내게 주는 월급일뿐이다. 옛날에 기대수명이 지금처럼 높지 않고 60대까지 일하다 나올 수 있어서, 퇴직 후 일하지 않아도 삶을 꾸려갈 수 있을 때에는 '몸값=연봉'이 성립했다. 지금은 어떨까?

우리나라 국민의 기대수명은 83세(2018년 기준)로 과거보다 늘었지만, 아픈 기간을 제외한 건강수명은 감소해 64세에 불과하다. 즉, 기대수명의 연장은 무병장수가 늘었다는 말이 아니라 유병장수가 늘었다는 뜻이다.

한국의 직장인이 주된 직장에서 나오는 연령이 49세이고, 25세 전후에 직장 생활을 한다면 대략 25년 내외를 근무한다는 얘기가 된다. 평균 삶의 30% 정도를 직장에 다니는 것이며, 입사 전 시간을 제외해도 직장에 다닌 것보다 더 많은 세월을 직장 밖에서 보내야 한다. 따라서 연봉과는 별개로 직장인은 내 몸값을 높이고 있는지 생각해봐야 한다. 어떻게 높일 수 있을까?

첫째, 내가 가진 경험과 기술 중에 직장 내 혹은 외부에서 돈과 교환할 수 있는 것이 무엇인지 따져보자. 내게 직원관리 기술이 있다고 생각하는 매니저가 있을지 모르겠다. 글쎄, 그런 기술은 조직 밖에서 돈을 주고 살지 모르겠다(안 산다는 뜻이다). 구체적으로 생각해보자. 예를 들어 직장 생활 10여 년 뒤 독립한 업플라이 유연실 대표는 자신의 경험과 공부를 통해 해외 취업을 희망하는 사람들을 위한 콘텐츠를 만들었고, 동영상 강좌로만 3년 만에 자신의 연봉을 벌게 됐다. 돈과 교환할 수 있는 자신의 기술을 생각해보고 싶다면 '크몽'이나 '클래스 101' 등에서 사람들은 어떤 기술을 사기 위해 돈을 지불하고 있는지, 나에게는 어떤 기술이 있는지 혹은 만들 수 있을지 생각해보자.

둘째, 몸값을 올리려면 투자를 해야 한다. 직장 생활을 하면서 자신이 원하지만 회사에서 비용 지원은 되지 않는 교육이나 자료를 구매하기 위해 자신의 돈을 얼마나 써봤는지 생각해보자. 조직은 회사를 위해 필요한 교육을 최소한 시켜줄 뿐이다. 돈과 교환할 수 있는 자기만의 기술로 만들고 싶다면 자신의 몸값을 높이기 위해 교육과 자료 구매 등에 투자를 해야 한다. 유 대표도 자신의 노하우를 다듬기 위해 값비싼 교육에 투자를 아끼지 않았다. 시간과 돈의 투자 없이 이루어지는 것은 없다. 더군다나 자신이 개발하고자 하는 기술이 직장에서 하는 일과 관련성이 떨어질수록 이러한 투자는 더 많아져야 한다.

셋째, 나의 고객이 누가 될지, 누가 나의 전문성에 대해 추천을 해줄지 생각해보자. 자신의 기술을 돈과 교환하기 위해서는 고객이 있어야 하며, 추천해주는 사람이 꼭 필요하다.

올해 코로나 19로 많은 자영업자는 사업을 접어야 했다. 상대적으로 매달 월급을 받을 수 있는 직장인은 다행으로 여긴 경우도 많다. 하지만 우리 삶에서 월급을 받을 수 있는 기간은 생각보다 짧다. 몸값은 더 이상 연봉이 아니다. 연봉은 직장에 다니는 기간 동안만 받을 수 있는 돈이다. 월급이 나오는 동안 직장인이 해야 할 것은 몸값을 올릴 수 있는 자기만의 기술, 즉 직업을 만드는 것이다. 그래서 결론으로 본인이 할 수 있는 전문 분야를 파고드는 것이다.

마스크 시대에 얼굴 가려서 스토리가 사라졌다

코로나 19로 인해 사람들의 표정이 마스크 속으로 사라졌다. 출근길 시민들은 마스크를 쓴 채 지하철을 타고, 삼삼오오 재잘대며 학교로 향하던 초등학생들은 마스크를 쓰고 안전거리를 유지하는 모습으로 바뀌었다. 단골식당 주인의 친절한 미소도, 주위의 아는 사람들도 마스크 속에 가려져 더 이상 볼 수 없다.

코로나 19로 피서지에서도 마스크 착용이 필수가 됐기 때문이다. 또 대학교 교정은 신입생 입학식을 시작으로 동아리 회원모집, 학교 축제, 비가 오거나 꽃이 피거나 단풍이 들 때도 찾는 곳이다. 캠퍼스의 낭만과 젊음이 주는 열정을 보여줄 수 있어서다. 신입생 오리엔테이션도 사라졌고, 학사모를 하늘로 던지며 새로운 세상을 향해 나가는 졸업생들의 멋진 사진도 찍을 수 없다. 상대방 얼굴을 보지 못해 답답한 것은 지난해 유치원을 졸업하고 올해 초등학생이 된다고 설레던 어린이들도 마찬가지였다. 입학 전 호기심 어린 눈으로 교실을 둘러보는 예비소집뿐만 아니라 제대로 된 입학식도 할 수 없었다. 연기에 연기를 거듭한 뒤 5월 말이 돼서야 어린이들은 처음으로 학교에 갔다.

아직도 한 달에 열흘 정도만 등교한다. 친구들을 만나서 반갑지만, 마스크를 쓰고 거리를 둔 채 앉아있다 보니 상대방의 표정을 보며 감정을 나누지도 못하고 있다.

코로나 19로 비대면 사회가 뉴노멀로 변하고 있다. 무인기술의 발달과 재택근무, 원격수업, 드론 배송 같은 언택트 시대로 사람 만나는 일은 점점 줄어들고, 기기에 익숙해져 간다. 코로나 사태로 생긴 생활의 변화가 미래 시대를 앞당겼다는 이야기도 들린다.

사람의 얼굴은 80여 개의 근육으로 7천~8천 가지의 표정을 만들어낸다고 한다. 로봇이 제아무리 발달해 표정들을 만든다고 하더라도 사람들의 표정을 따라갈 수는 없지만, 만약 그렇게 된다면 그 시점은 아주 미래의 얘기일 것이다.

스트레스의 현명한 처리방식

~~~~~~

과도한 스트레스는 뇌 기능을 떨어트려 업무 능력을 저하시킨다. 또 스트레스로 인한 뇌는 보상 차원에서 쾌락시스템을 무리하게 작동시켜 과도한 권력욕이나 성적욕구 같은 내면의 문제가 행동으로 튀어나오게 해 자신은 물론 조직과 상대방에게 큰 피해를 줄 수 있다. 그래서 리더를 포함한 회사 구성원들의 스트레스 관리에 관심이 커지고 있다.

스트레스가 과도하면 불안, 분노 등 여러 부정적 감정과 내 미래는 어둡다는 등의 비판적인 생각이 찾아온다. 이때 감정과 생각의 파도와 싸우겠다며 달려들었다가 파도에 휩쓸리지 말고 언덕 위에 올라 일단 그 파도를 보자. 반응하지 말고 한발 물러나서 내 감정과 생각을 바라보는 훈련을 하자는 것이다. 깊은 호흡이나 명상, 산책, 독서 같은 활동이 자연스럽게 마음관리를 강화하는 데 도움이 되는 훈련이다.

마음관리를 강화하는 다른 방법이 '내 감정적 스트레스를 언어화'하는 것이다. 예를 들어 '짜증 나고 화가 치밀어.'가 아닌 '누군가에게 지시를 받는 것이 싫다.' 같이 구체적 표현을 해보는 것이다. 여기서 하나 더 나아가 내 감정을 정보 시그널로 처리하는 것도 도움이 된다. 예를 들면 '누군가에게 지시를 받는 것에 너무 화가 나.'에서 '누군가에게 지시를 받는 것에 너무 화가 난다는 감정 시그널이 내게 존재하는군. 그러다 보니 다 때려치우고 나가고 싶다는 생각도 이어서 따라오네.' 식으로 스트레스로 인한 부정적 감정과 생각에 즉각 반응하지 말고 한발 물러나서 빈 마음 공간의 여유를 조금이라도 마련하자는 것이다. 이 공간이 있어야 긍정적인 생각과 감정이 다시 찾아들 수 있다. 긍정 행복을 일차 목표로 하면 스트레스 관리가 버거워진다. 일단 이 공간을 확보하는 과정이 먼저 필요하다.

스트레스를 처리하는 뇌의 영역이 즉각적 감정 반응을 주로 담당하는 쪽에서 객관적 사고를 담당하는 쪽으로 옮아간다는 주장도 있다. 힘들다는 느낌이 과도하게 증폭되기만 하던 상황에서, '힘들긴 한데 여기에도 어떤 가치와 의미가 존재하지 않을까?' 하는 식의 접근으로 스트레스를 처리하는 방식에 긍정적 변화가 일어난다는 것이다.

서울의 그린벨트

1970년대에 국토의 5.4%(5,379㎢)가 그린벨트로 지정됐다. 서울의 9배 넓이다.

경기도가 제일 많아 하남, 의왕, 과천 같은 곳은 90% 이상이 그린벨트로 지정됐다.

수십 가구가 모여 살던 취락지 수백 곳이 졸지에 그린벨트로 묶여 개발이 제한되니 민원도 끊이질 않았다. 환경보존을 위해 불가피하다는 찬성론도 높지만, 그린벨트의 80%가 사유지라 재산권 침해라는 반발도 끊이질 않는다.

축사나 창고로 '그레이(회색)벨트'가 되어버린 곳도 적지 않다. 김대중 정부 때 시작해 저금통 털어 쓰듯 그린벨트를 해제해 30%가량이 사라졌다. 노무현 정부 때는 서울 은평구 그린벨트를 풀어 은평뉴타운을 만들었고, 이명박 정부 때는 서울 서초구 그린벨트에 보금자리주택을 지었다.

미국 보스턴에 민병대원의 동상,
한 손에는 총을, 다른 손에는 쟁기를 움켜쥐고 있다

'탕!' 하고 누군가 총을 쏘았다.

여기서 미국의 독립역사를 알고 싶다. 영국군인지 아메리카 식민지 민병대인지는 불분명했다. 총이 발사됐다는 사실만이 중요했다. 연쇄 반응이 일어나서 한 영국군 장교가 발사 명령을 내렸고, 영국군은 민병대(民兵隊)를 향해 일제 사격을 했다. 매사추세츠주 렉싱턴의 공유지에서 벌어진 첫 충돌은 순식간에 끝났다. 민병대원은 8명이 죽고, 10여 명이 부상당했다. 영국군 피해는 사병 1명이 찰과상을 입은 데 불과했다. 영국군의 승리였다.

여세를 몰아 영국군은 콩코드를 향해 나아갔다. 반란군 지도자들이 도망친 곳, 민병대의 주요 무기고가 있는 곳이었다. 당초 계획대로 콩코드를 장악하고 반란군 지도자들을 체포한다면 보스턴과 매사추세츠의 저항은 종식될 터였다. 그러나 콩코드 상황은 렉싱턴과는 달랐다. 소집 명령이 떨어지면 1분 안에 출동한다고 해서 '미니트맨'이라고 하는 긴급 소집병들이 이미 대기 중이었고, 인근 마을에서도 민병들이 속속 모여들고 있었다.

두 번째 충돌은 콩코드의 올드 노스 브리지에서 벌어졌다. 민병대원들은 다리 주변에 흩어져 효과적으로 영국군을 공격했다. 민병대원들이 감히 대항해올 것이라고 예상치 못했던 영국군은 충격을 받았고,

혼란에 빠졌다. 그들은 혼비백산해 퇴각했다. 민병대는 나무, 바위, 건물 뒤에 숨어 보스턴을 향해 후퇴하는 영국군을 저격했다. 영국군이 궤멸하지 않은 건 렉싱턴에서 증원군 1,000명을 만난 덕분이었지만, 민병대도 계속 수가 늘었다. 양측의 전투는 사격 전에 이어 치열한 백병전으로 이어졌다. 결국, 영국군은 사상자 273명을 낸 채 후퇴했다. 민병대의 피해는 95명에 그쳤고, 독립을 향한 첫 전투의 승리는 식민지 민병대에 돌아갔다. 이날이 1775년 4월 19일이었다.

미국 독립 전쟁의 첫 전투가 벌어진 렉싱턴 콩코드 두 곳은 누가 뭐래도 세계적 명성을 안겨준 건 첫 전투의 무대였다는 사실이다. 이곳에서 아메리카 식민지가 거둔 승리를 동시대인들은 기적처럼 여겼다. 제대로 된 군사훈련조차 받아본 적 없는 민병들이, 세계 최강의 대영제국 정규군과 싸워 이기리라는 생각은 누구도 하지 않았다. 오늘날 두 소읍의 전투현장에는 승리의 주역이었던 민병 동상이 서있다. 모두 평범한 농부 차림이다. 군인이 아니니 당연하다. 그렇다고 무시해서는 안된다. 이들이야말로 진정한 독립전쟁의 알파이자 오메가였기에, 미국의 진짜 건국자들이었다.

과거로 돌아가, '보스턴 차(茶) 사건(1773년 12월)' 이후 아메리카 식민지 정세는 긴박하게 돌아갔다. 영국 의회는 식민지들이 '참을 수 없는 법'을 제정해 보스턴에 보복했다(1774년). 식민지인들은 영국에 공동 대응하기 위해 1차 대륙회의를 개최했다. 대륙회의는 여러 가지를 결의했는데, 그중에는 영국군의 공격에 대비한 군사적 조치도 포함됐다. 핵심은 각 주(州)에 민병대를 창설하는 것이었다. 영국의 무도한 통치에 치열하게 저항 중이던 매사추세츠주가 민병대 창설에 가장 적극적으로 나섰다. 버지니아에서는 조지 워싱턴(1732~1799)을 중심으로 한 명사들이 민병대를 조직했다. 이때 구성된 민병대가 렉싱턴, 콩코드 전투에서 톡톡히 역할을 해낸 것이다.

식민지는 첫 승리에 고무됐다. 전쟁의 열기가 전역으로 퍼져 모든 식민지에서 민병대가 자발적으로 조직됐다. 사태는 돌이킬 수 없이 보였다. 결국, 대륙회의는 효과적 투쟁을 위해 군대를 창설하기로 결정했다(1775년 6월 14일). 그다음 날인 6월 15일, 대륙회의는 대륙군 총사령관으로 조지 워싱턴을 선임했다. 민병대는 이때 창설된 대륙군의 주축이 됐다.

전장의 주력은 대륙 군으로 넘어갔지만, 민병대의 역할은 줄지 않았다. 정규군으로 변모한 민병대들은 워싱턴 휘하에서 혹독한 경험과 체계적 훈련을 받으면서 좀 더 군인다워졌다. 그러나 대륙 군만으로 영국군을 상대하기엔 역부족이었다. 민병으로 남은 사람들은 각자 자리에서 고향과 가족을 지켰다. 동시에 대륙군의 보조 역할을 해냈다. 북부에서 시작된 독립전쟁의 전선(전선)은 시간이 흐름에 따라 중부 뉴욕, 펜실베이니아를 거쳐 남부 노스캐롤라이나 사우스캐롤라이나 조지아주로 옮아갔다.

남부에서는 민병들의 활약이 더욱 돋보였다. 규율과 훈련이 부족했던 탓에 전면전에서는 영국군의 상대가 되지는 않았지만, 독립의 대의를 위한 열정과 용기만큼은 충분했다. 이들의 활약은 멜 깁슨 주연 영화 『패트리어트—늪 속의 여우(The Patriot 2000년)』에 잘 묘사되어 있어 극장에 가서 보기 어려우면 유튜브에서도 볼 수 있다.

치열했던 미국 독립전쟁은 1783년 9월 파리에서 열린 강화조약으로 막을 내렸다. 식민지 아메리카인들이 대영제국을 상대로 승리했다. 대륙군은 해체됐고, 군인들은 고향으로 돌아갔다. 민병들은 총을 내려놓고, 각자 일상으로 돌아갔다. 미국이란 나라는 그렇게 민병과 민병이 주축을 이룬 대륙군이 탄생시켰다. 어떤 이름으로 불렸든, 어떤 곳에서 싸웠든 그들 모두는 자신의 고향과 가족, 자유와 자치를 지키겠다며 분연히 떨쳐 일어난 아메리카의 생활인들이었고, 자유인들이었다. 그 사실을 웅변하듯이 콩코드 올드 노스 브리지에 있는 동상의 민병대원은 오른손에는 총을 들고, 왼손으로는 커다란 쟁기를 잡고 있다. 공동체가 위기에 처했을 때는 나가 싸우고, 위기가 지나가면 물러나 생업에 종사한다는 민병 정신을 나타낸 것이다. 그러나 독립전쟁 때 총을 들었던 수많은 민병 중 많은 이가 다시 쟁기를 잡지 못했다. 에머슨이 「콩코드 찬가」에서 노래했듯, 그들은 후손에게 자유를 선물하기 위해 목숨을 바쳤기 때문이다. 그럼으로써 '자유는 공짜가 아니다(Freedom is not free)'라는 것을 증명했다.

누구라도 이 자명한 이치를 잊는다면, 자유도 잃게 될 것이다.

"주(州)의 안보를 위해
개인의 무기 소지 권리를 침해할 수 없다"

"규율 있는 민병들은 자유로운 주(州)의 안보에 필요하므로, 무기 소지 및 휴대에 관한 국민의 권리를 침해할 수 없다."

수정 헌법 2조

미국에서는 독특하게 총기소지 및 휴대가 권리장전이라고 하는 수정헌법에 명시돼 있다. 민병이 독립전쟁의 주체였다는 사실과 영국 식민지 시대에 생겨난 조항이다. 점차 독립전쟁 당시의 민병제도는 사라졌지만, 많은 미국인은 19세기 내내 서부 개척지에서 자신과 가족을 보호하고 재산을 지키기 위해 오랜 세월 무기를 소지하고 휴대해왔다.

그 결과, 총기 소지와 휴대는 개인의 권리이자 스스로를 보호한다는 자기방어 수단으로 인식됐다. 그러나 오늘날에는 높은 범죄율과 총기에 의한 사망자가 늘어나면서 최소한 총기 소유 자격과 개인이 소유할 수 있는 무기 종류에 대한 엄격한 규제를 바라는 여론이 높아지고 있다.

미국 독립선언 독립기념일은 1776년 7월 4일, 미국 국기에 동부의 13개 주의 빨간 줄과 알래스카와 하와이주를 마지막으로 별이 50개 그려져 있다.

러시아의 알래스카는 1867년에 미국에 매각되었다

알래스카는 원주민(인디언)들이 '거대한 땅'이란 말이다. 1959년 49번째 주로 편입되었고, 면적은 조사 통계마다 조금씩 다 틀리는데 대략 한반도의 8배, 남한의 20배 정도 된다. 미국 국토의 1/5이나 되는 큰 영토다. 인구는 현재 70만 명 정도 거주한다.

북아메리카 북서쪽에 있는 알래스카주는 18세기 러시아 상인들이 개척했지만, 1867년 미국에 매각되면서 이후 미국 땅이 되었다. 알래스카를 처음으로 개척한 사람은 모피상인 알렉산드르 바라노프(1747~1819)였다. 그는 잉카 제국을 정복한 스페인의 프란시스코 피사로처럼 과감하게 알래스카를 정복했다.

러시아인들이 알래스카에 본격적으로 정착한 건 18세기 중반이다. 러시아 황제 표트르 대제(1672~1725)는 시베리아와 북아메리카 대륙이 육지로 연결되어 있는지 아닌지를 확인하기 위해 1725년 탐험가 비투스 베링이 이끄는 탐험대를 파견했다. 탐험대는 시베리아와 알래스카 사이에 해협(육기 사이에 껴있는 좁고 긴 바다)이 있음을 확인했고, 훗날 이곳을 '베링해협'이라고 이름 붙였다.

1773년 두 번째로 파견된 베링 탐험대는 1741년 알래스카를 발견한 뒤 해달의 모피를 싣고 고국으로 돌아왔다. 그런데 이 해달 모피가 아주 부드러우면서 따뜻하다는 호평이 퍼지면서 러시아에서 큰 인기를 끌었다. 해달 모피가 풍부하다는 소문이 퍼지자 수많은 러시아 상인이 알래스카에 모여들었고, 곧 모피 무역소가 설치됐고 알래스카 남부 코디액섬에는 러시아인들의 정착촌이 건설되었다. 러시아 상인들은 알래스카 원주민인 알류트족을 시켜 마구잡이로 해달을 사냥하도록 했다. 물론 그들에게 모피를 사냥해준 대가는 충분히 지급되지 않았다.

무리한 포획이 계속되면서 해달의 개체 수가 점점 줄어들자, 러시아인들은 원주민들에게 더 깊고 위험한 바다로 사냥을 나가도록 강요했다. 양측 간 갈등이 깊어지면서 결국 러시아인들이 원주민을 학살하고 사냥 장비를 파괴하는 사건이 벌어진다. 여기에 러시아인들에게 유래한 전염병이 더해지면서 알류트족 인구는 18세기 중반 2만5천 명에서 19세기 말 2천여 명으로 10분의 1 이상으로 급감했다.

1799년 러시아 황제 파벨 1세는 알래스카를 개척하고 관리하기 위해 '러시아-아메리카 회사'를 설립했다. 이 회사는 알래스카 모피 무역을 독점하는 특권을 얻는 대신 러시아 정부에 막대한 세금을 내야 했고, 당시 알래스카에서 성공한 모피 상인이던 알렉산드르 바라노프가 이 회사의 총괄 경영자이자 러시아령 알래스카의 초대 총독으로 임명되었다. 러시아-아메리카 회사는 러시아 정부의 감독을 받았지만, 물리적인 거리가 너무 멀었다. 또 당시 러시아가 프랑스 나폴레옹과 전쟁 중이었기 때문에 바라노프는 알래스카에서 많은 권한을 행사할 수 있었다. 바라노프는 알래스카 남동쪽 싯카섬에 러시아인 정착촌을 건설 개발하는 과정에서 알래스카 원주민 틀링깃족과 전쟁을 벌였다. 이를 싯카전투(1802~1804년)라고 하는데, 이 전투에서 승리를 거둔 바라노프는 모피 무역에 대한 독점권을 더욱 확실히 장악하고 '알래스카의 왕'

처럼 군림했다.

바라노프는 아메리카 대륙에 또 다른 식민지를 개척하기 위해 원주민 탐험대를 파견했다. 태평양 연안을 따라 캘리포니아 해안까지 진출했다. 새로 점령한 식민지는 러시아 정부가 아닌 러시아—아메리카 회사의 지배를 받았다. 이 때문에 그는 '러시아의 피사로'라고 불리기도 했다. 잉카 제국을 정복한 스페인의 탐험가 피사로처럼 알래스카를 정복했다는 뜻이다. 바라노프는 1819년 총독 임기를 마치고 러시아로 돌아가던 중 세상을 떠났다.

19세기 중반에 들어서자 러시아 상인들의 무분별한 남획으로 알래스카의 해달 개체 수는 더욱 줄어들게 된다. 모피로 인해 얻는 수입도 점점 감소했다. 당시 러시아는 영국 프랑스 등과 크림 전쟁(1853~1856)을 치르느라 재정 상태가 크게 악화된 상태였고, 러시아는 결국 미국에 알래스카를 매각하기로 했다.

1867년 3월 30일 러시아와 미국이 알래스카(당시 152만㎢)를 720만 달러(현재가치로 약 1억 달러, 1,203억 원)에 사고파는 조약을 체결한다. 당시 미국의 여론은 쓸모없는 땅을 비싸게 산 것 아니냐며 부정적이었다. 하지만 1890년대 말 알래스카 북부에서 금광이 발견되고, 1960년대 석유가 발견되면서 재평가되었다. 알래스카는 1959년 1월 3일 49번째 주가 되어 미국의 경제 안보 전략에서 중요한 역할을 담당하고 있다. 50번째 주는 하와이(1959년 8월 21일)이다.

알래스카 매입에 반대했던 미국 여론

러시아와 미국이 알래스카를 두고 매각 협상을 시작하자 미국 언론은 '얼음이 가득한 궤짝이 우리한테 왜 필요하냐'며 비아냥댔다. 특히 협상을 이끌던 윌리엄 수어드 미국 국무장관의 이름을 따 알래스카를 '수어드의 아이스박스', '수어드의 바보짓' 등으로 조롱하는 사람도 많았다. 하지만 미국은 북아메리카 지역에서 러시아 세력 확대를 막고, 캐나다의 영토 확장도 저지하겠다는 명분을 내세워 이를 강행했다고 한다.

이런 반대 때문에 알래스카 매입법안은 미국 상원에서 단 1표 차로 가까스로 통과했다.

과거를 잊어서는 안 된다

우리나라는 5,000년 역사에서 930번의 외침을 당했다고 한다. 930번의 외침에서 그 침략국의 90% 이상이 '중국'이었음은 역사가 증명하고 있다. 가까이는 사드 보복, 6 25 남침에서는 UN군이 압록강까지 진격했으나 중공군의 개입으로 통일이 무산되었다.

병자호란: 1636년 12월-1637년 1월까지 일어난 조선과 청나라의 싸움

1623년 인조반정 이후 조선은 금나라를 배척하는 정책을 내세우자 1627년 후금은 조선을 침입하여 정묘호란이 일어났다. 이때 조선과 후금은 강화를 맺고 양국 관계는 일단락되었다. 그러나 1632년 후금은 만주 전역을 석권하고 조선과의 관계를 형제지국에서 군신지의(君臣之義)로 고칠 것을 요구했으나, 반대하자 후금의 홍타이지는 국호를 청(淸)이라 고치고 조선을 쳐 들어왔다.

조정은 급기야 남한산성으로 피신했으나 성은 완전히 고립되었다. 특히 병자년은 혹독한 추위가 계속 되어 굶어 죽고 얼어 죽는 사람이 속출했다. 인조(仁祖)는 45일 만에 결국은 항복하여 삼전도로 내려가 청 태종 방향으로 무릎을 꿇고 맨땅에 이마를 찧으며 아홉 번 절했다. 굴욕, 치욕과 함께 인조는 이마가 깨져서 눈물과 함께 피까지 흘렸다. 그때 소현세자와 봉림대군, 빈과 궁녀들, 척화론자인 오달제. 윤집, 홍익한을 볼모로 잡아갔고, 또 50만 명의 부인과 처녀들을 전리품으로 끌고 갔다. 수많은 부녀자가 노예와 성 노리개가 되었고, 돈을 주고 데리고 온 여자를 환향녀(還鄕女)라 하고, 그들이 난 자식을 호로자식(胡虜子息)이라 하였다.

중국의 외교서 『전국책(戰國策)』에는 "원교근공(遠交近攻)"이란 말이 있다.

원교근공이란 먼 나라와는 동맹을 맺고 가까운 나라를 공격하는 것이다. 세계 전쟁사의 90% 이상은 국경을 맞댄 나라와의 전쟁이었고,

강대국이 약소국을 지배한 건 100%다.

중국은 한반도 통일을 싫어한다. 국경을 맞대고 강력한 통일국가 출현을 절대로 용납할 리가 없다.

친구 관계는 우리의 희망사항일 뿐, 중국은 군신(君臣)관계를 원한다. 중국의 국토는 남한의 96배이다. 국제사회는 냉혹하다. 겉으로는 평등 평화를 내세우지만, 내면은 아직도 '정글의 법칙'이다.

평화는 힘의 균형이 이루어질 때 가능하다.

우리는 일본이란 나라에 오랫동안 시련을 받아왔다

수없이 많은 침략을 받아왔지만, 대표적인 것이 1592년의 임진왜란과 1895년 명성황후 시해사건(을미사변)과 1910년 8월 29일의 한일합방(경술국치)가 그것이다.

우리 민족은 섬나라인 일본에 그렇게 무시당하고 침략을 당하여 임진왜란에는 전 국토가 7년이란 기간의 전쟁에서 쑥대밭이 되었고, 많은 인명피해가 발생했다. 이때도 일본으로 도공(陶工)과 죄 없는 우리 부녀자들도 많이 끌려갔다.

이 얼마나 비참한 일인가?

지금도 일본은 독도를 구실 삼는 등 언젠가는 재침략의 기회를 노리고 국방력을 증강하고 있다. 원래 섬나라 일본은 주위가 바다로 둘러쌓여있어 대륙으로의 진출을 언제나 꿈꾸고 있기에 호전적이다. 필시 남북관계에도 엉켜서 유사시에는 주변의 강대국 일본, 중국, 러시아가 어떤 행동을 할지 그 누구도 장담을 못 한다. 우리는 특히 정치인부터 정신을 차려야 한다.

명성황후 시해사건만 해도 그렇다. 어떻게 한 나라의 국모를 처참하게 유린할 수 있을까? 우리는 과거를 잊어서는 안 된다. 그렇다고 얽매여서도 안 되고, 그때의 사건을 교훈 삼아 다시는 후회할 어리석은 민족이 돼서는 안 된다.

우리는 경험했다. 일본의 식민지 정책을, 이제는 독립국가로서, 사실 독립도 우리 힘으로 한 건 아니다. 이제는 제대로 앞을 보고 나아가야 한다.

한국전쟁에서 치열한 장진호 전투

북한의 김일성은 인천상륙작전 후 유엔군이 계속 북진하자 중공군의 참전을 재차 요청했다. 중공군은 1950년 10월 19일부터 압록강을 건너 북한 땅에 들어오기 시작했다. 중국이 1990년대 이후에 밝힌 숫자에 따르면 50년 10월부터, 53년 7월 27일 정전협정 체결 때까지 300만 명의 병력이 6 25전쟁에서 싸웠다고 한다.

총사령관 펑더화이의 지휘 아래 10월 19일 1차로 압록강을 건너온 중공군은 18만 명이었다. 그 후 2차로 12만 명이 들어왔다. 2차 공세(1950년 11월 25일) 때 중공군의 총 규모는 30개 사단 30만 명이었다. 그중 미8군이 있는 서부전선에 중공군 18개 사단이, 미 10군단과 제1해병사단이 있는 동부전선에 중공군 12개 사단이 투입됐다.

미 10군단과 제1해병사단은 북한의 임시수도인 강계를 점령하기 위해 한반도에서 제일 추운 함경북도 개마고원 장진호 방향으로 북상하고 있었다. 그러나 산속에 숨어 대기하고 있던 중공군 12개 사단에 포위돼 부대가 전멸할 위기에 처했다.

중공군의 예상치 않은 개입으로 6 25전쟁은 또다시 한 치 앞도 내다볼 수 없는 상황이 됐다. 50년 12월 미국의 트루먼 대통령은 국가비상사태까지 선포하는 등 최악의 경우를 생각하고 있었다. 당시 미국은 전세를 뒤집기 어렵다는 판단을 내리고 한국군을 포함 총 32만 8000명의 한국인을 해외로 긴급 이주시킨다는 계획을 비밀리에 세워둔 상태였다. 이주지는 사모아에 있는 사바이와 우폴루라는 섬이었다. 그곳에 32만 8000명의 한국인을 이주시켜 '뉴 코리아'(New Korea)를 만들 계획이었다.

중공군의 침략으로 또다시 대한민국이 풍전등화(風前燈火)의 위기에 있을 때 나라를 구한 전투가 바로 장진호 전투다. 이 전투는 50년 11

월 27일에서 12월 11일까지, 북한의 장진호에 포위돼 있던 미 10군단이 15일간 12만 명이 넘는 중공군(10개 사단)의 포위망을 간신히 뚫고 장장 128km 거리의 흥남항구까지 성공적으로 철수한 후퇴작전이다.

장진호 전투 중에서, 특히 하갈우리 전투는 미군에게 평생 잊을 수 없는 최악의 전투였다. 고원 산악지대에서 적군에게 겹겹이 포위됐으니 죽거나 포로가 되는 수밖에 없었다. 더구나 밤이면 영하 30도까지 기온이 내려가 동상환자가 속출했다. 총에 맞아 전사한 수보다 동상으로 죽은 병사의 수가 더 많았다. 동태처럼 얼어붙은 시신을 짐짝처럼 실어 수송할 정도였다. 철수과정에서 뜻밖에 큰 문제가 발생했다.

12월 7일 철수작전의 마지막 고비였던 고토리 황초령 고개에서였다. 깊은 협곡에 있던 교량이 5m가량 파괴된 것이다. 미군은 험준한 산악지역에 발이 묶여 중공군에게 꼼짝없이 갇혔다. 이를 돌파할 수 있는 유일한 방법은 공중에서 교량을 투하하는 것이었다. 그러나 짙은 안개와 폭설로 시야가 확보되지 않았다. 그날 밤에 미군은 좋은 일기와 날씨를 위해 기다렸다. 이내 날씨가 맑아지더니 밝고 환한 별 하나가 고토리 상공에 반짝이기 시작했다. 곧바로 교량 공중투하 작전이 시작됐다. 미군은 긴급하게 설치된 다리를 통해 중공군의 포위망을 벗어날 수 있었다.

당시 참전용사였던 리처드 케리 장군은 이렇게 회고했다. "그날 밤은 영하 30도로 엄청난 강추위가 몰아쳤고, 눈보라로 공수작전이 어려웠다. 그렇지만 날씨가 도와줘 해병대원들이 용기백배해 중공군의 포위망을 벗어날 수 있었다."

미 10군단 장병들은 살인적인 추위와 폭설 속에서 전력의 10배가 넘는 중공군 포위망을 뚫고 12월 11일 밤 9시 흥남항구로 철수했다. 작전 중 미 해병 4,500여 명이 전사하고, 7,500여 명이 동상을 입었다. 미국 전쟁 역사상 최악의 전투로 기록될 만큼 희생이 컸다.

당시 참전용사였던 프레드 주니어는 훗날 다음과 같은 시를 남겼다. "부디 잊지 말아 주십시오. 한국을 그리고 저 잊힌 전쟁을, 우리가 알지 못했던 곳, 장진호 전투에서 사라져 간 전사들을. 더러는 곧 숨을 거두었지만 많은 이가 고통 속에 숨져가야 했습니다. 34대의 트럭에 실린 부상자와 죽어가는 이들, 다시 한 번 간절히 빕니다. 부디 잊지 말아 주십시오. 한국과 그 잊힌 전쟁을."

장진호 전투에서 잊지 말아야 할 희생이 또 있다. 875명의 한국인 카투사다. 이들 중 상당수가 철수과정에서 전사했다. 피 흘리며 싸운 미군들과 무명 카투사들의 고귀한 희생이 있었기에 흥남항구로 철수한 9만8천 명의 북한 주민은 학살되지 않고 남한으로 탈출할 수 있었다. 더 나아가 지구상에서 사라질 뻔했던 대한민국은 기적적으로 살아났다. 전쟁 사학자들은 장진호 전투 철수과정에서 미군이 중공군에게 무너졌다면 미군을 포함한 유엔군 모두가 한국을 포기하고 철수했을 것이라고 말한다.

아주 못살던 얼마 전 시절의 이야기

우리 대한민국의 미래를 짊어질 우리 젊은이들이 알아야 할 얼마 전의 이야기를 하고 싶다. 앞부분은 생략하고, 1961년의 5 16 혁명 직후 미국은 쿠데타라 하여 혁명세력을 인정하지 않았다. 만약 그들을 인정한다면 아시아, 또는 다른 나라에서도 똑같은 상황이 발생할 것이라는 우려에서였다. 그 당시 파키스탄, 인도네시아, 말레이시아, 필리핀 등의 국가가 군인들이 득세할 때였다. 그때 미국은 한국에 주던 원조도 중단했다. 당시 미국 대통령은 존 F. 케네디(1917~1963.11.22.)였다.

박정희 소장은 케네디를 만나기 위해 태평양을 건너 백악관을 찾았지만, 케네디는 끝내 한국과의 관계를 원하지 않았다. 호텔에 들어와 빈손으로 귀국하려고 짐을 싸면서 박정희 소장과 수행원들은 서러워서 한없는 눈물을 흘렸었다.

가난한 한국에 돈을 빌려줄 나라는 지구상 어디에도 없었다. 지푸라기라도 잡고 싶은 마음에 우리와 같이 분단된 공산국 동독과 대치한 서독에 돈을 빌리려 대사를 파견해서 미국의 방해를 무릅쓰고 1억4천만 마르크를 빌리는 데 성공했다. 당시 우리는 서독이 필요로 한 간호사와 광부를 보내주고, 그들의 봉급을 담보로 잡혔다.

고졸 출신 파독 광부 500명을 모집하는데 4만6천 명이 몰렸다. 그들 중에는 정규대학을 나온 학사 출신도 수두룩했다. 면접 볼 때 손이 고

와서 떨어질까 봐 까만 연탄에 손을 비비며 거친 손을 만들어 면접에 합격했다. 서독 항공기가 그들을 태우기 위해 온 김포공항에는 간호사와 광부들의 가족, 친지들이 흘리는 눈물로 바다가 되어있었다.

낯선 땅 서독에 도착한 간호사들은 시골병원에 뿔뿔이 흩어졌다. 말도 통하지 않는 여자 간호사들에게 처음 맡겨진 일은 병들어 죽은 사람의 시신을 닦는 일이었다. 어린 간호사들은 무서워 울면서 거즈에 알코올을 묻혀 딱딱하게 굳어버린 시체를 이리저리 굴리며 닦았다. 하루 종일 닦고 또 닦았다. 남자 광부들은 지하 천 미터가 넘는 깊은 땅속에서 그 뜨거운 지열을 받으면서 열심히 일했다. 하루 8시간 일하는 서독 사람들에 비해 열 몇 시간을 그 깊은 지하에서 석탄 캐는 광부 일을 했다.

서독 방송, 신문들은 대단한 민족이라며 가난한 한국에서 온 간호사와 광부들에게 찬사를 보냈다. '세상에 어쩌면 저렇게 억척스럽게 일할 수 있을까?' 해서 붙여진 별명이 '코리아 엔젤'이었다. 몇 년 뒤 서독 뤼브케(1959~1969년 재임) 대통령의 초대로 박 대통령이 방문하게 되었다. 그때 우리에게 대통령 전용기는 상상할 수도 없어 미국의 노스웨스트 항공사와 전세기 계약을 체결했지만, 쿠데타군에게 비행기를 빌려줄 수 없다는 미국 정부의 압력 때문에 그 계약은 일방적으로 취소되었다. 그러나 서독 정부는 친절하게도 국빈용 항공기를 우리나라에 보내주었다.

어렵게 서독에 도착한 박 대통령 일행을 거리에 시민들이 플래카드를 들고 뜨겁게 환영해주었다. 코리안 간호사 만세! 코리안 광부 만세!

코리안 엔젤(천사) 만세! 영어를 할 줄 모르는 박 대통령은 창밖을 보며 감격에 겨워 '땡큐, 땡큐!'만을 반복해서 외쳤다. 서독에 도착한 박 대통령 일행은 뤼브케 대통령과 함께 광부들을 위로, 격려하기 위해 탄광에 갔다. 고국의 대통령이 온다는 사실에 그들은 500명이 들어갈 수 있는 강당에 모여들었다.

박 대통령과 뤼브케 대통령이 수행원들과 함께 강당에 들어갔을 때 작업복 입은 광부들의 얼굴은 시커멓게 그을려 있었다. 대통령의 연설이 있기에 앞서 우리나라 애국가가 흘러나왔을 때 이들은 목이 메어 애국가를 제대로 부를 수조차 없었다.

대통령이 연설을 했다. 단지 나라가 가난하다는 이유만으로 이역만리 타국에 와서 땅속 1,000m도 더 되는 곳에서 얼굴이 시커멓게 그을려 가며 힘든 일을 하고 있는 제 나라 광부들을 보니 목이 메어 말이 잘 나오지 않았다. "우리 열심히 일합시다. 후손들을 위해서 열심히 일합시다. 열심히 합시다." 눈물에 잠긴 목소리로 박 대통령은 계속 일하자는 이 말을 반복했다.

가난한 나라 사람이기에 이역만리 타국 땅 수천 미터 지하에 내려가 힘들게 고생하는 남자 광부들과 굳어버린 이방인의 시체를 닦으며 힘든 병원 일하는 어린 여자 간호사들, 그리고 고국에서 배곯고 있는 가난한 내 나라 국민이 생각나서 더 이상 참지 못해 대통령은 눈물을 흘렸다. 대통령이라는 귀한 신분도 잊은 채…. 소리 내어 눈물 흘리자 함께 자리하고 있던 광부와 간호사 모두 울면서 영부인 육영수 여사 앞으로 몰려나갔다. "어머니! 어머니!" 하며…. 육 여사의 옷을 잡고 울었고,

그분의 옷이 찢어질 정도로 잡고 늘어졌다. 육 여사도 함께 울면서 내 자식같이 한 명 한 명 껴안아 주면서 "조금만 참으세요."라고 위로하고 있었다.

광부들은 뤼브케 대통령 앞에 큰절을 하며 울면서 "고맙습니다, 고맙습니다. 한국을 도와주세요. 우리 대통령님을 도와주세요. 우리 모두 열심히 일하겠습니다."를 수 없이 반복했다.

뤼브케 대통령도 울고 있었다. 연설이 끝나고 강당에서 나오자 미처 그곳에 들어가지 못한 여러 광부가 떠나는 박 대통령과 육영수 여사를 붙잡고 "우릴 두고 어디 가세요. 고향에 가고 싶어요. 부모님이 보고 싶어요." 하며 떠나는 박 대통령과 육 여사를 놓아줄 줄을 몰랐다.

호텔로 돌아가는 차에 올라탄 박 대통령은 계속 눈물을 흘렸다. 옆에 앉은 뤼브케 대통령은 손수건을 직접 주며 "우리가 도와주겠습니다. (이 글을 쓰면서 나도 한없이 눈물이 난다)

서독 국민이 도와주겠습니다."라고 힘주어 말했다.

서독 국회에서 연설하는 자리에서 박 대통령은 "돈 좀 빌려주세요, 한국에 돈 좀 빌려주세요. 여러분들의 나라처럼 한국은 공산주의와 싸우고 있습니다. 한국이 공산주의자들과 대결하여 이기려면 분명 경제를 일으켜야 합니다. 그 돈은 꼭 갚겠습니다. 저는 거짓말을 할 줄 모릅니다. 우리 대한민국 국민들은 절대로 거짓말을 하지 않습니다. 공산주의자들을 이길 수 있도록 돈 좀 빌려주세요."를 반복해서 말했다.

당시 한국은 자원도, 돈도 없는 세계에서 인도 다음으로 가장 못사는 나라였다. 유엔에 등록된 나라 수는 120여 개국, 당시 필리핀 국민

소득 170불, 태국 220불 등…. 이때 한국은 76불이었다. 우리 밑에는 달랑 인도만 있었다. 그렇다. 세계 120개 나라 중에 인도 다음으로 가장 못사는 나라가 바로 우리 한국이었다.

1964년 국민소득 100달러! 이 100달러를 위해 단군 할아버지로부터 무려 4,300년이라는 긴 세월이 걸렸다. 그때 우리는 머리카락을 잘라 가발을 만들어 외국에 내다 팔았다. 동네마다 엿장수 동원하여 "머리카락 파세요! 파세요!" 하며 길게 땋아 늘인 아낙네들의 머리카락을 모았다. 시골에 나이 드신 분들은 서울 간 자식들 학비 보태 주려 머리카락을 잘랐고, 먹고살 쌀을 사기 위해 머리카락을 잘랐다. 그래서 한국의 가발산업은 발전하게 되었던 것이다. 또한, 싸구려 플라스틱으로 예쁜 꽃을 만들어 외국에 팔고, 곰 인형을 만들어 외국에 팔았다. 전국에 쥐잡기 운동도 벌였다. 쥐 털은 일명 '코리안 밍크'를 만들어 외국에 팔았다. 돈 되는 것은 무엇이든지 다 만들어 외국에 팔았다. 이렇게 저렇게 해서 1965년 수출 1억 달러를 달성했다.

세계가 놀랐다. "저 거지들이 1억 달러를 수출해?" 하며 '한강의 기적'이라고 전 세계가 경이적인 눈빛으로 우리를 바라봤다. '조국 근대화'의 점화는 서독에 파견된 간호사들과 광부들이었다. 여기에 월남전 파병은 우리 경제 회생의 기폭제가 되었다. 참전용사들의 전후 수당 일부로 경부고속도로가 건설되었고, 이를 바탕으로 우리 한반도에 동맥이 힘차게 흐르기 시작했다.

우리가 올림픽을 개최하고, 월드컵을 개최하고, 세계가 우리 한국을 무시하지 못하도록 국력을 키울 수 있었던 것은 광부와 간호사들, 월남 참전용사덕분이었다.

그때 이방인의 시신을 닦든 간호사와 1천 미터 지하 탄광에서 땀 흘리며 일한 우리의 광부, 목숨을 담보로 남의 나라에서 피를 흘리며 싸웠던 장병, 작렬하는 사막의 중동 건설 현장에서, 일한 그대들의 피와 땀과 눈물이 있었기에 오늘날에 이르렀다.

이제 우리는 다시 뭉쳐야 한다. 정치, 이데올로기 이념을 떠나 다시 일어나서 선진국 선두로 발돋움할 시기가 온 것이다.

자랑스러운 경부고속도로 50년 되었다

독일을 국가 발전 모델로 삼은 첫 지도자는 박정희 전 대통령이다. 2차 세계대전 이후 눈부신 경제성장을 이룬 구(舊)서독을 1964년 국빈 방문했다. 우리의 1인당 GDP가 100달러 남짓한 때였다. 당시 정상회담 통역사의 회고다. "박 대통령이 눈물을 몇 번이나 흘리며 '우리 국민 절반이 굶어 죽고 있다', '돈 꿔 달라'고 했다. ' 박 전 대통령은 아우토반 같은 고속도로, 자동차, 철강 산업을 육성해야 한다."라는 독일 총리의 조언을 듣고 귀국했다.

경부고속도로 건설 계획은 2년여 비밀리 준비 끝에 1967년 대선 때 발표했다. 야당은 물론 학계, 언론에서 '길 닦으면 부유층의 유람로가 될 것', '국가 재정이 파탄 난다'며 반대했다. 건설 당시 서울대 상대 교수 전원이 성명서를 내고 소수의 부자가 젊은 처 첩들을 옆자리에 태우고 전국을 놀러 다니는 길이 될 것이라고 비난하고, 당시 ㅇㅇ일보 사설도 '기술, 돈이 부족', '꿈같은 계획'이라고 썼다. 그러나 박 전 대통령은 밀어붙였다. 2,500분의 1 축적지도를 집무실에 펼쳐놓고 자를 대고 노선을 그리고 인터체인지를 직접 스케치할 정도로 열정이 대단했다. 측근들에겐 "임자, 나 요즘 고속도로에 미쳤어."라고까지 하며 독려했다고 한다.

본격적인 공사는 1968년 2월 1일 시작됐다. 현대건설을 포함한 16개 건설업체가 시공에 참여했고, 3개의 군 공병대도 투입됐다. 인부들이 하루 3교대로 잠잘 시간도 없이, 겨울에는 휘발유를 뿌리고 불을 붙여 언 땅을 녹여가며 공사해 가능했던 일이다.

경부고속도로는 1970년 7월 7일 정확히 2년 5개월 7일 만에 준공됐다. 외국의 도움 없이 우리 힘과 우리 기술로 430km를 뚫고 닦았다. 도로 1km당 1억 원 안팎 든 공사비는 당시 건설주이던 일본 고속도로의 20% 수준이었다. '세계에서 가장 짧은 기간에 가장 값싸게 잘 지은 고속도로', '하면 된다'는 자부심을 국민에게 안겼다.

경제 사회 문화 전반에 걸쳐 큰 변화가 생겼다. 서울~부산이 자동차로 15시간 걸리다가 4~5시간으로 단축됐다. 전국이 1일 생활권으로 되며 자동차 시대를 열었다. 당시 13만 대이던 자동차가 지금은 2,400만 대로 늘고 수송인구도 29억 명에서 10배가량 늘었다. 국내 건설사들은 고속도로 시공 경험을 바탕으로 중동에 진출해 건설 붐을 일으켰다.

세계 10위권 경제대국, 세계에서 유일하게 원조받던 나라에서 주는 나라를 만든 주인공이 박정희와 경부고속도로다.

자랑스러운 우리나라 수출 이야기

우리나라 라면인 '신라면 블랙'이 세계 최고 라면!

농심에서 나오는 '신라면 블랙'이 미국 뉴욕타임스의 제품 리뷰 사이트에서 '세계 최고의 라면(The Best Instant Noodles)'으로 선정 됐다. 이 사이트는 신라면 블랙에 대해 "진한 소고기 육수와 적절한 매 콤함, 슬라이스 마늘과 큼지막한 버섯 조각이 주는 식감이 매력적"이라 고 평가했다. 영화 『기생충』에 소개된 짜파구리(짜파게티+너구리)가 3위, 신라면 건면이 6위, 신라면사발이 8위에 올랐다. '베스트11'에 농심 제 품이 4개나 포함됐다.

신라면 블랙이 미국 시장에서 인정받은 건 이번이 처음이 아니다. 지 난해 11월에는 LA타임스가 전 세계 31개 라면을 비교한 '라면 파워 랭

킹'에서 3위로 올랐다. 농심 측은 "부드러운 매운맛과 쫄깃한 면발 등이 미국 소비자들에게 높은 평가를 받으면서 신라면블랙 마니아층이 형성됐다."라고 설명했다. 올 상반기(1~6월) 신라면블랙의 미국 매출은 전년 동기보다 49% 오른 1,350달러(약 162억 원)로 집계됐다.

농심이 신라면 브랜드로 미국 시장을 본격 공략한 것은 2017년부터다. 신라면은 국내 식품 최초로 미국 월마트 모든 점포에 입점해 한국 대표 간편식으로 자리 잡았다. 이후 미국 국방부와 국회의사당 등 정부 기관 매점에서도 판매를 시작했다.

2017년부터 신라면블랙의 수프를 전첨, 후첨 두 가지로 나눈 것도 주효했다. 오래 끓여 진한 맛을 우려내야 하는 수프와 먹기 직전에 넣어 맛과 향을 그대로 살리는 수프를 구분해 맛을 업그레이드한 것이다. 건더기도 기존의 두 배 이상으로 늘려 먹는 재미를 더했다.

신라면 브랜드 파워가 커지면서 미국 시장에서 농심의 매출도 크게 늘었다. 올 상반기 미국 월마트와 코스트코에서 거둔 매출은 전년 동기 대비 각각 35%, 51%, 올랐다. 미국 최대 온라인 쇼핑몰 아마존에선 79%나 급증했다. 여기엔 코로나 19 여파로 '홈쿡(홈+쿠킹)' 인구가 늘어난 것도 영향을 미쳤다. '간식'에서 '식사'로 농심라면에 대한 인식도 바뀌고 있다.

미국에선 여전히 라면 종주국 일본의 영향력이 크다. 시장점유율 1위(도요수산, 46%)와 2위(닛신식품, 30%)도 일본기업이다. 농심은 15%의 점유율로 3위다. 하지만 10년 전 점유율이 2%에 불과했던 것을 고려하면 성장세가 무섭다. 일본 기업은 진출한 지 오래됐지만, 농심은 진출역사가 짧음에도 불구하고 대단한 실적을 올린 것이다. 농심은 신라면 브랜드를 앞세워 2위 도약을 노리고 있지만, 우리나라 라면회사가 여러 개 있어 모두 같이 동반 진출하였으면 하는 바람도 가진다.

현재 신라면 열풍을 이어갈 후발주자는 신라면 건면이 유력하다. 지난해 9월 미국 시장에 진출해 1년도 지나지 않아 맛과 품질을 인정받고 있다. 특유의 깔끔하고 담백한 맛이 미국에서도 통했다는 평가가 나온다.

우리나라 만두가 세계에서 놀랄만한 성장을 계속하고 있다

요즘 CJ제일제당 미국법인에 비상이 걸렸다. 미국에서 코로나 바이러스가 확산하자, 냉동식품을 찾는 소비자들이 급격히 늘었다. 중국 일본식 만두와 비교해 채소가 많이 들어간 한국식 만두는 미국에서 건강식으로 인식돼 최근 수요가 꾸준히 늘고 있다. 여기에 코로나 사태까지 겹치자 CJ제일제당의 비비고 만두를 찾는 수요가 급증한 것이다.

지난 3월 말에는 미국의 유명 셰프인 '조지 듀란'이 방송에 나와 부활절 특별메뉴로 비비고 만두를 소개해 화제(話題)를 불러일으켰다. CJ제일제당은 미국 캘리포니아 플러턴과 뉴저지에 있는 주요 만두 생산 공장 2곳을 2교대 근무에서 3교대 근무로 전환, 100% 가동에 들어갔다.

만두 종주국 중국에선 한 대형 온라인 쇼핑몰 냉동식품 부문에서 월간 판매실적 1위를 기록했고, 작년 창고형 할인점 '코스트코' 일본 매장의 만두 카테고리(종류)에서 단일 제품 매출 1위를 기록했다.

2013년 처음 출시된 비비고 만두는 출시 6년 6개월여 만에 올 상반기 기준으로 누적 판매량 10억 봉지(용량 무관)를 돌파했다.

비비고 만두 10억 봉지 돌파는 국내 식품업계에서 주목받고 있다. 문정훈(푸드비즈니스랩 소장) 서울대 교수는 "차별성이 거의 없고 부가가치도 낮았던 '냉동만두' 제품을 연구 개발(R&D)을 통해 고부가가치 제품으로 만든 게 성공 원인"이라며 "국내 식품산업도 과감한 투자를 하면 세계무대에서 성공할 수 있다는 것을 보여준다."라고 말했다.

비비고 만두는 지난해 미국에서 전년 대비 50% 가까이 성장하며 3,630억 원 매출을 올려 국내 매출(3,160억 원)을 처음 추월했다. 올 상반기 매출도 미국이 한국 내 판매를 앞섰다. 작년 전 세계에서 약 8,700억 원 매출을 올린 비비고 만두는 올해 1조 1,400억 원 매출 목표를 세웠다. 이 가운데 65%를 해외에서 올린다는 계획이다.

중국 일본 유럽을 공략하는데 지난 4~5월 비비고 만두는 만두 종주국인 중국의 2위 온라인 쇼핑몰 '징둥닷컴' 냉동만두(교자 완탕) 카테고리에서 판매 1위를 기록했다. 완차이 등 중국기업이 70% 정도를 차지하고 있는 가운데, 작년부터 온라인 사업팀을 만들어 이커머스 시장을 집중 공략했다. 중국 냉동 만두가 쪄서 익히는 증숙 과정을 거치지 않고 얼리는 반면, 비비고 만두는 미리 찌는 과정을 거쳤기 때문에 다양한 조리를 빠르게 할 수 있다는 장점을 내세웠다.

비비고 만두는 '얇은 피'와 '꽉 찬 속'이라는 두 가지 특징을 유지하면서 현지화를 통해 글로벌 시장을 공략하고 있다. 일본에서 국물용 만두는 터지는 것을 막기 위해 만두피가 두꺼운 경우가 많다. CJ제일제당은 반죽 시간을 늘리고, 조리법에 맞게 재료의 배합을 달리해 피를 얇게 하면서도 터지지 않는 '비비고수교자(물만두)'를 주력 상품으로 내세우고 있다.

친환경에 관심이 많은 유럽에선 김치 갈비 같은 한식(韓食)의 정체성을 유지하면서도 동물복지 인증을 받은 육류를 사용한다. 문 교수는 "식품산업에선 만두피 위쪽을 주름지게 접는 기술 같은 섬세한 부분이 성패를 가른다."라며 비비고 만두는 이런 부분에서 중국 일본 만두와 차별화에 성공한 것이다."라고 말했다.

전 세계에서 아주 잘 팔리는 우리의 전기밥솥(밥통)

우리의 쿠쿠전자에서 만드는 전기밥솥은 원래는 성광전자라는 회사에서 출발하여 OEM방식으로 주문자 상표부착방식으로 출발했었다. 과거에는 일본 밥솥이 유행이었고, 일본에 가면 주부들이 몇 개씩 손에 쥐고 들어오는 게 일상이었다. 그래서 그런 것이 사회적으로 문제가 되었다. 그 당시에는 TV나 오디오 카메라 등 가전제품은 모두 우리 안방에 일제가 판을 쳤다. 하지만 지금은 역전되어 우리 한국 제품이 전 세계에서 더 잘 팔리고, 몇몇 제품은 일본 것의 존재는 없는 듯하다. 대한민국 만세.

오늘에 오기까지 모든 직원이 힘을 합쳐 연구 개발하여 좀 더 좋은 제품 만들기에 힘을 쏟아 전 세계인이 찾는 메이드 인 코리아 제품이 우리의 가슴에 기쁨을 선사하고 있다. 격세지감(隔世之感), 산전벽해

(山田碧海). 그야말로 개벽천지(開闢天地) 한 것이나 다름이 없다.

우리의 밥솥은 이제 중국인들이 싹쓸이하는 밥통으로 되었고, 어디 밥솥뿐이랴 외국에 나가면 우리 기업의 큰 휘황찬란한 광고가 보이면 저절로 눈물이 난다.

6 25전쟁 끝나고 전 세계에서 제일 못살던 나라에서 이제는 이만한 경제대국으로 컸으니 이 얼마나 자랑스러운가? 다시 한 번 생각하게 해준다.

예전에 평범한 생선이던 민어(民魚)가 귀한 신분인 보양식이 되다

요즘 최고 인기 보양식을 꼽으라면 민어인 듯하다. 닭과 인삼이라는 두 강자가 연합한 삼계탕, 스태미나의 상징 장어, 보신탕 등 쟁쟁한 경쟁자들을 제치고 어떻게 민어는 여름 보양식계 '존엄' 자리에 오를 수 있었을까?

민어는 오래전부터 여름 보양식으로 사랑받았다. "민어탕이 일품(一品), 도미탕이 이품(二品), 보신탕이 삼품(三品)."이라는 말이 있었다. 보신탕은 평민이 먹고, 민어탕은 사대부가 먹는다고도 했다. 하지만 요즘처럼 비싸진 않았다. 민어가 흔했기 때문이다.

　민어는 여름이 제철이다. 8월 산란기를 앞두고 몸집이 커지고 살도 가장 오른다. 민어는 서해, 전남 신안 일대 바다에서 산란한다. 전남 신안 임자도 재원도 토박이들은 여름 산란기가 되면 알 낳으려 몰려든 민어 떼가 '꺽꺽' 우는 소리에 잠을 못 잘 정도였다고 기억한다. 민어잡이 배가 하도 많아 바다를 걸어서 건널 수 있을 정도였다.

　많이 잡히는 만큼 흔히 먹는 생선이 민어였다. 서울 토박이 80대 한 할머니는 "어릴 때 민어포를 대구포나 북어포보다 더 자주 먹었다."라고 했다. 1970년대 중반까지는 민어는 정부가 물가를 조사할 때 빠지지 않는 품목이었다. 1969년 5월 17일 자『동아일보』「여름 물가 소비자 노트」기사에 따르면, 당시 민어 가격은 한 관(3.75kg)에 1,800원. 현재 화폐 가치로 환산하면 4만 5천 원쯤으로, 누구나 부담 없이 사 먹을 수준이다. 그야말로 '백성의 생선'이라는 민어(民魚)의 한자 뜻이 이에 걸맞았다.

　이렇게 평범한 생선이던 민어가 귀한 신분으로 격상된 건 남획 때문이다. 어업기술이 발달하면서 민어 어획량이 증가하다가 1970년대 정점을 찍고 급락하면서 씨가 마르다시피 했다. 생선가게에서 보기도 힘든 생선이 됐다. 이때 치고 들어온 보양식 삼계탕이 1960년대다. 음식 칼럼니스트 박종배 씨의 조사에 따르면 삼계탕이라는 단어는 1923년 일제 총독부가 작성한 '중추원 자료'에 "여름 3개월간 매일 삼계탕, 즉 암탉의 배에 인삼을 넣어 우려낸 액을 정력약으로 마시는데, 중류(中流, 중산층) 이상에서 마시는 사람이 많다."라고 처음 나온다. 삼계탕이 외식으로 등장한 건 1950년대 중반이다. 그때는 닭을 인삼보다 앞세워 '계삼탕'이라고 부르는 경우가 더 많았다. 처갓집에 온 사위에게 씨암닭을 잡아주던, 닭이 귀하고 비쌌던 시절이다.

양계산업이 본격화한 1960년대 삼계탕도 대중화하지만, 최고의 보양식 타이틀을 차지하지는 못했다. 보신탕이라는 강력한 경쟁자가 버티고 있었기 때문이다. 1980년대 아시안게임과 올림픽을 앞두고 보신탕이 해외에서 논란이 됐고, 보신탕집은 서울 4대문 밖으로 쫓겨난다. 삼계탕은 때를 놓치지 않고 국민 여름 보양식으로 확고히 자리를 잡는다.

화무십일홍(花無十日紅)이라고 했던가? 삼계탕의 권좌가 1990년대 들어 흔들렸다. 음식은 맛과 영양만큼 가격이 중요하다. 독일 본 대학과 프랑스 인세아드 경영대학원에서 흥미로운 실험을 했다. 실험 대상자들에게 레드와인 3병을 주었다. 병당 각각 3유로, 6유로, 12유로짜리라고 알려주고 가격표를 붙였다. 실제로는 모두 가격하고는 상관없는 똑같은 와인이었다. 실험 대상자는 대부분 "12유로짜리 와인이 가장 맛있다."라고 평가했다. 그만큼 가격은 음식에 대한 만족감에 큰 영향을 미친다. 보양식은 특히 그렇다. 귀하고 값비싼 재료라야 한다는 심리가 있는데, 닭과 인삼은 너무 싸고 흔해진 것이다.

그러자 잊었던 민어가 다시 나왔다. 2000년대 중반쯤부터 신문과 방송에서 민어가 소개되기 시작했다. 과거 민어는 서해를 끼고 있는 전라도와 충청도, 서해에서 배로 올라올 수 있는 서울에서 주로 먹었다. 지금은 전국적으로 민어를 찾으면서 그러잖아도 비쌌던 민어 가격이 천정부지로 뛰었다. 민어가 여름 보양식계 지존으로 등극한 이유다.

다행히 양식 민어가 2014년쯤부터 시장에 풀렸다. 민어는 성질이 예민한 데다 상품(上品)으로 판매할 정도 크기가 되려면 4~5년은 키워야 해 양식이 쉽지 않지만 성공한 것이다.

양식 민어가 나오면서 민어 가격이 차츰 떨어지고 있어 민어를 상대적으로 저렴하게 먹을 수 있게 됐다. 하지만 양계산업도 본격화하면서 삼계탕 인기가 하락한 것처럼, 민어도 최고 보양식 자리를 곧 내줘야 할지도 모른다.

소위 말하는 명품 이야기

인간은 입는 것, 먹는 것, 잘 곳을 해결하기 위해 치열한 인생을 산다. 그리고 삶이 풍부해지면 자연스럽게 입는 것에 가장 많은 관심을 쏟게 된다. 흔히 '사치'라는 욕구다. 이 욕구를 해결하기 위해 오늘날 패션업계가 존재한다. 그리고 인간의 '사치' 욕구의 정점에는 명품이 있다. 그리고 이 명품 중에서도 최고라 칭하는 '세계 3대 명품 브랜드'가 존재한다. 루이비통, 샤넬, 에르메스 이들은 역사와 전통, 품질, 가격 등 많은 부분에서 다른 브랜드들을 압도한다.

명품들은 모두 한결같이 가격이 비싸도 너무 비싸다. 가방 하나에 7

천만 원, 1억 원도 넘는 가방도 있다 하니 입이 벌어진다. 물론 장인이 오랜 시간에 수작업으로 만들고, 악어 뱀 등 재료가 비싸고, A/S 등 내가 모르는 것들도 원인이 많겠지만, 어이없는 가격이 즐비하다. 비싸야 더 잘 팔린다는 이야기가 있고 사람의 심리를 교묘히 이용해서 본인만의 가치를 상승시키기 위해, 남에게 자랑하고 싶은 잠재적인 열망, 우월감, 희소성, 남과 차별되는 심리를 파고든 것이라고 나는 얘기하고 싶다. 정신 차리자 하는 것이 나만의 주장일까 한 번 생각해본다.

우리 대한민국의 소비자들은 그런 소위 명품이라는 회사에 기여도가 크다. 세계적으로 값이 매년 인상이 돼도 한국에서만 많이 인상된다고 하니 과연 우리가 봉은 아닌가 생각해보자. 무조건 비싼 것은 한국에서 잘 팔린다. 과소비가 심하다. 우리 언제부터 이렇게 잘 살았나 과거 얘기하면 꼰대라고 할지 몰라도 과거의 아픔과 어려움을 잊어서는 결코 안 된다.

예를 들어 여성 가방 하나에 수천만 원, 또 억이 넘는 것도 있고 자식에게도 물려준다니 나로선 입이 다물어지지 않고 어이가 없다.

명품 매출 규모로만 따지면 한국은 세계에서 여섯 번째로 큰 시장이다. 한국에서 막대한 돈을 벌어들이며 재미를 보는 외국 명품업체들, 그런데 사회공헌 활동에는 짠돌이 행태를 보이고 있다.

우리나라의 기술로 이제부터라도 세계 명품의 가방을 만들어보면 어떨까? 우리 선배들이 '하면 된다'는 각오로 했던 것처럼.

이탈리아: 구찌, 페리가모, 펜디, 프라다, 불가리

프랑스: 샤넬, 디올, 입생로랑, 루이비통, 까르띠에, 듀퐁, 에르메스

영국: 버버리, 던힐.

스페인: 자라

루이비통

1821년 프랑스 동부의 작은 마을에서 태어난 루이비통은 파리에서 장인의 밑에서 일을 배우기 시작했다. 일을 배우면서 귀족들의 짐을 싸주는 일을 하였다. 그리고 너무 짐을 잘 싸 소문이 나고, 1854년 포장 전문 가게를 열었다. 파리에 온 지 17년 만이다.

경제가 호황이고 여행을 많이 할 때 가방은 목재로 만들었다. 그래서 부드럽게 만들고 황후가 후원자가 되어서 인기를 누리기 시작한다. 인기가 많아지자, 모조품들이 쏟아져 나왔지만 아들이 기업을 인수하여 갖가지 아이디어로 흉내를 못 내게 하고 다양한 가방을 만들면서 확장해 나갔다.

현재 루이비통은 한해 10조 원 매출을 올리면서 나이키와 패션 브랜드 가치로는 1, 2위를 다투고 있다.

에르메스(1837년 설립 프랑스)

원래는 마구용품이랑 안장을 팔던 브랜드로 가방, 지갑 같은 피혁제품을 취급한다. 에르메스의 시작은 파리의 작은 마구상에

서 출발했다. 이후에 마구용품 이외에 여행용품과 가방과 같은 생활용품으로도 사업을 확장시켰다.

지금의 에르메스는 어느 브랜드보다 전통을 중시한다. 그리고 제품에 대한 애정도 처음 티에리 에르메스가 마구용품을 만들었을 때와 다름이 없다. 이처럼 한결같은 경영방식 그리고 확고한 브랜드 아이덴티티, 제품에 대한 열망은 지금도 많은 소비자를 감탄하게 한다.

베르나르 아르노

유럽에서 전 세계에서 가장 큰 패션제국을 가지고 있고, 유럽에서 돈이 제일 많은 남자. 베르나르 아르노는 1949년 프랑스 북부 마을에서 태어났다. 부동산 사업으로 큰돈을 벌고 프랑스에서 대통령은 몰라도 크리스찬 디올은 안다고 해서 돈의 미래는 럭셔리 산업에 있다는 확신을 가졌다. 각 부동산 처분하고 경영난에 봉착한 루이비통 LVMH의 지분을 사들인다. 모든 재산을 LVMH에 투자하고 명품제국으로 만들기 시작한다. 그가 보유한 크리스찬 디올과 루이비통으로 시작해 셀린느, 벨루티, 겐조, 로에베, 마크제이콥스, 세포라, 펜디 등 명품 사냥꾼으로 미국의 마크제이콥스를 영입하여 성공했고, 웰마트 다음으로 큰 마트체인인 까르푸의 지분도 소지했다. 세계 부자 순위에서 빌 게이츠를 제치고 '세계에서 두 번째로 돈 많은 부자'로 이름을 올렸다. 127조 원의 재산으로, 세계에서 돈이 제일 많은 사람 1위인 아마존의 제프 베이조스를 바짝 뒤쫓고 있고, 에르메스도 넘보고 있다.

소지한 심포니라는 요트는 1,500억 원이고 멋진 섬도 소유하고 있다. 그는 자신의 마케팅 전략을 설명할 때 "꿈을 판다."라고 이야기한다.

이케아(IKEA) 1943년 설립 스웨덴

스웨덴의 가구 및 생활 소품을 판매하는 다국적기업으로 세계 최대의 가구업체이며, 세계 35개국에서 328개의 매장이 들어서 있다.

1943년 초기에는 그냥 잡화점에 가까웠으나 1950년대 스웨덴의 대규모 주택단지 건설사업과 맞물려 크게 사세를 확장했다. 대량 구입으로 효율적으로 원가절감을 하여 경쟁업체보다 20% 저렴한 가격에 다양한 조립식 가구를 내놓으면서 호응을 얻었고, 대형매장도 세우기 시작하며 성공의 길을 걷기 시작했다. 1960년대부터 해외로 사업을 확장하였고, 1980년대에 본사를 네덜란드로 옮겨서 다국적기업으로서의 색채를 갖추었다.

규모가 큰 만큼 목재 소비량도 엄청나다. 매년 세계에서 생산되는 목재 중 1%가 이케아 가구에만 쓰인다. 작아 보이지만 한 기업이 세계의 1%라는 엄청난 물량을 사용하고 있다.

한국의 화장품은 세계 제일

　　　　우리의 한류 바람을 타고, 한국의 여성들은 원래 미인이
지만, 미인들이 쓰는 화장품에 전 세계 사람들이 열광한다. 특히 동남
아시아 여성에게는 어느 나라 제품보다도 인기가 제일 많다.

　아모레퍼시픽이 부동의 1위를 차지하고 있고, LG생활건강과 하위브
랜드들, 애경산업, 소망화장품(KGC 계열), 라미화장품(동아제약), 쥬리아
(과거에 진로그룹 계열) 등등이 뒤를 잇고 있다. 방문 판매는 아모레와 나
드리가 했는데, 현재는 아모레가 계속 이어가는 듯하다.

도스토옙스키의 이야기

　　　　젊은 날 독서모임에 들어갔다가 정치범으로 사형장까지
가게 된 도스토옙스키의 운명은 참으로 기구했다. 처형되기 직전 황제
의 감형 조치로 목숨을 건졌지만, 그를 기다리고 있던 건 4년의 시베리
아 유형, 사병으로서 4년 군 복무였다. 도스토옙스키는 그날 이후 '생
(生)은 선물'이라고 생각하며 새로운 각오를 다진다.

참혹한 환경의 수용소에서도 출소 후 하고자 하는 일을 위해 신체 건강이 무엇보다 중요하다고 생각하여 힘든 노동에도 정을 붙이려고 노력했다. 또 그 속에서 장차 소설의 소재가 될 온갖 유형의 범죄자들을 관찰한다.

유형 생활 수기인『죽음의 집의 기록』은 물론, 4대 명작이라 불리는 『죄와 벌』,『백치』,『악령』,『카라마조프 씨네 형제』들은 모두 범죄 소설이다. 그의 대작들은 대부분 유형소에서 그 싹이 잉태됐다고 할 수 있다.

여기서 '카라마조프 씨네 형제들'의 핵심 주제는 인간의 가장 패륜적 범죄인 부친 살해다. 따라서 그 사건이 소설의 모티브가 됐다고 주장하더라도 틀린 이야기는 아니다. 그러나 '카라마조프 씨네 형제들' 속의 부친 살해사건은 이미 이보다 앞서 1862년에 나온 '죽음의 집의 기록'에서 그 싹을 분명히 보이고 있다.

도스토옙스키는 시베리아 유형소에서 부친살해사건으로 복역 중인 젊은 귀족을 보았다. 그런데 그는 진범이 아니었다. 여기서 반전이 일어나 나중에 진범이 잡혔다. 그는 결국 억울한 유형살이를 했던 것이다.

작가는 30대의 대부분을 시베리아에서 보냈다. 상트페테르부르크로 돌아와 형 미하일과 잡지 사업을 시작했으나 몇 년 못 가 문을 닫았다. 설상가상 형이 죽으면서 남긴 빚을 대신 짊어졌지만, 그는 이 빚을 평생 갚았다. 시베리아에서 결혼한 아내도 폐결핵으로 7년 만에 죽었다. 도스토옙스키 자신도 간질, 폐기종 등 각종 질환에 시달렸지만 지치지 않고 작품을 썼고, 러시아 최고 작가 반열에 우뚝 섰다.

죽음이 서서히 찾아오는 시간들에 뇌의 활동

인생의 마지막 순간을 맞이하는 것은 그 순간과 함께하는 모든 사람에게 가장 어려운 일이다. 어떠한 종류의 말과 표현으로도 담아지지 않는 무게의 순간을 암 병동 의사는 환자와 가족들에게 인지시켜야 할 의무가 있다.

"저는 이제 죽나요?"

"더 이상 치료를 위해 할 수 있는 것들은 남아있지 않습니다. 마음의 준비를 하시고 가족들에게도 말씀해주세요."

담담하게 소식을 전하는 의사와 길게 이어지는 환자의 침묵, 함께하는 모든 이의 머리 안에서 수많은 감정과 생각이 교차하지만, 결국 할 수 있는 것은 환자의 떨리는 손을 꼭 잡아드리는 것뿐이다. 그제야 눈물이 흐르기 시작한다.

우리를 가장 인간답게 만드는 모든 것이 이 순간에 담겨있다. 뇌 과학 분야의 세계적 석학인 마이클 가자니가는 『왜 인간인가? (추수 밭)』에서 "인간만이 추상적으로 생각하고 상상하고, 눈에 보이지 않는 힘과 인간관계를 추론하고 설명할 수 있다."라고 말한다. 모든 동물 중 머릿속에서 시간 여행을 하고 서로 다른 순간에 대한 기억을 떠올릴 수 있는 것은 인간이 유일하다고 한다. 그리고 인간의 뇌를 특별하게 만드는 것은 서로의 생각과 감정을 교감할 수 있는 사회적 능력이라고 말한다.

우리 모두에게는 다른 사람의 마음을 이해하고 공감할 수 있는 능력이 있으며, 이것이 우리의 뇌를 다른 동물과 구분한다. 한 사람의 아픔과 슬픔이 다른 사람에게도 전해지며, 이를 우리는 의식과 영혼이라는 추상적 개념으로도 표현할 수 있다. 이를 넘어 표현되지 않는 부분을 예술과 윤리, 종교의 영역으로 승화시킬 수 있는 것도 인간의 고유한 능력이다.

결국, 인간이 큰 주제들 안에서 어떻게 그 한계를 넘어설지 질문을 던진다. "다른 동물처럼 인간도 생태에 의해 제약을 받는다. 그러나 더 나아지기를 소망하거나 상상하는 능력만큼은 매우 뛰어나다."라고 가자니가 교수는 말한다.

우리 모두는 덜 아프고, 더 나은 삶을 꿈꾸고 있지 않은가?

인류 문명을 바꾼 6개의 음료-
맥주, 와인, 증류수, 커피, 차, 코카콜라의 유래

인간이 물 아닌 다른 음료를 마시게 된 것은 신석기 시대 토기가 발명되면서부터다. 토기에 담긴 곡물이 맥주로 탈바꿈했다. 사람을 취하게 하는 이 신기한 물은 신의 존재를 드러내는 명백한 증거이자, 인간이 신에 다가가기 위해 제사상에 올리는 곡물이 됐다.

맥주는 고대사의 비밀을 들여다보는 창이기도 하다. 한때 이집트 피라미드 건설에 노예가 동원됐다고 여겨졌지만, 맥주가 당시 급료로 지급됐다는 사실이 밝혀지면서 농한기 농민이나 도시 근로자가 피라미드를 쌓아 올렸다는 주장이 힘을 얻었다.

메소포타미아에 맥주가 있었다면 그리스엔 와인이 있었다. 고대 그리스인들은 와인에 대한 자부심이 대단했다. 주신(酒神) 디오니소스가 맥주를 좋아하는 메소포타미아에 넌더리를 내며 그리스로 도망쳤다고 믿었을 정도다. 무엇보다도 와인은 진리를 캐는 수단이었다. 그들은 취한 상태에서 내뱉는 말속에 진실이 들어있다고 여겼다. 진리를 찾기 위해 토론하는 심포지엄 자리에는 반드시 포도주가 나왔다. 하지만 진리탐구보다 취기를 사랑했던 이가 없었을 리 없다. 플라톤이 저서 『향연』에서 소크라테스를 '이상적인 음주자'라 칭송하며 했던 설명이 그 증거다. 플라톤은 소크라테스가 진리를 추구하기 위해 와인을 사용했지만, 절제했기 때문에 와인으로부터 어떠한 악영향도 받지 않았다고 주장했다.

증류수는 미국 독립의 씨앗을 뿌렸다. 미국이 영국 식민지였던 시절, 영국은 자국산 당밀을 아메리카 식민지에 독점 공급하기 위해 당밀법을 만들었다. 럼주의 원료인 당밀에 높은 세금을 매기자 식민지 미국인들은 값이 싼 프랑스산 당밀을 밀수하는 것으로 모국 법에 저항했다. 럼주는 독립전쟁의 직접적 계기가 됐던 보스턴 차(茶) 사건보다 앞서서 미국 건국에 기여한 혁명주가 됐다.

17세기 유럽의 식탁에 등장한 커피는 음료 문화에 혁명을 가져왔다. 그때까지만 해도 유럽 아침 식탁엔 맥주와 와인이 올랐다. 몽롱한 기분으로 하루를 시작하던 유럽인들은 맑은 정신과 활기찬 느낌을 선사하는 모닝커피에 열광하고 사랑하게 됐다. 식자(識者)층에선 오늘날 커피숍에 해당하는 커피하우스가 지식을 나누는 사교장으로 자리 잡았다. 그런 의미에서 와이파이 팡팡 터지는 커피숍에 앉아 리포트를 쓰는 학생은 커피하우스 전통의 계승자들이다.

중국에서 만들어져 영국에서 사랑받은 차를 거쳐 코카콜라에 도착한다. 코카 잎과 콜라나무 열매 추출물을 섞은 코카콜라는 '미국 글로벌 자본주의를 상징하는 음료'라는 정체성으로 온갖 에피소드의 주인공이 됐다. 프랑스 신문 르몽드지는 '코카콜라의 범람이 프랑스의 도덕적 지평에 위태로운 상태를 초래했다'고 비난했고, 오스트리아 공산주의자들은 '유럽의 코카콜라 공장은 원자폭탄 제조공장을 겸한다'는 음모론을 퍼뜨렸다. 동유럽에선 서방의 자유를 상징하는 음료였다. 1989년 베를린장벽이 무너지자 동베를린 시민들은 서베를린에 있는 코카콜라 공장에 달려가 상자째 이 음료를 사는 것으로 세상이 바뀐 것을 확인했다.

이와 같이 우리의 일상적 소재에서 흥미로운 얘깃거리가 나올 수 있다.

우리는 주변의 마음의 소리에 귀를 기울이자

"양치기 소년은 왜 거짓말을 했을까?" 한 드라마 속 인물
이 묻는다. 아, 미처 질문해보지 못했던 것이다. 그동안 이 동화를 읽
은 대부분의 어린이가 마음에 새기는 교훈은 자명했으니까. '거짓말을
자꾸 하다 보면 정작 필요한 순간에 진실을 말해도 아무도 도와주지
않는다.' 그런데 『사이코지만 괜찮아』라는 드라마 속 동화작가 문영은
거짓말 자체보다 목동이 거짓말을 하게 된 이유에 주목해 이렇게 답했
다. "외로워서, 나 좀 봐달라고, 나랑 놀아 달라고   ."

문득 그럴 수 있겠다는 생각이 들었다. 또 이렇게 양치기 소년의 입
장을 바꿔서 생각하면 어떨까? 물론, 가장 좋은 의사소통 방법은 솔직
한 것이다. 종일 들판에서 양들하고만 지내는 것은 너무 심심하다고,
가끔 찾아와 말동무해줄 친구가 혹시 없겠느냐고 동네 사람들에게 물
어봤다면, 하지만 동화가 그렇게 전개된다면 그건 알퐁스 도데의 소설
『별』이야기가 된다. 자신이 늘 꿈꾸어오던 아가씨가 어느 날 불현듯 눈
앞에 나타나 밤새 낭만적인 시간을 보낼 확률이 실제로 얼마나 될까?
그리고 보니 동화 '양치기 소년'은 지극히 현실적이다. 동네 사람들을
움직일 권력도, 부도, 권위도 가지지 못한 소년으로서는 거짓말을 해서
라도 사람들을 모을 수밖에.

지금 수단으로서의 거짓말을 정당화하는 것인가 물론 아니다. 하지
만 "늑대가, 늑대가 나타났다!" 외친 목동의 말에 속아서 한걸음에 달

려왔던 동네 사람 중에 단 한 사람이라도 표면상의 외침 말고 마음의 소리를 읽어준 사람이 있었다면 목동의 반복적인 거짓말은 피할 수 있었을 것이다. 동네 사람들이 순번제로 목동과 놀아주겠다며 자발적으로 조를 편성할 가능성은 거의 없겠지만, "네가 많이 외롭구나, 혼자 무서웠구나." 이렇게 알아주는 것만으로도 외로움의 반은 채워지는 법이다. 이런 동화를 통해서도 당시에는 양치기 소년이 거짓말을 많이 했지만, 요즘 현대에 와서 소년과 그 심리를 파고 들어가 상담을 하면 그 이유가 분명히 무엇인지 어느 정도 알 수 있었을 것이다.

사실 우리는 자주 마음과 다른 말을 한다. "언제 밥 한번 같이 먹죠." 진심보다는 인사치레기 십상이다. 짜장면이 싫어도 어려운 사람 앞이라면 "저 짜장면 좋아해요."라고 웃는 낯으로 답한다. 이 정도는 애교다. "교수님, 존경합니다, 사랑합니다." 한창 학기 중에 듣는 말이라면 제대로 번역기를 돌려야 한다. "학점 잘 주세요."라는 다른 의미를 담고 있을 가능성이 있기에 편파심이 발동하지 않도록 조심해야 한다.

때론 세심하게 살펴야 제때 도움을 줄 수 있는 경우도 있다. "아프지 않습니다." 책임감이든, 성과주의이든 열이 나고 몸이 안 좋은 것이 뻔히 눈에 보이는데 미련퉁이처럼 일만 하는 부하직원의 말은 마음과 다를 수 있다. 어디 그뿐이랴? 발화하지 않고 오래 묵혀둔 마음, 분노, 원망 등은 어느 날 갑작스레 분출돼 너와 나의 관계를 순식간에 단절시키기도 한다.

어떻게 하면 표면적인 말과 다른 그 의미를 제대로 읽어낼 수 있을까? 한 가지 방법은 비언어적인 행동을 유심히 관찰하는 것이다. "얼른 도망가, 너라도 살아." 말은 이렇게 하면서 내 옷을 꼭 쥐고 바들바들 떨고 있다면 미안해서 나를 붙잡지 못하는 '너'의 마음의 소리는 필시 "나 무서워, 내 곁에 있어 줘."이겠지. 어디 마음만 그럴까? "밥 먹고 왔습니다." 말은 그렇게 해도 배 속에서 꼬르륵 소리를 내는 청년에게 권해 함께 먹는 밥 한 끼가 그날 그 청년의 첫 끼일 수도 있는 일이다.

결국, 타인의 존재 신호에 집중해야 마음의 소리를 읽을 수 있다. 시절이 하 수상하여 상황이나 전제나 억압에 의해 명시적 말이 마음과 다른 사람들을 자주 접하다 보니, 이런 노력이 절실하다는 생각이 들었다.

비우면 보이는 것들

현대 사회는 정보 과포화다. 하루에도 엄청난 양의 정보를 습득하고, 심지어는 잠들기 직전까지도 핸드폰을 보며 무수한 정보를 받아들인다. 끊임없는 노동에 방전된 뇌는 응급 신호를 보낸다. 그렇게 미니멀리즘(Minimalism)은 등장한다. 좀 어려운 말 같지만 말 그대로 최소의 것에서 본질을 찾는 것이다. 복잡한 시대 속에서 현대인들이 선택한 해답이다. 실제로 패션, 건축, 인테리어 등 다방면에서 미니멀리즘은 현대 사회의 트렌드가 되었다. 필요 없는 것과는 작별하고 최소한의 것만 남겨둔다.

비워낼수록 보이고, 비워낼수록 행복하다. 마찬가지로 음악들도 비워내기를 시도한다. 미니멀리즘 음악이 등장한다. 필요한 최소한의 것들만 남기고 그것들을 무한히 반복시킨다. 작곡가는 우리에게 어떠한 이야기도 하지 않는다. 당연히 기승전결도 없다. 그저 음악은 흘러간다. 미니멀리즘 음악으로 가장 유명한 작곡가는 미국 출신의 필립 글래스다. 20세기 가장 영향력 있는 작곡가 중 하나다.

그가 작곡한 미니멀리즘 음악을 한마디로 요약하면 반복적 구조를 가진 음악이다. 그는 특히 순환하는 리듬 구조를 가진 인도 음악에 큰 영향을 받았다.

미니멀리즘 음악이 어떤 예술성을 가지는지는 논란이 많다. '과연 예술로 볼 수 있는 것인가?'란 물음으로도 이어진다. 하지만 확실히 미니멀리즘 음악은 현대인들에게 위로를 준다.

재료를 최소화한 음악은 휴식이 된다. 무한히 반복되는 선율 앞에서 우리는 더 이상 새로운 정보를 받아들이지 않아도 된다. 다음 단계를 위해 앞으로 나아갈 필요도 없다. 내가 지금 어디에 있는지 강박적으로 확인하지 않아도 된다.

우리는 그저 무한히 늘어난 공간에서 유영하면 된다. 작곡가가 마련해둔 빈 공간에 머물며 휴식한다. 작곡가가 하는 이야기에 종속되지 않는다. 비로소 자유를 찾는 것이다. 아이러니하게도 작곡가가 구축해둔 세상에서 우리는 잃어버렸던 우리의 모습을 발견한다.

비우니 마침내 보이는 것들이다.

인간의 천적은 인간이다

모든 나무의 목표는 하나다. 인간이나 모든 동 식물이 자신의 씨앗을 멀리멀리 퍼뜨리는 것. 그 목적을 이루기 위해 포도나무는 새들을 이용한다. 먼저 포도나무는 씨앗을 숨긴 작고 달콤한 열매를 만들었다. 그리고 말했다. "새들아, 이리 오렴. 내 너희들이 먹기에 꼭 알맞은 작고 달콤한 열매를 만들었다. 많이 먹고 멀리멀리 지구 저 반대편까지 날아가 똥을 싸주렴!" 이렇게 해서 포도나무는 온 세상으로 퍼져나갔다. 말이 없는 포도나무지만 알 것은 다 안다.

포도나무의 꿈은 새와의 만남이다. 포도나무는 넝쿨을 만들어 높은 나무에 기대어 더 높이 올라갔다. 그래서 포도나무는 태양을 향해 뻗는 잎들은 햇빛을 좋아하고 뿌리 쪽은 그늘진 곳을 좋아하는 성격의 나무가 되었다. 포도나무 지지대로 대나무를 박을 때만 해도 이것이 무엇을 만들까 했다. 레돔이 지지대로 대나무를 박고 싶다고 할 때 이 남자는 왜 이렇게 나를 고달프게 할까 싶었다. 그런데 대나무를 제일 먼저 알아본 것은 새들이었다. 포도나무마다 꽂힌 지지대를 한 자리씩 차지하고 노래를 불렀고 똥을 쌌다. '포도나무 있는 곳에 새들이 오는 것은 자연스러운 일'이라고 했다. 더구나 새똥에는 미네랄이 엄청 들어 있어서 새 한 마리의 똥이면 포도나무 한 그루에 필요한 미네랄량으로 충분하다고 했다. 새들은 대나무 꼭대기에 앉아 "이건 내 나무야", "여긴 내 자리야!" 이렇게 지저귀는 것 같았다.

그런데 대나무가 자기 것이라고 주장하는, 또 다른 것이 나타났다. 바로 개구리였다. 비가 내린 뒤 대나무 꼭대기 속에 물이 차곡하게 고여있는 걸 어떻게 알고 새끼손가락만 한 개구리가 그 속에 들어가 살기 시작했다. 촉촉한 은신처에 숨었다가 포도나무에 벌레들이 보이면 잽싸게 잡아먹은 뒤 다시 은신처로 돌아간다. 대나무마다 작은 초록 개구리들이 득시글거리니 이놈들을 잡아먹겠다고 나타난 놈은 뱀이다. 포도밭 바위 옆에 똬리를 틀고 개구리를 사냥할 기회를 노리고 있으니 이건 정말 큰일이다.

설상가상(雪上加霜) 산비둘기까지 산 위에서 떼를 지어 밭으로 내려오는 형국이다. 쓰러진 호밀을 먹기 위해서다. 처음엔 두어 마리더니 이제는 온 동네 것들을 다 데리고 왔는지 한 스무 마리가 와서 매일 호밀 타작을 해댔다. 그런데 뒤이어 나타난 것이 매다!

엄청나게 넓은 날개를 펼치고 포도밭 위 하늘을 빙빙 돌고 있었다. 매는 보기 어려운 귀한 새라고 하는데 하늘을 도는 모습은 여유롭고도 위엄이 넘쳤다. 그러다 순식간에 비둘기를 채어갔다. 사람이 없을 때는 근처에서 해치우는지 비둘기 날개가 수북하게 흩어져 있다.

발치에서 푸드덕거리는 소리가 나 놀라서 보면 대체로 꿩이다. 수안보(충북 충주시)는 꿩으로 유명한데, 길 가다가도 수시로 꿩을 만난다. 꿩은 비둘기보다 많이 느리다. 마지막 순간에 푸드덕거리며 놀란 닭처럼 튀어 오른다.

이 정도면 포도밭이 아니라 잡고 먹히는, 곳곳에 고수들이 숨어 있는 무림의 숲 같다. 그렇다면 포도밭의 최강 고수는 누구인가? 인간?

인간이 나타나는 순간 모든 것이 중지된다. 신나게 타작하던 산비둘기도 날아가고 무서운 뱀도 숨을 죽인다. 풀들도 긴장하고, 개구리도 날벌레들도 숨어버린다. 하늘의 제왕 매조차도 빙빙 돌다 사라져버린다. 그 무엇도 인간을 공격해서 잡아먹을 천적은 없다. 인간은 포효한다. "지구 위에서 내가 제일 힘이 세!" 그런데 재미있게도 인간의 천적은 인간이다. 알기나 하는지 모르겠다. 안다면 이렇게 자연을 막 대하지는 않겠지. 독한 것들을 땅에도 뿌리고, 하늘에도 팍팍 뿌려 좋은 벌레, 나쁜 벌레 다 죽여버린다. 이 땅에 비가 내리면 독약은 빗물과 사이좋게 섞여서 냇물로 흘러 강물로 가고 그것이 다 우리 입으로 들어온다. 그러니 인간의 천적은 인간 아닌가?

"떴다 보아라 안창남 비행기!"

일제 강점기인 1922년 12월 10일, 서울 여의도에 사람들이 구름처럼 모여들었다. 찬바람이 쌩쌩 부는 허허벌판에 5만여 명이나 되는 인파가 모여든 건, 조선인 비행사가 조종하는 비행기를 구경하기 위해서였다. "떴다!", "와", "대단해!" 젊은 조선인 조종사가 조종하는 비행기가 여의도 간이 비행장을 이륙해 하늘 높이 치솟자, 구경꾼들의 함성과 박수가 한강 주변에 메아리쳤다. 비행기는 하늘 높이 날아오른 뒤 남산을 돌아 남대문과 창덕궁, 독립문 상공을 거쳐 다시 여의도에 착륙했다. 이날 서울 하늘을 훨훨 난 비행기는 '금강호'였다. 1인승 비행 기였지만 비행사의 이름은 안창남이었다.

수많은 조선인이 안창남의 첫 비행에 열광했고, 그 뒤로 「청춘가」라 는 민요에다 "떴다 보아라 안창남 비행기, 내려다보니 엄복동의 자전 거"라고 가사를 바꿔 노래를 부르는 게 유행이었다. 엄복동(1892~1951) 은 자전거 가게 점원으로 일하면서 자전거를 타는 기술을 익혀 1913년 과 1923년 '전 조선 자전차경기 대회'에 출전해 수많은 일본 선수를 물 리치고 우승한 영웅이다.

안창남은 학교를 중퇴하고 1919년 일본으로 건너가 도쿄 비행기제작 소와 오쿠라 비행학교에서 비행기 조정술을 배웠고, 1921년 일본 민간 비행사 시험에 일본인을 제치고 1등으로 합격한 후 1922년에는 도쿄- 오사카 왕복우편대회에 참가해 우수상을 차지했다.

조선인 비행사가 일본에서 열린 비행대회에서 우수상을 받았다는 소 식이 알려지자, 안창남은 일약 '민족의 희망'으로 떠올랐다. 안창남을 고 국으로 초청하자는 목소리가 커졌고, '안창남 고국 방문후원회'가 조직 되었다. 이후 한 신문사 주체로 그를 정식 초청해 서울 하늘을 비행하 는 행사가 열린 것이고, 안창남보다 앞서 비행사가 된 조선인은 여러 명 있었지만 우리나라 하늘을 처음 날은 조선인은 안창남이 처음이었다.

1923년 9월, 일본 간토 지방에 대지진이 일어났다. 일본에 머물던 안 창남은 자신의 재능인 비행기술을 민족의 독립운동에 바치기로 결심하고 1924년 중국으로 갔고, 이후 안창남은 산시성에서 비행학교 교관으로 활약하며 항일독립단체인 대한독립 공명단을 조직하고 항일 비행학교 설립을 추진하는 등 조국의 독립을 위해 애썼으나 안타깝게도 1930년 4월 2일 산시성에서 비행 훈련을 하던 중 추락해 서른 살 젊디젊은 나이에 세상을 떠나고 말았다.

그의 첫 비행은 당시 나라 잃은 백성에게 민족적 자부심과 긍지를 일깨워준 역사적인 사건이었다.

은퇴라는 새로운 인생에 다시 도전하려면 준비가 꼭 필요하다

이제 '은퇴'라는 말을 은퇴시킬 때가 됐다. 그렇다. 인생은 부모로부터 부양받는 시기, 가족을 부양하는 시기, 부양에서 벗어나는 시기로 나뉜다. 부양으로부터 자유로워져 자기만의 인생을 살 수 있는 시기, 그게 곧 은퇴다. 새로운 인생 2막이 시작되는 것이다. 과거에는 이 기간이 길지 않았다. 그래서 은퇴 시기를 어떻게 보내야 하는지 크게 고민할 필요가 없었다. 그러나 사람 수명을 가늠하기 어려운 지금은 인생 3단계 중 가장 긴 시간을 보내야 하는 시기다. '은퇴'라는 시기에 대한 새로운 역할을 정의하고 미리 준비할 필요가 있다.

은퇴 이후 가정에서는 '경제적 부양자'라는 무거운 짐을 덜 수 있다. 하지만 지금껏 경제권을 쥐고 있었던 사람으로서 누리던 권위를 기대하기 어렵다. 직장에서도 정점에서 벗어나 밑바닥으로 돌아가야 한다. 출발점에 다시 서서 새로 시작해야 한다. 사회에서 갑(甲)에서 을(乙)로 입장이 변화하는 걸 받아들여야 한다.

은퇴라는 새로운 인생을 어떻게 살아야 할까? 첫째는 현재 세대에 적응하는 데서 출발해야 한다는 것이다. 긴 세월을 혼자 살 순 없다. 어울려 살아야 한다. 그러려면 현재 세대를 받아들이고 배워야 한다. 서로 다르다는 것을 인정해야 한다. 수평적 문화, 혼자 즐길 수 있는 생활, 젊은 사람을 이해할 수 있어야 어울려 살 수 있다. 은퇴 후 자녀와의 관계가 가장 힘들다는 이야기가 많이 들린다. 자녀와 소통하려면 자녀 세대를 이해하고 배울 수 있어야 한다.

'나이가 들수록 입은 닫고 귀는 열라'는 말이 있다. 영화 『인턴』은 이를 잘 보여준다. 영화 속 주인공 벤 휘터커(로버트 드니로)는 한 임원 출신인 70세 노인이다. 그는 한 인터넷 의류업체에 '인턴'으로 취직한다. 과거 직장에서 비롯된 노하우와 인생 경험을 바탕으로 젊은 직장인의 고민을 잘 들어주고, 그래서 존경받는 인물이 된다. 이제는 '나 때는 말이야.'가 아니라, '나도 그랬어. 너희 때는 충분히 그럴 수 있어.'라는 현재 세대를 존중하는 열린 마음을 준비해보자.

조지 베일런트 하버드대 교수는 『행복의 조건』에서 "인간의 말년을 불행하게 하는 건 경제적 빈곤이 아니라 사람의 빈곤"이라고 지적했다. 현역 때는 자연히 많은 사람과 어울려 지낸다. 찾아오는 사람도 많고,

일터에서도 사람과 어울린다. 그러나 은퇴 이후에는 사람 만나는 게 쉽지 않다. 전화하는 것도 괜히 미안하다. 따라서 은퇴 이후에는 인간관계에 대한 새로운 시작이 필요하다. 지금까지 일 때문에 이 사람, 저 사람과 어울렸다면, 이제는 진짜 내가 만나고 싶은 사람을 찾아 나서야 한다. 지난날 좋았던 사람, 나와 잘 지낼 수 있는 사람과의 관계를 회복하자.

은퇴 이후 '허무하다'고 느낀 사람이 많다고 한다. 지금껏 가정에 대한 부양을 위해 열심히 뛰어 왔는데 이제 자신에게 주어진 '의무'가 줄어들기 때문이다. 이제 은퇴를 의무에서 벗어나 원하는 대로 살 수 있는 조건이 갖춰진 시기라 생각하자. 미리 은퇴 후 무엇을 하고 싶은지 적어보자. 단기 중기 장기로 나눠 실천해 나가자. 오롯이 나만의 인생을 계획하고 그렇게 살아보자.

은퇴 후 가장 큰 리스크는 은퇴 자금이 고갈되는 것이다. 많은 사람은 은퇴 후를 대비해 목돈을 쌓아둔다면 아무 걱정이 없을 것이라고 생각한다. 그러나 노벨경제학상 수상자인 로버트 머튼 교수는 "노후 준비에는 자산 축적보다 꾸준한 현금 흐름이 중요하다."라고 지적한다. 은퇴 후 원하는 삶을 살려면 꾸준히 현금이 들어와야 한다는 얘기다. 이제 은퇴 이전에 얼마만큼의 자산을 모을 수 있을지, 이 자산에서 매월 얼마만큼의 현금이 나올 수 있는지 미리 계산해야 한다. 그에 맞춰 쓸 수 있는 만큼만 써야 한다.

지난해 국민연금공단 국민연금연구원에 따르면, 노후 생활비로 필요한 돈은 가구당 월 243만 원 규모라고 한다. 따라서 미래 현금 흐름을 유지하려면 미리 개인적으로 연금에 들어 노후를 준비하는 게 꼭 필요하다. 그냥 찾아오는 행복은 없다. 하지만 인생 2막은 내가 원하지 않아도 찾아온다.

내가 원하는 인생을 살려면 미리 준비해야 한다.

열정이 나를 발견하기 쉽게 행동하라

"우리가 열정을 선택하는 것이 아니라 열정이 우리를 선택한다." 아마존 창업자 제프 베이조스가 한 말이다. 이 말이 무슨 뜻일까? 이 말은 열정에 대한 수동적 자세를 합리화하는 것처럼 잘못 해석할 수 있다.

하지만 열정이 나를 선택하기를 그저 기다리면 되는 것이 아니다. 열정이 나를 발견하기 쉽게, 선택하기 좋도록 행동해야 한다. 나를 다양하고 익숙하지 않은 상황에 노출시켜 봐야 한다. 때론 '안정된' 직장인의 처지로는 언뜻 이해할 수 없는 실험을 삶에서 해봐야 하는 이유가 여기에 있다.

자신이 무엇에 열정이 있는지 모르겠다는 사람들은 세 가지 다른 길을 간다.

첫째 유형은 열정이란 소수의 몫이라고 생각하거나 "열정 같은 소리 하고 있네."라고 말하며 열정과 자신의 인연을 끊는다.

둘째 유형은 열정을 찾기 위해 걱정은 많이 하지만 별다른 행동은 취하지 않는다. "매일 운동하지 않는 사람은 건강을 걱정할 자격이 없다."라고 내게 따끔하게 말했는데 비슷한 경우다.

마지막 유형은 기존에 자신이 머물러 있던 안전지대를 벗어나 작은 실험을 해본다. 부서나 회사, 업계를 옮기거나 창업을 하기도 한다. 창업을 하지 않았다면 매달 일정한 수입을 가졌겠지만, 예를 들어, 콘텐츠 기획이라는 열정이 자신에게 있다는 것을 발견하지 못했을 가능성이 크다. 그가 걱정만 하면서 30대를 보내고 40대를 맞이했다면 그는 실험을 실행에 옮기지 못했을 것이다. 이런 실험을 하기에 30대가 가장 좋은 타이밍인데, 실험을 하다가 직장에 돌아갈 수 있는 가능성도 크기 때문이다.

그래서 직장을 떠났다가 다시 돌아오면 다른 사람으로 보인다. 큰 차이는 자기가 무엇을 하며 살아가고 싶은지, 열정을 발견하게 된 것이다. 지금은 회사 안에서 자신이 좋아하는 일을 찾아 또 다른 실험들을 계속 진행하고 있다. 단순히 회사뿐이 아니라 자신을 위해 재미있게 일하고 있다. 더 속도를 내면서 이제 자신이 어디로 뛰어야 할지를 알고 있기 때문이다.

과연 실버타운은 어떤 곳인가?

요즘 급속한 고령화 시대에 실버타운에 대한 관심이 많아져서 저자가 직접 실버타운에 들어가 근무하며 하나하나 체크하여 파헤쳤다.

실버타운을 운영하는 분이나 직원들, 관심 있는 보호자, 일반인들이 꼭 읽어보길 바란다.

본격적인 고령화 사회로 접어들면서 최근 이전과 다른 신개념의 실버타운이 관심을 끌고 있다. 치매 혹은 거동이 불편한 어르신들의 가족부양 부담을 덜어주는 요양원 개념이 아닌, 60세 이상 신세대 시니어들의 활기찬 노후를 위한 시설로 고품격 실버타운이 각광받고 있는 것. 이런 추세에 맞춰 실버타운은 행복하고 편안한 노년을 위한 고품격 주거공간으로 떠오르고 있다.

실버타운에 근무하기 전에는 실버타운에 대하여 궁금한 게 많았다.

실버타운은 쉼 없이 달려온 당신의 긴 여행 끝에서 지친 몸과 마음을 달래는 휴식처가 되어야 하고 '아름답고 행복한 노후 생활의 시작'이 되어야 한다. 요즘은 교통과 접근성이 편리한 도심형 밀착식 케어 실버타운이 많이 생겨나고 있다.

실버타운에 관심을 갖게 되면 우선 쾌적하고 위생적인 환경인가? 정기적인 진료 및 협력병원이 어디인가? 부양가족의 비용부담을 덜어주며 동시에 삶의 질을 향상시킬 수 있는 곳인가? 등등 의문점을 갖고 여러 군데를 다녀서 발품 팔아 결정해야 한다.

자세히 들어가면

의료서비스- 정기적으로 의사 방문 진료, 정기적으로 혈압 혈당을 관리, 큰 병원과의 협력구축, 과거 병력에 따른 추후관리와 입주 시 종합 건강 상담을 실시 후 정기적인 건강검진 실시로 맞춤식 의료 서비스

힐링스테이- 건강관리 및 여가생활, 생활 편의시설 도모, 문화 레저 서비스

케어서비스- 청소 서비스, 침구와 의류세탁 및 소독 서비스, 부대시설 무료이용 서비스, 집중치료 서비스

편의서비스- 균형 있는 식단, 안전관리 서비스

등 어르신들의 편안하고 즐거운 생활을 위해 모든 것이 완벽해야 한다.

✖ 입주대상

장기요양등급이 없으신 분 또는 장기요양이 있어도 시설입소를 원하는 분

외로이 혼자 계시는 독거노인 분

일상생활에 지장이 없는 60세 이상의 남녀(배우자는 60세 미만도 함께 입소할 수 있다)

건강진단 결과 독립된 주거 생활에 지장이 없으신 분

노인복지법 시행규칙 제14조의 1항 5호에 의거 단독취사 및 독립된

주거 생활을 하는 데 지장이 없는 분

실버타운 단기 체험자 입소 가능

✖ 입주절차

전화 상담 및 내방→입주 상담→입주 결정→계약서 작성 및 서류 제
출→입주

✖ 입주 관련 서류

가족관계증명서/신분증/주민등록등본(어르신과 보호자 각 1통씩)/의사
소견서 처방전/건강검진자료(전염성 및 피부질환 확인)

✖ 입소 시 준비물

1. 목욕타올 2, 타올 2, 목욕로션, 샴푸, 린스, 치약, 칫솔

2. 실내화, 생활복, 속옷, 양말, 외출복, 마스크, 모자, 장갑, 커피잔,
   머그잔, 틀니 컵, 물컵, 쟁반, 포크, 티스푼, 물티슈, 1회용 장갑

   (이 모든 물품을 구매대행 해주기도 한다.)

3. 좋아하시는 소지품과 옷걸이, 전기면도기(남성)

   (집에서 쓰시던 이불이나 베개를 가져오면 더 편안하게 적응하실 수 있다.)

   입소 후 어르신 적응도에 따라 방을 이동할 수 있다.

보통 입소 자격은 거동이 불편한 어르신들이 입소하는 요양원과는 다
르게 식사나 목욕, 거동 등 일상생활이 가능한 60세 이상이 대상이다.

나이가 들면 무엇보다 건강관리와 여유롭고 행복한 노후를 위한 다

양한 문화, 레저 서비스가 필요하다. 그래서 첫째 신체활동 강화를 통한 체력증진, 둘째 다양한 취미활동 프로그램 참여, 셋째 매주 나들이 야외활동(인근 공원 나들이/박물관 관람활동 등), 넷째 간호관리 서비스를 꼽을 수 있다.

일상생활이 가능한(단, 다른 입주자에게 피해를 주지 않는 경증의 치매의 경우 입소가 가능할 수 있다) 실버들이기 때문에 요양병원처럼 의사가 상주하는 시스템은 아니다. 하지만 매일 바이탈 체크를 통해 기본건강관리를 진행하고 있으며, 월 2회 주치의가 방문해 입주자들의 건강관리를 세심하게 관리하고 있다.

또한, 청소나 세탁 등 생활서비스를 제공해 보다 편안하고 편리한 생활을 즐길 수 있다.

문화 여가 생활서비스, 아침 산책과 건강관리/족욕 서비스를 마친 후 실버체조, 건강체조, 실버 뇌 체조, 노래교실, 레크레이션, 미술치료, 실버 인문학, 영화감상 등 질 높은 다양한 프로그램을 진행하고 있다.

실버타운은 독립적인 생활을 즐기면서도 비슷한 나이의 공감대, 인간관계 형성으로 외롭지 않은 노후 생활로 만족도가 높다.

요즘은 노노(老老)케어라고 해서 비슷한 연배의 어르신들이 서로 도움을 주고받는 프로그램이 복지관 등에서 많이 이뤄지고 있다.

실버타운도 지금은 많이 생기고 서로 경쟁하다 보니 시설 쪽에도 화려하게 인테리어를 꾸민다. 방은 보통 1/2/3/4/인실로 운영되고 있는데 3, 4인실이라고 해도 프라이버시를 존중받을 수 있도록 공간을 상당히 넓게 배려를 한다. 그래서 독립적이면서도 친구도 사귈 수 있어 다인실을 선호하는 분들도 많다. 각 공간이나 로비 등에 밝고 개방적인 느낌의 넓은 창을 내 노년의 외로움이나 우울증이 생길 틈을 주지 않고, 인테리어까지 내 부모를 모시듯 최선을 다하는 배려심이 돋보이고 보다 더 편리하고 편안한 노후를 즐기고 싶은 실버, 또는 부모님을 위한 고품격 실버타운을 찾아볼 수 있다

요양보호사 자격으로 일하지만 여기서는 줄여 직원이란 호칭을 사용한다. 요양보호사 자격시험은 국적 성별 나이를 따지지 않는다. 시각장애인(약시)도 요양원에 있다. 요양원이나 실버타운에 처음 들어가면 기존 근무자들의 텃세도 심하고 서로 견제하며 으르렁거린다. 그만큼 일이 힘들고 고단해서 그렇다. 그래서 분위기에 어울리지 못하거나 서로 코드가 맞지 않아 그만 두는 경우도 많고, 원장이나 수직관계에 있는 사람이 좋지 않은 눈초리를 보낼 때는 눈치로 때려잡는데 더러워서 그만두는 경우도 비일비재하다.

나의 경우도 실버타운에 입사하여 처음부터 식당에서 선임자와 말다툼을 자주했는데 역겨울 정도로 잔소리가 심하고 눈치도 없고 일처리도 미숙한데, 고집만 세고 나이도 나보다 10살 정도 아래인 건장한 남성인데 주위의 직원들도 다 싫어하지만 원장한테는 아부를 잘해서 인정(?)을 받아 자주 다투었던 내가 그만두게 된 요인 중 하나다.

계속 근무할 때 주변의 직원들이 자주 그만두고 바뀌는 상황을 보면 위의 책임자들이 너그럽지 않고 소통을 못 해 생기는 현상이고, 원장이란 위치도 리더십이 있어 공정하게 일을 처리해야 하는데 그렇지 못

하니 직원들이 기를 못 피고 눈치만 보는 현상이 일어난다. 그런 데서 얼마나 부귀영화를 누린다고 계속 있어야 하는 회의감마저 느낀 직원들의 이동이 잦으면 결국에는 이미지 손상과 업무처리상 손해가 발생할 수도 있다고 생각한다.

어르신 중에 발톱이 두꺼운 분은 니퍼로 깎아준다. 그럴 때에는 소독약 준비는 필수다. 만약 잘못 건드려서 피가 나면 지혈하고 소독을 해야 한다.

맨손으로 식기를 만지지 않고 꼭 1회용 장갑을 낀다.

어르신 중에는 식욕이 없거나 변비가 심한 경우 원하면 죽을 드시고, 경우에 따라 식사하시는 것을 돕기도 한다.

식사가 끝나면 양치질을 하거나 틀니는 깨끗이 손질하고 양치질을 생략하는 경우도 있는데 그럴 때는 가그린을 하시도록 권유한다.

밥맛이 없어 식사를 제대로 못 할 때 본인이 좋아하는 반찬을 따로 준비하거나 직원에게 요구한다.

식사 배식할 때 옆 사람과 밥, 반찬 국 등을 비슷하게 놔야지 그렇지 않으면 불평을 하거나 불호령이 떨어진다. 또 주의할 점은 수저와 젓가락도 제 위치에 똑바로 위, 아래가 정확해야한다. 직원들이 퇴근 시 현재 인원 파악과 외출, 외박 등을 정확히 파악해서 야간 근무자에게 알린다.

낮에는 라운딩을 자주 하여 분위기 파악과 급작스러운 돌변 상황에 대비한다.

입소자들을 보면 '아직은 아닌데.' 하는 생각이 들 때가 많다. 그만큼 나이도 나이지만, 충분히 활동할 수 있는 나이인데 실버타운에 와서 남은 시간을 하루하루 희망 없이 멍하게 보내는 게 개인적으로나 국가적으로 큰 손실이 아닐 수 없다. 국가경쟁력을 놓고 볼 때 3대 요소, 저출산 저성장 고령화로 이어져 손해다.

복도나 방은 건조하기에 물걸레질을 자주하는데, 물기가 조금이라도 남아있으면 어르신들 지나가다 미끄러져 큰 낙상사고로 이어지기 때문에 물걸레를 꼭 짜서 닦아야 한다. 목욕도 1주일에 한 번씩 회사 차로 가까운 목욕탕으로 가는데, 가기 싫어하거나 정신적인 결함으로 인지가 모자라 안가고 버티는 노인도 있다. 그런 분은 자체 방에 딸린 화장실 안에서 우리 직원이 깨끗하게 닦아드리고 옷도 정리하여 입혀드린다.

실버타운 속 이야기

어떤 실버타운에 들어가면 입구에 이런 글귀가 써져있다.

"어르신을 돌보는 것은 어르신을 사랑하는 마음입니다.

우리가 하는 일은 이 세상 모든 어르신이 건강하고 행복하게 살 수 있도록 안정적인 서비스를 제공함으로써 보호자 가정의 삶이 윤택할 수 있도록 돕는 것입니다.

우리는 실버타운 업이 세상에서 가장 숭고한 사업이며, 내 직업이 가장 훌륭한 직업임을 믿습니다.

우리는 우리의 믿음을 실천하기 위해 뜨거운 열정과 철저한 윤리의식 그리고 완벽한 서비스 능력을 바탕으로 최고의 행복권을 제공하는 OO실버타운의 자랑스럽고 경쟁력 있는 직원이 될 것을 다짐합니다."

OO실버타운

엘리베이터 안에 이런 글귀도 붙어있다

"보호자님! 꼭 읽어주세요! 내 부모를 만나러 왔을 때, 한 방에 사시는 다른 부모님께도 더욱 다정히 안부 물어주시고, 내 부모를 많이 이해해주고, 도와주셔서 고맙다는 말 꼭 해주십시오! 그리하면 더욱 잘 지내실 수 있습니다. 실버타운을 찾아 주셔서 고맙습니다."

대표 올림

"햇볕을 매일 쬐어 체온을 높인다.

소량의 음식을 천천히 먹는다.

따뜻한 물을 자주 마셔서 수분을 유지한다.

적절한 실내 온도를 유지한다.

실버타운에서는 제철 옷과 제철 이불만 둘 수 있습니다.

(면회 오실 때, 철 지난 것은 꼭 가져가시고, 제철 옷과 이불은 챙겨 오십시오)

항상 협조해 주셔서 감사합니다. ^^"

"약으로 고칠 수 없는 병은 수술로 치료하고 수술로 안 되는 병은 열로 치료하며 열로도 안 되는 병은 영원히 고칠 수 없다."

서양의학의 아버지 히포크라테스의 명언

직원이 해야 하는 일

손발톱, 남녀 어르신 목욕현황 관리 체크 명단 작성

틀니와 틀니 보관 통 점검표 작성

어르신 케어 현황 작성(침구 교체, 상두대 정리, 전체 컵 바구니 정리)

매일 어르신 입고 있는 옷 상의, 옷 하의 색깔 기재 (혹시 행방불명 시 찾기 위함)

맞춤형으로 개인적으로 어르신들의 취향을 파악하여 대처한다.

환기, 개인 손 씻기는 필수적이고 방안에 건조함을 막기 위해 작은 빨래는 널기도 한다.

방안의 쾌적함을 위하여 소량의 향수를 뿌릴 때 위에서 뿌려 내려오게 한다.

컵은 자주 씻어준다.

매월 업무사항

1. 핫팩 기계 청소: 매주 금요일
2. 식당 식탁보 청소(세탁기)

3. 매주 월요일 (어르신 실내화, 워커 닦기)

4. 각층 각방 화장실 입구 발판 청소: 매주 금요일

5. 각방 및 건물 대청소 총무과 일정표 참고

6. 직원회의 매일 오전 9시 총무과 앞

7. 목욕타월 점검 및 세탁: 매월 1일과 15일(월 2회)

8. 가글: 각층 대상자 명단 참조

9. 핫팩: 각층 대상자 명단 참조(토, 일요일 제외)

10. 각층 호실별 체크리스트: 여러 가지

✖ 직원수칙(출근 시, 큰 소리로 인사를 하며 가볍게 목례한다.)

복장

1. 긴 머리는 근무 중 묶는다.

2. 치마는 입지 않고 편안한 바지를 입는다.

   (쫄바지, 통바지, 짧은 바지 등은 착용 불가함)

3. 귀걸이, 반지는 착용하지 않는다. (액세사리는 뺏다가 퇴근 시 착용하기)

4. 신발은 슬리퍼는 안 되며, 뒤가 막힌 신발만 신는다. (끈도 가능)

5. 근무 시 앞치마는 꼭 착용한다. (볼펜과 메모지 지참)

주요 업무

1. 외출, 외박 외식 어르신은 식사 세팅하지 않으니 항상 연락한다. (밴드

이용)

2. 케어플랜 안내/방안에 당일 기록하기

3. 휴무 인수인계장/목욕 대장/ 옷 대장/ 손발톱 대장/케어 현황/ (당일에 꼭 하기)

4. 금식 전날 냉장고 음식 수거 시 간호과가 어르신께 얘기하고, 요보샘 (요양보호사)이 수거하고 퇴근한다.

5. 어르신 낙상 등 응급상황 발생 시 간호과에 전화하여 지시에 따른다. (특히 야간에)

기타 업무

1. 퇴사 시에는 총무과와 의논 후 이야기하기.

2. 어르신들이 무엇이든 대신 사달라고 부탁할 때 총무과에 얘기하기. (휘말리지 않기)

3. 전기제품(커피포트, 드라이기, 다리미)은 사용 불가. (직원과 어르신 해당)

4. 창고 물품은 이용 시 꼭 사무실에 이야기하거나 기재해놓기.

5. 기존 사례가 없거나 애매한 어르신들의 요구사항은 원장님과 상의 후 결정하기.

6. 어르신들 평소 드시는 양보다 식사량이 한 끼 이상 부진할 시 간호과에 보고하기.

7. 가습기와 TV는 너무 가깝지 않게 설치하여 TV가 습기에 상하지 않도록 하기.

8. 절전을 생활화하기.

9. 심폐소생술, 소화기 사용법 배워두기.

10. 반찬 놓을 시 비슷한 색끼리 놓지 않기. (진한 색/연한 색/진한 색/연한 색)

11. 각층 화장실 휴지 다 쓴 동그란 각대기에 호실을 꼭 써서 총무과에 갖
    다 주고 새것으로 받아간다.

12. 목욕 시 찬물이 나올 때는 시간을 적어준다.

13. 당일 날 목욕을 못 시킨 경우도 사유를 적는다.

14. 어르신께 제공되는 간식은 총무과에서 정해진 양으로 드리고 드시지
    않거나 남은 간식은 더 드셔도 무방한 분은 드릴 수 있다. 설령 남은
    것이라도 외부로 가지고 나갈 수 없다.

15, 낮 동안에 복도나 거실에 빨래를 널지 않으며, 어르신들께서도 복
    도 난간에 걸어놓을 경우 즉시 수거하며 해당 어르신께 설명 드린다.

16, 서로에게 상처를 주는 험담이 아닌 칭찬으로 행복한 하루 되세요.

0월 0주 프로그램

시간	월	화	수	목	금	토	일
10:00~10:50	체조	요가 교실	재기 차기	노래 교실	색칠 하기	블록 쌓기	종교 활동
11:00~12:00			건강 체조				
1:00~2:00			산책				
3:00~4:00			영화 감상				

* 드라이브: 매일 드라이브 갑니다. 오전 10시 또는 오후 1시 중 1회
* 의사 회진: 매주 둘째 넷째 목요일. 오전 10시~11시
* 병원 진료: 내과, 외과, 치과, 안과는 매주 월, 금요일 오후 2시
* 한의원은 매주 월, 목요일 오전 9시
* 대중목욕탕: 매주 금요일 오전 9시에 모시고 갑니다.
* 종교 활동: 원하시는 분만 합니다.

어르신 방 일일 점검표(안에 부착함)

  날짜 1 2 3 4 5 6 7 8 9 10 11 12 13 14 15 16 17 18 19 20 21 22
23 24 25 26 27 28

  구분 /
/

  옷 교체

  양말 교체

  시트 교체

  야간 등 *끄기*

  난방 *끄기*

  환기

  전기장판 *끄기*

  바닥청소, 창틀 닦기

  물컵, 양치 컵 닦기

화장실 청소(물기 없애기)

냉장고 청소(유통기한 확인)

상두대 청소, 상두대 정리

휴지통 세척

실내화 세척

발 매트 빨기

난방 조절(오후)

창문 닫기

틀니 세척

[한 달 한번 점검사항: 칫솔 상태 점검(교체), 카트 닦기, 거실 및 복도 청결유지]

월요일→ 실내화, 워커 세척

수요일→ 각방 대청소

금요일→ 발판 세탁, 주방 앞치마, 핫팩 기계 청소

화 수 금요일→ 핫팩 해드리기

매월 15일, 30일→ 샤워타월 점검, 세탁

퇴근 전에 목욕대상자 장부 기록, 가그린 구분

배식순서

1. 외출, 외박 표식 판 놓음

2. 식판, 수저 밥뚜껑, 숭늉 그릇

3. 밥그릇 세어놓기, 주걱 준비

4. 보존식 보관(영양사 부재 시) 의무사항(식중독 사고 시 조사함)

5. 백김치, 다진식(치아 약하신 분)

6. 반찬 놓기 (진한 색 /연한 색/진한 색/연한 색)

7. 숭늉 놓기(식지 않게 나중에)

8. 밥 푸고 밥 놓기(밥뚜껑 닫기)

9. 국 놓기

잡곡밥을 안 드시고 흰밥만 고집하는 분도 있다. (배식 때 주의함)

밥도 많이 드시는 분과 조금 드시는 분의 구분을 확실히 하기.

1회용 비닐장갑을 끼고 반찬 놓을 시 다른 것 만지지 않기. (장갑을 벗
고 만지거나, 불편 하더라도 집게, 숟가락 사용)

숭늉은 리필하지 말고 완전히 비운 후 따뜻한 것으로 채워준다.

카트 세척 잘하고 손잡이 소독 신경 쓴다.

손, 카트, 식탁은 소독용 알코올을 분무하여 소독한다.

주방에서 고무장갑 구분사용

1) 조리 작업용, 식품용: 소독 또는 가열된 야채 취급 시

　　무침, 버무림 작업 시

　　조리된 식품 취급, 커팅(튀긴 돈까스 등)

　　완제품 햄, 어묵 커팅 시

세척된 식기 취급 시

2)전 처리 작업용: 채소 원물 취급 시(세척, 커팅)

생선 세척, 육류 해동 시

3)청소용: 식기 세정, 청소, 쓰레기 취급 시만 사용

행주

✖ 행주는 용도별로 세척소독

용도: 배식용, 조리용, 청소용

흐르는 물에 세척→세척제로 세탁 후 헹굼 → 77 C에서 30초 이상

열탕 소독(동시에 실시하지 않기)→ 헹군 후 짜기→ 청결한 장소(일광,

바람이 잘 통하는 곳에서 건조 후 보관

입소 어르신 건강 체크리스트 (간호과)

구분– 피부 상태(입소 시 전신 피부 상태 확인)

문제행동: 타인에게 해를 입히는 행동, 물건 훼손하는 행동

욕이나 고성을 지르는 행동, 같은 질문이나 요구, 소음 유발(중얼거림,

잠꼬대, 두드리기) 물건 숨기기, 도움에 대한 거부(약 포함), 음식에 대한 집

착. 의심(누가 가져갔다는 말)

수면– 평균 수면 시간(기상시간, 취침시간) 수면제, 안정제 복용 여부

수면장애 형태, 빈도(잠꼬대, 코골이)

영양– 식사 정도

자가 간호 능력– 개인위생 해결능력(목욕)

목욕하기(옷 갈아입기, 구강관리)

배설– 용변 보기(변기 사용), 요실금 관리

낙상 위험 정도– 걸음걸이 균형 및 도구 사용

개인별로 체크리스트 만들기

건강관리 기록지

체크사항– 혈압, 맥박, 호흡, 체온, 체중, 당뇨

섭취량– 아침, 점심, 저녁

배설량– 소변, 대변, 기타

특이사항–

입소자 간호 기록지

날짜, 성명, 성별/나이, 주소, 전화번호

체중, 신장, 결혼 상태(미혼, 기혼, 사별, 기타)

입소일자, 직업/학력, 종교(기독교, 불교, 천주교, 기타)

의료 보장(건강보험, 의료급여, 일반, 기타)

주 진단명과 현 병력

과거 이력(당뇨, 고혈압, 결핵, 간염, 뇌졸중, 기타)

최근 투약 상태와 알레르기유무~

입소자 정보– 의식 상태(명료, 혼돈, 반의적, 무의식)

정서 상태(안정, 불안, 분노, 슬픔, 우울)

식이(정상식, 치료식)

활동범위(보행 가능, 도움으로 가능, 완전의존)

보조기 사용 여부

상처(유, 무)

간호 계획

입소 시 체크 매뉴얼

어르신이 가져오신 모든 물품에 이름을 적습니다.

의류 일체(속옷, 모자, 양말, 스카프), 기타

이불, 베개, 지팡이, 실내화, 면도기, 화장품, 세면수건, 칫솔, 샴푸, 린스, 양치 컵, 틀니 통, 접시, 쟁반, 포크, 칼, 수저, 각티슈, 물티슈, 물컵 책, 볼펜, 워커, 휠체어

사소한 모든 것까지 이름을 써 놓으면 다음 일이 수월해진다.

외출, 외박 시 보호자님께

어르신 약– 식전 약, 아침 점심 저녁 취침 약

1 음식: 외출 또는 외박하시는 동안 과식, 특히 기름진 음식을 드시지 않

도록 특별히 신경 써주시고, 음식은 싸오지 않도록 당부한다.

2 약: 어르신 약은 정해진 시간에 꼭 드실 수 있도록 하시고, 남은 약은

실버타운으로 귀원 시 다시 가져오셔서 데스크나 간호과에 전달한다.

3 의류: 외박 시 가져간 옷과 물건은 잊지 말고 꼭 다시 가져와야 한다. 이

유는 안 가져와서 잃어버렸다고 옆의 어르신을 의심하여 논쟁을 하는

경우도 있다.

귀원 후 간호사나 요양보호사가 간단하게 어르신의 건강을 확인한다.

알고 있으면 좋은 몸의 신호

1. 쉬거나 갈라지는 목소리

목소리가 쉬거나 갈라지는 목 상태가 2~3주 지속된다면 암을 의심
해본다. 암세포가 머리와 목 등 발성기관에 퍼졌을 수 있기 때문이다.
이는 후두암, 폐암, 갑상선암, 림프절의 가장 흔한 증상이라고 한다.

2. 밤새 심하게 땀을 흘릴 때

밤에 베개와 이불을 흠뻑 적실 정도로 땀을 많이 흘리는 사람이면 림프정을 의심해야 한다. 겨드랑이와 사타구니, 목 옆쪽에 2cm 이상의 멍울이 잡힐 때도 림프정 일 수 있다.

3. 만성적인 속 쓰림

일반적인 사람도 기름지거나 맵고 짠 자극적인 음식을 먹고 난 뒤에는 속 쓰림이 심해진다. 그러나 속 쓰림 증상이 2~3주 넘게 지속된다면 위암이나 식도암의 신호일 수 있다.

4. 등 윗부분의 통증

요통의 약 99%는 뼈 등 골격근육계와 관련이 있지만, 등의 통증은 췌장암과도 어느 정도 상관이 있다. 췌장에서 시작한 암세포가 신경세포에까지 퍼져 등의 통증을 유발할 수 있다. 통증이 지속적으로 오래 이어진다면 몸에 이상이 있다는 신호이다. 그러나 특정 부위의 통증을 심각하게 여기지 않는 경향이 많아 암 조기발견의 걸림돌이 될 수 있다.

5. 출혈

여성의 경우 폐경인데도 혈흔이 묻어난다면 자궁암의 초기 증상일

수 있다. 원인을 알 수 없는 질 출혈을 경험한 여성은 자궁이나 자궁
내막암에 대한 진료가 필요하다. 유두에서 피가 새어 나온다면 유방
암, 소변의 피는 방광이나 신장암의 신호일 수 있다. 또한, 피가 섞여
나오는 기침은 폐암의 신호이며, 대변에 묻은 피는 결장 및 직장암의
신호일 수 있다.

6. 소변이 자주 마려운 경우

요로 감염은 여성들에게서 흔히 발생하는 질병이기 때문에 단순한
요로 감염일 것이라며 무시하는 경우가 있다. 그러나 소변 습관에 변화
가 있거나 방광에 통증이 있다면 신장암, 방광암으로 이어질 수 있다.
또한, 소변을 보지 않고는 3시간도 참기 어려운 사람의 경우 전립선암
을 의심해봐야 할 것이다.

7. 음식 삼키기가 어려울 때

음식을 씹거나 삼킬 때 통증이 느껴진다면 후두암이나 뇌종양을 의
심해봐야 한다. 암은 입안 뒤쪽에 심한 통증을 유발할 수도 있기 때문
이다. 또한, 신경 또는 면역체계의 문제, 식도암이나 위암, 목에 암이
생길 때 이런 증상이 나타날 수 있다. 목의 통증이 계속되면 후두암 등
의 질환을 의심해봐야 한다.

8. 대변에 피가 묻어나올 때

대변에 묻어있는 피의 색깔과 조직, 주기, 고통 여부에 따라 원인은 다양하지만 2주 이상 지속될 때는 반드시 의사를 찾아서 정밀진단을 받아보는 게 좋다. 대장암일 수 있고, 흔치는 않지만 난소암이나 췌장암에 따른 것일 수도 있기 때문이다.

9. 갑자기 생겨난 피부발진

갑자기 피부 발진이나 뽀루지가 생겨 피가 나거나 가려움을 느낀다면 피부암에 걸렸을 가능성이 있다. 2~4주 동안 피부과 치료를 받는데도 가라앉지 않는다면 궤양을 의심해 봐야 한다. 궤양에 따른 피부 트러블의 대표적인 특징은 통증이 없다는 것이다. 또한, 점이나 주근깨, 사마귀 등 갑작스런 피부모양의 변화 역시 피부암을 예고하는 것일 수 있다.

10. 입에 염증

입과 혀에 궤양이 생긴 사람은 대부분 바이러스 감염에 따른 것이다. 이는 대개 며칠 만에 없어지지만, 구강염이 별 통증 없이 3~4주 계속된다면 설암이나 구강암으로 인한 것일 수 있다.

이런 이어가기 아름다운 문장을 기억하는 것도 좋다

가장 소중한 사람이 있다는 건 '행복'입니다.

나의 빈자리가 당신으로 채워지길 기도하는 것은 '아름다움'입니다.

다른 사람이 아닌 당신을 기다리는 것은 '즐거움'입니다.

라일락의 향기와 같은 당신의 향을 찾는 것은 '그리움'입니다.

마음속 깊이 당신을 그리는 것은 '간절함'입니다.

바라볼수록 당신이 더 생각나는 것은 '설렘'입니다.

사랑한다는 말 한마디 보다 말하지 않아 더 빛나는 것이 '믿음'입니다.

아무런 말 하지 않아도 당신과 함께 있고 싶은 것이 '편안함'입니다.

자신보다 당신을 더 이해하고 싶은 것이 '배려'입니다.

차가운 겨울이 와도 춥지 않은 것은 당신의 '따뜻함'입니다.

카나리아 같은 목소리로 당신 이름 부르고 싶은 것이 '보고 싶은 마음'입니다.

타인이 아닌 내가 당신 곁에 자리하고 싶은 것은 '바람'입니다.

파아란 하늘과 구름처럼 당신과 하나가 되고 싶음은 '존중'입니다.

하얀 종이 위에 쓰고 싶은 말은 '사랑'입니다.

아름다운 부부의 맹세

　　　　　이런 남편이 되겠습니다.

　눈부신 벚꽃 흩날리는 노곤한 봄날, 저녁이 어스름 몰려 올 때쯤 퇴근길에 안개꽃 한 무더기와 수줍게 핀 장미 한 송이를 준비하겠습니다.

　날 기다려 주는 우리들의 집이 웃음이 묻어나는 그런 집으로 만들겠습니다.

　때로는 소녀처럼 수줍게 입 가리고 웃는 당신의 '호호' 웃음으로, 때로는 능청스레 바보처럼 웃는 나의 '허허' 웃음으로, 때로는 세상 그 누구도 흉내 낼 수 없는 우리 사랑의 결실이 웃는 까르륵 웃는 웃음으로 피곤함에 지쳐서 당신이 걷지 못한 빨래가 그대 향한 그리움처럼 펄럭이는 오후 곤히 잠든 당신의 방문을 살며시 닫고 당신의 속옷과 양말을 정돈해두도록 하겠습니다.

　때로 구멍 난 당신의 양말을 보며 내 가슴 뻥 뚫린 듯한 당신의 사랑에 부끄러운 눈물도 한 방울 흘리겠습니다.

　능력과 재력으로 당신에게 군림하는 남자가 아니라 당신의 가장 든든한 쉼터 한 그루 나무가 되겠습니다.

　여름이면 그늘을, 가을이면 과일을, 겨울이면 당신 몸 녹여 줄 장작이 되겠습니다.

　다시 돌아오는 봄 나는 당신에게 기꺼이 나의 그루터기를 내어 주겠습니다.

날이 하얗게 새도록 당신을 내 품에 묻고, 하나둘 돋아난 서린 당신의 흰 머리카락을 쓰다듬으며 당신의 머리를 내 팔에 누이고, 꼬~옥 안아 주겠습니다.

휴가를 내서라도 당신의 부모님을 모셔다가 당신의 얼굴에 웃음꽃이 피어나는 걸 보렵니다.

그런 남편이 되겠습니다.

이런 아내가 되겠습니다.

눈이 오는 한겨울에 야근을 하고 돌아오는 당신의 퇴근 무렵에 따뜻한 붕어빵 한 봉지를 사 들고 당신이 내리는 지하철역에서 있겠습니다.

당신이 돌아와 육체와 영혼이 쉴 수 있도록 향내 나는 그런 집으로 만들겠습니다.

때로는 구수한 된장찌개 냄새로, 때로는 소국의 향기로, 때로는 진한 향수의 향기로 당신이 늦게까지 불 켜놓고 당신의 방에서 책을 볼 때 나는 살며시 사랑을 담아 레몬 놓은 홍차를 준비하겠습니다.

당신의 가장 가까운 벗으로서 있어도 없는 듯 없으면 서운한 맘 편히 이야기를 털어놓을 수 있는 그런 아내가 되겠습니다.

늘 사랑해서 미칠 것 같은 아내가 아니라, 아주 필요한 사람으로 없어서는 안 되는 그런 공기 같은 아내가 되겠습니다.

그래서 행여 내가 세상에 당신을 남겨두고, 멀리 떠나는 일이 있어도 가슴 한구석에 많이 자리 잡을 수 있는 그런 현명한 아내가 되겠습니다.

지혜와 슬기로 당신의 앞길에 아주 밝은 한줄기의 등대 같은 불빛은 되지 못한다 하더라도 호롱불처럼 아니면 반딧불처럼 당신의 가는 길에 빛을 드리울 수 있는 그런 아내가 되겠습니다.

그래서 당신과 내가 흰 서리 내린 인생의 마지막 길에서 "당신은 내게 정말 필요한 사람이었소. 당신을 만나 작지만 행복했었소."라는 말을 듣는 그런 아내가 되겠습니다.

출처: 인터넷 편집

남편과 아내의 행복 열쇠 말 10가지

남편

1. 결혼 전과 신혼 초에 보였던 관심과 사랑이 계속 변치 않도록 노력하라.

2. 결혼기념일과 아내의 생일을 잊지 말라.

3. 평소 아내의 옷차림과 외모에 관심을 보여라.

4. 아내가 만든 음식에 대해 말이나 행동으로 감사를 표시하라.

5. 모든 일을 아내와 의논하고 결정하는 습관을 길러라.

6. 아내의 마음에 상처를 주는 농담이나 행동을 삼가라.

7. 가정에 불화가 있을 때, 남편은 아내에게 양보하라.

아내의 매력이 사랑스러움이라면 남편의 매력은 너그러움이다.

8. 가정경제는 아내에게 일임하여 아내가 보람을 갖게 하라.

9. 아내의 개성과 취미를 존중해주고 키워주도록 하라.

10. 아내의 좋은 점을 발견하여 즉시 일러줌으로 아내에게 기쁨을 주는
    습관을 길러라.

아내

1. 자기 자신과 가정을 아름답게 꾸밀 줄 아는 재치와 근면성을 길러라.
2. 음식에 정성을 기울이고 남편의 식성에 유의하라.

식탁은 가정의 화목을 도모하고 대화를 나누는 친교의 광장이며, 하루의 피로를 내일을 꿈꾸는 희망의 산실이다.

3. 혼자만 말하지 말라. 남편에게 말할 기회를 주지 않아 부부가 충돌하는 경우가 의외로 많다.
4. 남들 앞에서 남편의 결점을 늘어놓거나 지나친 자랑을 하지 마라.
5. 남편에게 따져야 할 말이 있을 때는 그의 기분 상태를 참작하라.
6. 남편에게는 혼자만의 정신적 휴식시간을 갖고 싶어 하는 심리가 있음을 잊지 말라.
7. 중요한 집안일을 결정할 때는 남편과 함께하라.
8. 남편의 수입에 맞춰 절제하며 살림을 꾸려 나가도록 하라.
9. 모든 일에 참을성을 가져라.
10. 남편의 좋은 점을 발견하여 즉시 일러줌으로써 남편이 기쁨과 긍지를 갖도록 하라.

출처: 인터넷 글 편집

치매 초기의 가벼운 증상

　　　　　"오늘이 며칠이지?" 이처럼 같은 질문을 반복하는 것은 노화에 따른 기억력 저하나 치매로 인한 기억력 장애 때문에 나타나는 증상이다.

　치매 환자의 경우에는 시간, 공간에 제약을 받는다. 내가 치매에 관해서 관심 있거나 의심스러우면 가까운 치매 안심센터를 방문해 전문가의 도움을 받는 것이 좋다.

　오늘(2020. 06. 12.) 내가 사는 보건소에서 치매 선별검사 안내가 문자로 들어와서 과연 치매검사는 어떻게 하는지 궁금하고, 강연 시 실제 사례로 얘기할 수 있어 치매안심센터에 방문하여 안에 들어가니, 검사를 받으려고 대기하는 분 중엔 나이가 지긋하고 머리가 백발인 분들도 눈에 간혹 띄었다. 순서가 되어 들어가니 상담자와 마주 앉아 질문에 대답하는 형식으로,

　"지금 누구하고 사세요? 건강보험은 누가 내세요? 드시는 약은 있으세요? 학교는 어디까지 다니셨어요? 올해가 몇 년, 몇 월, 며칠, 무슨 요일, 오전, 오후, 저녁, 밤 중 어디에요? 계절은요? 여기가 무슨 도(道)이죠? 무슨 시(市)? 어느 동(洞)에 사세요? 지금 여기가 몇 층(層)이에요? 여기가 뭐하는 데에요? 3가지 물건을 얘기하면 기억하시고 물어보면 대답해주세요. 나무, 자동차, 모자, 지금 말씀해주세요.

　숫자 100에서 7을 빼면 얼마가 될까요? 거기서 또 7을 빼면요? 또 거

기서 7을 빼면요? 또 7을 빼면요? 조금 아까 기억하시라고 한 물건 3가지요? 질문자가 (볼펜)을 들고 이것은 무엇이에요? 따라서 해보세요. 한 번만 얘기합니다. 간장공장 공장장. 제가 종이를 드리면 이야기를 따라 해보세요. 이 종이를 오른손으로 받아서 절반 접고 오른쪽 무릎 위에 올려놓으세요. 여기 보면 5각형 모양이 2개 겹쳐져 있는데 이것과 똑같이 그리세요. 옷을 왜 빨아 입을까요? 티끌 모아 태산이라는 말은 무슨 뜻일까요?"라고 묻는다.

이러한 상담은 60세 이상이면 1년에 한 번씩 방문해 받을 수 있다.

피부가 늙으면 주름이나 검버섯이 생기는 것을 볼 수 있지만, 대뇌는 늙어 위축될지라도 병원에서 검사를 받지 않는 한 육안으로 볼 수 없다. 그러나 우리가 직접 볼 수 없는 이런 부분이 오히려 더 중요하다. 나이가 들어 기억력이 떨어지는 건 필연적이지 않다. 원인은 뇌 위축이다. 나이가 들면 옛일이 잘 기억나지 않고 물건을 어디 놔두었는지 깜빡깜빡하고, 게다가 손과 발이 생각처럼 따라주지 않고 걸음이나 행동이 느려지는 외에도 실면, 어지러움 등 증세가 나타나는데 이런 것들이 정상적인 현상이라고 여기는 사람들이 많다.

그러나 과연 그럴까?

장진형 북경협화의대 신경내과 교수는 이렇게 말한다. 다수 노인이 늘 호소하는 기억력 감퇴, 이명, 시력저하 그리고 손과 발이 전처럼 원활하지 못한 증세가 '모두 생리적인 뇌' 위축과 연관되어 있다. 뇌세포를 활성화시키는 방법은, 바로 혀를 움직이는 것이라 했다.

일본 과학자의 연구결과도 혀를 자주 단련시키면 뇌와 안면 부위의 신경을 간접적으로 자극함으로써 뇌 위축을 줄이고, 안면 신경과 근육 노화를 방지할 수 있다는 점을 발견했다. 과학자들은 인체 노화 현상의 가장 큰 원인이 바로 뇌 위축에 있고, 가장 뚜렷한 증세는 혀가 경직되고 표정이 굳어지는 것이라고 여겼다.

일본 과학자들이 지원자 8천 명을 2조로 나누어 한 조는 아침, 저녁으로 혀 운동을 하고 다른 한 조는 평상시대로 혀 운동을 시키지 않았다. 6개월 후, 혀 운동을 한 팀은 그렇지 않은 팀보다 뇌세포가 뚜렷하게 활성화되어있고, 문제처리 반응도 빠른 것으로 나타났다. 이런 연구결과를 바탕으로 과학자들은 뇌 위축을 지연시키는 식이요법 이외의 방법을 발견했다면서 매일 아침, 저녁으로 혀를 운동시키면 뇌세포를 활성화해 뇌 위축을 방지할 수 있다고 건의하였다.

혀 운동을 시키는 방법은 아주 간단하다.

1. 혀를 밖으로 내민다. 혀끝에 잡아 늘이는 감각이 있을 때까지 혀끝을 최대한 밖으로 내밀었다가 다시 입안으로 당겨 혀를 말아 버리는데, 이렇게 10회 정도 반복한다.
2. 혀를 돌린다. 혀를 입안에서 천천히 최대한 크게, 시계방향으로 10번 돌렸다가 다시 역방향으로 10번 돌린다.
3. 혀끝을 이로 누른다. 혀끝을 윗니와 아랫니로 지긋이 10초간 누르고 혀의 여러 부분을 잘게 잘게 씹어준다.

혀 운동은 시간에 구애 없이 아침, 점심, 저녁 언제나 할 수 있고, 이는 최신 과학연구의 성과이자 확실한 데이터를 통해 증명된 사실이다. 특별히 약을 복용하지 않고도 효과를 볼 수 있는 안전한 방법이니 꼭 실천하시기 바란다.

관심만 가지면 할 수 있어 돈을 들이지 않고 무서운 치매에 걸리지 않는다면 얼마나 좋을까? 간단한 상식으로 예방하자. 90세에도 치매 걸리지 않는 비법 너무 간단하다. 치매에 안 걸리려면 옛날을 회상하는 것도 좋다고 전문의는 말한다.

치매에 걸려도 약간의 기억은 남는데 심해지면 나머지 기억도 서서히 없어진다 하니 서글프다. 그래서 우리가 기억해야 할 것은 과거 지나간 큰 사건을 다시 회상하다 보면 뇌의 구조상 치매 걸릴 확률이 낮아진다는 뇌 전문가의 얘기다. 그래서 21세기 위대한 인물을 열거하고 우리의 큰 사건을 돌아보는 시간을 갖는다.

지나간 추억을 회상하려고 노력하고, 재미있는 것은 암기하려고 노력하면 치매가 접근을 못 한다.

치매는 무서운 노인성 질환

50대가 넘으면 대부분 몸이 예전 같지 않다고 느낀다. 병원에서 검진을 받을 때마다 각종 수치에 이상이 생길까 두렵다. 노화로 신체 기능이 떨어져 불편한 곳이 늘어가는 탓이다.

100세 시대를 맞아 중년을 넘어선 이들이 가장 중요하게 생각하는 건 '삶의 질(質)'이다. 과학 기술과 첨단 의학의 발달로 평균 수명은 늘어났지만, 중년 이후의 삶을 위협하는 질병은 많이 있다. 치매와 같은 질병을 만나기 전에 미리 건강을 챙겨야 한다.

노인성 질환인 치매는 본인뿐 아니라 가족과 지인에게도 고통을 안기는 '사회적 질병'이다. 치매는 건망증 같은 단순한 기억 상실로 시작된다. 이후 점차 감정조절이 어려워지며 익숙한 길을 못 찾는 등 인지장애로 악화된다.

치매가 심해지면 일상생활을 제대로 할 수 없는 상태에 이르게 된다. 이러한 치매는 한순간 특정 원인에 의해 발생하는 질병이 아니라, 증상이 나타나기 15~20년 전부터 반복적으로 뇌세포가 손상된 결과다.

치매는 크게 퇴행성 질환인 '알츠하이머'와 뇌 혈액순환과 관련된 '혈관성 치매로 나뉜다. 우리나라에서는 뇌혈관 질환이 원인인 '혈관성 치매'의 발병률이 높다. 혈관성 치매는 뇌혈관 질환에 의해 뇌 조직이 지속해서 손상을 입을 때 발생한다. 알츠하이머 역시 뇌혈관 질환을 동반하는 경우가 많아 모든 종류의 치매 예방을 위해서는 평소 혈관을 깨끗하게 유지해야 한다.